AS DESVENTURAS DE ARTHUR LESS

ANDREW SEAN GREER

AS DESVENTURAS DE ARTHUR LESS

Tradução de
Márcio El-Jaick

3ª edição

EDITORA RECORD
RIO DE JANEIRO • SÃO PAULO
2023

CIP-BRASIL. CATALOGAÇÃO NA PUBLICAÇÃO
SINDICATO NACIONAL DOS EDITORES DE LIVROS, RJ

Greer, Andrew Sean, 1970-

3ª ed.   As desventuras de Arthur Less / Andrew Sean Greer; tradução de Márcio El-Jaick. – 3ª ed. – Rio de Janeiro: Record, 2023.
252 p.

Tradução de: Less
ISBN 978-85-01-11581-2

1. Ficção americana. I. El-Jaick, Márcio. II. Título.

CDD: 813
19-56711   CDU: 82-3(73)

Vanessa Mafra Xavier Salgado – Bibliotecária – CRB-7/6644

Título original:
Less

Copyright © 2017 by Andrew Sean Greer

Texto revisado segundo o novo Acordo Ortográfico da Língua Portuguesa.

Todos os direitos reservados. Proibida a reprodução, no todo ou em parte, através de quaisquer meios. Os direitos morais do autor foram assegurados.

Direitos exclusivos de publicação em língua portuguesa somente para o Brasil adquiridos pela
EDITORA RECORD LTDA.
Rua Argentina, 171 – Rio de Janeiro, RJ – 20921-380 – Tel.: (21) 2585-2000, que se reserva a propriedade literária desta tradução.

Impresso no Brasil

ISBN 978-85-01-11581-2

Seja um leitor preferencial Record.
Cadastre-se no site www.record.com.br e receba informações sobre nossos lançamentos e nossas promoções.

Atendimento e venda direta ao leitor:
sac@record.com.br

Para Daniel Handler

LESS NUM PRIMEIRO MOMENTO

Do meu ponto de vista, a história de Arthur Less não é tão terrível assim.

Olhe só para ele: sentado no luxuoso sofá redondo do saguão do hotel, todo empertigado, o terno azul e a camisa branca, as pernas cruzadas de um modo que o mocassim de verniz fica frouxo no calcanhar. A pose de um jovem. Na verdade, a sombra delgada ainda é a do jovem de outrora, mas, às vésperas dos 50 anos, ele é como uma daquelas estátuas de bronze dos parques públicos que, mesmo com um joelho sortudo esfolado pela fricção de crianças em idade escolar, descoram lindamente até ficar do tom das árvores. Assim como Arthur Less, tendo exibido o rosa-dourado da juventude um dia, desbotou como o sofá em que está sentado, batendo um dedo no joelho e encarando o relógio carrilhão pedestal. O longilíneo nariz aristocrático permanentemente queimado de sol (mesmo no outubro nublado de Nova York). Os cabelos loiros desbotados compridos demais no topo da cabeça, curtos demais nas laterais — uma cópia do avô. Aqueles mesmos olhos azuis aquosos. Escute: talvez você consiga ouvir o tique-taque, tique-

-taque, tique-taque da ansiedade enquanto ele encara o relógio que, infelizmente, não está tiquetaqueando. Parou de funcionar há quinze anos. Arthur Less não sabe disso; ele ainda acredita, do alto da sua maturidade, que assistentes de eventos literários chegam na hora para acompanhar autores e que mensageiros de hotel dão corda nos relógios do saguão religiosamente. Ele não traz um no pulso; sua fé é inabalável. É mera coincidência que esse do hotel tenha parado às seis e meia, quase na hora exata em que Less deve ser levado para o evento desta noite. O coitado não sabe, mas já são quinze para as sete.

Enquanto ele aguarda, circula sem parar pelo saguão uma moça de vestido de lã marrom, uma espécie de beija-flor de tweed, polinizando primeiro esse grupo de turistas aqui, depois aquele ali. Ela afunda a cabeça num aglomerado de poltronas, fazendo uma pergunta específica, e então, insatisfeita com a resposta, parte em busca de outro. Less não repara nela fazendo sua ronda. Está concentrado demais no relógio quebrado. A jovem se dirige ao recepcionista do hotel, em seguida ao elevador, dando um susto num grupo de senhoras a caminho do teatro com trajes exageradamente chiques. Para cima e para baixo oscila o sapato frouxo de Less. Se estivesse prestando atenção, talvez tivesse ouvido a pergunta ávida da mulher, que explica por que, embora se dirija a todas as outras pessoas no saguão, jamais a faça a ele:

— Com licença, a senhora é a sra. Arthur?

O problema — que não se resolverá neste saguão — é que a moça acha que Arthur Less é mulher.

Em sua defesa, ela só leu um dos livros dele, num formato eletrônico que não trazia foto, e achou a narração tão cativante, tão convincente, que teve certeza de que apenas uma mulher poderia tê-lo escrito; deduziu que o nome fosse uma dessas esquisitices de gênero americanas (ela é japonesa). Isso, para Arthur Less, é uma crítica positiva rara. Mas de pouco lhe serve no momento, ali sentado no sofá redondo, de cujo centro cônico emerge uma palmeira de tronco oleado. Pois agora já são dez para as sete.

Arthur Less está aqui há três dias; veio a Nova York para entrevistar o famoso escritor de ficção científica H. H. H. Mandern no palco de um evento, a fim de comemorar o lançamento do novo livro de H. H. H. Mandern; nele, o autor traz de volta à vida seu robô sherloquiano extremamente popular, Peabody. No mundo dos livros, essa é uma notícia digna de estampar a capa dos jornais, e há muito dinheiro retinindo nos bastidores. Dinheiro na voz que ligou do nada para Less, perguntando se ele estava familiarizado com o trabalho de H. H. H. Mandern e se estaria disponível para entrevistá-lo. Dinheiro nas mensagens da assessora de imprensa instruindo Less sobre as perguntas que estaria terminantemente proibido de fazer a H. H. H. Mandern (a esposa, a filha, a coletânea de poemas mal recebida pela crítica). Dinheiro na escolha do local do evento, nos cartazes espalhados por todo o Village. Dinheiro no Peabody inflável sendo castigado pelo vento em frente ao teatro. Dinheiro até no hotel em que Arthur fora hospedado, onde lhe indicaram uma pilha de maçãs de "cortesia", que ele pode pegar a qualquer hora, do dia ou da noite, não há de quê. Num mundo onde a maioria das pessoas lê um livro por ano, há muito dinheiro investido na esperança de que *esse* seja o livro e que esta noite seja o glorioso pontapé inicial. E eles estão contando com Arthur Less.

Ainda assim, obedientemente, ele fita o relógio parado. Não vê a moça que está ali para acompanhá-lo, em pé ao seu lado, aflita. Não a vê ajeitando a echarpe, depois saindo do saguão pela máquina de lavar que são suas portas giratórias. Veja o cabelo ralo no alto da cabeça dele, o rápido piscar de olhos. Veja sua fé pueril.

Certa vez, aos 20 e poucos anos, uma poeta com quem estivera conversando apagou o cigarro num vaso de planta e disse: "Você parece uma pessoa sem pele." Uma *poeta* tinha dito isso. Alguém que ganhava a vida se esfolando viva em público tinha dito que *ele*, o alto, jovem e promissor Arthur Less, parecia uma pessoa *sem pele*. Mas era verdade. "Você precisa desenvolver uma casca", seu antigo rival, Carlos, lhe dizia com frequência, nos velhos tempos, mas Less não tinha descoberto o que isso significava. Ser cruel? Não, significava se proteger, se blindar contra o mundo, mas é possível alguém "desenvolver" uma casca mais do que é possível "desenvolver" um senso de humor? Ou dá para simular, da mesma forma que um executivo sem graça decora piadas e é considerado "hilário", indo embora das festas antes que o repertório acabe?

Seja o que for — Less jamais aprendeu a fazê-lo. Aos 40 e muitos, tudo o que conseguiu cultivar foi um leve senso de identidade, semelhante à carapaça transparente dos caranguejos de casca mole. Uma crítica medíocre ou uma leve esnobada já não o atingem, mas dor de cotovelo, uma dor de cotovelo real e irrestrita, é capaz de perfurar seu couro fino e fazer brotar o mesmo tom de sangue de sempre. Como pode tanta coisa se tornar enfadonha na meia--idade — filosofia, radicalismo e outros *fast foods* —, mas *dor de cotovelo* se manter tão mordaz? Talvez porque ele encontre novas fontes para ela. Até velhos medos ridículos jamais foram dominados, apenas evitados: ligações telefônicas (discando os números freneticamente, como um homem decifrando o código para desarmar uma bomba), táxis (se atrapalhando com a gorjeta e saltando do carro como se fugisse de um sequestro) e conversas com homens atraentes ou celebridades em festas (ainda ensaiando mentalmente suas frases para puxar papo quando percebe que eles já estão se despedindo). Less ainda tem esses medos, mas a passagem do tempo os remediou para ele. Mensagens e e-mails o livraram para sempre dos telefones. Máquinas de cartão de crédito surgiram em táxis. Uma oportunidade perdida pode entrar em contato on-line.

Mas dor de cotovelo — como evitá-la senão renunciando ao amor por completo? No fim, essa foi a única solução que Arthur Less conseguiu encontrar.

Talvez isso explique por que ele concedeu nove anos a certo jovem.

Esqueci de mencionar que, em seu colo, há um capacete de cosmonauta russo.

Mas agora um pouco de sorte: do mundo exterior ao saguão, um sino dobra, uma, duas, três, quatro, cinco, seis, sete vezes, fazendo Arthur Less se levantar num pulo. Olhe para ele: encarando seu traidor, o relógio, então correndo para o balcão da recepção e fazendo — por fim — a pergunta temporal fundamental.

— Não consigo entender como você pôde ter pensado que eu era mulher.

— O senhor é um escritor tão talentoso, sr. Less. Conseguiu me enganar! E o que é isso que o senhor está carregando?

— Isso? A livraria me pediu que...

— Eu adorei *Matéria escura*. Tem uma parte que me lembrou Kawabata.

— Ele é um dos meus autores preferidos! *A antiga capital. Kyoto*.

— Eu sou de Kyoto, sr. Less.

— Sério? Vou visitar a cidade daqui a alguns meses...

— Sr. Less. Estamos com um problema...

Essa conversa se desenrola enquanto a moça do vestido de lã marrom o conduz por um corredor de teatro. A passagem está decorada com uma árvore cenográfica solitária, o tipo atrás da qual o herói de comédias se esconde; o resto são só tijolos pintados de um preto lustroso. Less e sua acompanhante correram do hotel para o local do evento, e ele já sente o suor transformando a camisa branca impecável numa transparência.

Por que ele? Por que convidaram Arthur Less? Um autor pouco importante cuja grande fama se deu por sua associação com a Escola do Rio Russian, formada por um grupo de escritores e artistas, um autor velho demais para ser novidade e jovem demais para ser redescoberto, que, num avião, jamais se sentou ao lado de alguém que tivesse ouvido falar dos seus livros. Mas Less sabe por quê. Não é nenhum mistério. Foi feita uma avaliação prospectiva: que escritor literário concordaria em se preparar para uma entrevista sem receber nada por isso? Precisava ser alguém extremamente desesperado. Quantos outros escritores do seu círculo responderam "nem pensar"? Até que ponto da lista eles foram antes que alguém dissesse: "E o Arthur Less?"

Ele é, de fato, um homem desesperado.

Ele ouve a plateia entoando um coro do outro lado da parede. Com certeza o nome H. H. H. Mandern. No último mês, Less devorou secretamente os livros de H. H. H. Mandern, aquelas operetas espaciais que no começo o deixaram horrorizado, com a linguagem simplória e os personagens que não passam de estereótipos risíveis, mas que depois o conquistaram com o talento inventivo, seguramente maior que o seu. O novo romance de Less, uma investigação cuidadosa da alma humana, parece um planeta-anão se comparado às constelações criadas por aquele homem. E, no entanto, o que há para perguntar? O que se pergunta aos escritores senão: "Como?" E a resposta, como Less bem sabe, é óbvia: "Sei lá!"

A acompanhante está tagarelando sobre a capacidade do teatro, as pré-vendas, a turnê do livro, o dinheiro, o dinheiro, o dinheiro. Ela avisa que H. H. H. Mandern parece ter sido vítima de uma intoxicação alimentar.

— O senhor vai ver — diz ela, e uma porta preta se abre para um cômodo iluminado, onde bandejas de frios se estendem sobre uma mesa dobrável. Ao seu lado há uma senhora grisalha de xale, e abaixo dela: H. H. H. Mandern vomitando num balde.

A senhora se vira para Arthur e olha de relance para o capacete espacial:

— Quem diabos é você?

Nova York: a primeira parada de uma viagem ao redor do mundo. Um acaso, na verdade, por Less estar tentando fugir de uma situação complicada. Está muito orgulhoso por ter conseguido tal feito. Foi um convite de casamento.

Pela última década e meia, Arthur Less vem mantendo o status de solteiro. Isso ocorreu depois de um longo período vivendo com Robert Brownburn, o poeta bem mais velho que ele, um túnel do amor no qual entrou aos 21 anos e do qual saiu, ofuscado pela luz do sol, aos 30 e poucos. Onde foi que ele se meteu? Em algum lugar por ali perdeu o primeiro estágio da juventude, como o primeiro estágio de um foguete; o propulsor havia caído, esvaziado, ficando para trás. E ali estava o segundo. E último. Ele jurou que não o daria a ninguém; ele o aproveitaria. Aproveitaria sozinho. Mas: como viver sozinho sem se sentir sozinho? Isso foi resolvido pela pessoa mais inusitada: o ex-rival, Carlos.

Quando perguntado sobre Carlos, Less sempre o chamava de "um dos meus amigos mais antigos". A data do seu primeiro encontro pode ser determinada com precisão: Memorial Day, 1987. Less se lembra até do que os dois vestiam: ele, uma sunga verde; Carlos, o mesmo, num amarelo-banana bem vivo. Cada qual com um spritzer de vinho branco na mão, como uma pistola, olhando para o outro de pontas opostas do deque. Uma música tocava: Whitney Houston querendo dançar com alguém. A sombra de uma sequoia entre eles. Com alguém que a amasse. Ah, ter uma máquina do tempo e uma filmadora! Registrar o esguio e rosa-dourado

Arthur Less e o musculoso e moreno Carlos Pelu na juventude, quando seu narrador era só uma criança! Mas quem precisa de uma filmadora? Com certeza, para cada um deles, essa cena é repassada sempre que o nome do outro é mencionado. Memorial Day, spritzer, sequoia, alguém. E cada um sorri e diz que o outro é "um dos meus amigos mais antigos". Quando, evidentemente, eles se odiaram de imediato.

Entremos naquela máquina do tempo, afinal, mas para desembarcar quase vinte anos depois. Nos encontremos na São Francisco de meados dos anos 2000, uma casa numa das suas ladeiras, na Saturn Street. Uma dessas criaturas erguidas sobre estacas, a parede de vidro revelando um piano de cauda jamais usado e um grupo composto basicamente de homens comemorando um dos vários aniversários de 40 daquele ano. Entre eles: um Carlos mais corpulento, para o qual o amante de longa data havia deixado algumas propriedades ao morrer, e que transformou esses imóveis num império que incluía holdings no Vietnã, na Tailândia e, até, Less ficou sabendo, um resort ridículo na Índia. Carlos: o mesmo perfil distinto, mas já sem nenhum vestígio daquele jovem musculoso de sunga amarelo-banana. Foi uma caminhada tranquila para Arthur Less, da casinha de madeira em que agora morava sozinho na Vulcan Steps. Uma festa; por que não? Escolheu um traje lessiano — calça jeans e camisa de caubói, apenas ligeiramente equivocado — e desceu a rua em direção a casa.

Enquanto isso, imagine Carlos, sentado numa cadeira pavão, sendo o centro das atenções. Ao lado dele, com 25 anos, de calça jeans preta, camisa de malha e óculos tartaruga redondos, os cabelos castanhos cacheados: seu filho.

Meu filho, lembro-me de Carlos alardeando para todos quando o menino surgiu, então recém-chegado à adolescência. Mas não era filho dele — era um sobrinho órfão, enviado ao parente vivo mais próximo, em São Francisco. Como posso descrevê-lo? Olhos grandes, cabelos castanhos queimados de sol e um comportamento truculento para a época, ele se recusava a comer legumes e verduras ou a chamar Carlos de qualquer coisa que não Carlos. Seu nome era Federico (mãe mexicana), mas todos o chamavam de Freddy.

Na festa, Freddy ficava olhando pela janela, para onde a cerração apagava o centro da cidade. A essa altura já comia legumes e verduras, mas ainda chamava o pai adotivo de Carlos. Com aquele terno, parecia dolorosamente magro, o peito côncavo, e, embora lhe faltasse a verve da juventude, Freddy tinha todas as paixões dela; nós poderíamos nos sentar com um saco de pipoca e assistir a todos os romances e comédias que a mente dele projetava no rosto, e as lentes dos óculos tartaruga exibiam seus pensamentos em espirais, como as películas iridescentes das bolhas de sabão.

Freddy se virou ao ouvir seu nome; era uma mulher de terninho de seda branco e colar de contas de âmbar, com uma vibe *cool* de Diana Ross.

— Freddy, meu amor, fiquei sabendo que você voltou a estudar.

O que ele queria ser depois de se formar?, perguntou ela delicadamente.

Sorriso orgulhoso:

— Professor de inglês do ensino médio.

Isso fez o rosto dela florescer.

— Meu Deus, que coisa boa de ouvir! Eu nunca encontro jovens querendo lecionar.

— Para ser sincero, acho que basicamente é porque eu não gosto de gente da minha idade.

Ela pegou a azeitona do martíni.

— Isso vai dificultar a sua vida amorosa.

— Pode ser. Mas, na verdade, eu não tenho vida amorosa nenhuma — disse Freddy, dando uma golada no champanhe, terminando-o.

— Só precisamos encontrar o homem certo para você. Você já conhece o meu filho, Tom...

De trás deles:

— Ele é poeta!

Carlos, surgindo com uma taça de vinho branco.

A mulher (a educação requer apresentações: Caroline Dennis, engenheira de software; Freddy viria a conhecê-la muito bem) deu um gritinho.

Freddy voltou os olhos para ela e abriu um sorriso tímido.

— Eu sou um péssimo poeta. Carlos só está se lembrando do que eu queria ser quando criança.

— Ou seja, ano passado — disse Carlos, sorrindo.

Freddy se manteve em silêncio; os cachos castanhos se mexendo com o que quer que lhe sacudisse os pensamentos.

A sra. Dennis deu uma risada de lantejoulas. Disse que adorava poesia. Sempre gostara de Bukowski "e tal".

— Você gosta de Bukowski? — perguntou Freddy.

— Ah, não — disse Carlos.

— Me desculpe, Caroline. Mas acho que ele é ainda pior que eu.

O peito da sra. Dennis enrubesceu, Carlos atraiu a atenção dela para um quadro pintado por um velho amigo da Escola do Rio Russian, e Freddy, incapaz de engolir até mesmo os aperitivos de uma conversa fiada, dirigiu-se ao bar para pegar outro champanhe.

Arthur Less à entrada da casa, um desses muros baixos com uma porta branca escondendo a casa que continua para baixo acompanhando a encosta atrás dela, e o que as pessoas vão dizer? *Ah, você está muito bem. Fiquei sabendo de você e Robert. Quem ficou com a casa?*

Como ele poderia saber que nove anos se encontravam do outro lado daquela porta?

— Oi, Arthur! O que é isso que você está vestindo?

— Carlos.

Vinte anos depois e ainda, naquele dia, naquele lugar: velhos rivais em combate.

Ao lado dele: um rapaz de cabelos cacheados e óculos, a postos.

— Arthur, você se lembra do meu filho, Freddy...

Foi tão fácil. Freddy achava a casa de Carlos insuportável e, com frequência, depois de uma longa sexta-feira dando aula e saindo para o happy hour com os colegas de faculdade, aparecia na casa de Less, bêbado e ávido para se enfiar na cama pelo fim de semana. No dia seguinte, Less curava a ressaca de Freddy com café e filmes antigos, até expulsá-lo na manhã de segunda-feira. Isso acontecia mais ou menos uma vez por mês, no início, mas virou um hábito, até Less ficar desapontado quando, numa sexta-feira à noite, a campainha não tocou. Que estranho acordar no lençol branco quentinho, a luz do sol filtrada pela trepadeira, e a sensação de que faltava alguma coisa. Ele disse a Freddy, quando o viu de novo, que não deveria beber tanto. Nem declamar poemas tão tenebrosos. E aqui estava uma cópia da chave da sua casa. Freddy não disse nada, mas guardou a chave, e a usava sempre que queria (e nunca a devolveu).

Alguém que estivesse de fora diria: *Tá tudo muito bem, mas o truque está em não se apaixonar.* Os dois teriam rido disso. Freddy Pelu e Arthur Less? Freddy estava tão pouco interessado em romance quanto qualquer jovem estaria; ele tinha seus livros, suas aulas, seus amigos, sua vida de solteiro. O velho e tranquilo Arthur não pedia nada. Freddy também desconfiava de que Carlos ficava fulo da vida por ele estar transando com seu antigo arqui-inimigo, e Freddy ainda era suficientemente jovem para sentir prazer em torturar o pai adotivo. Jamais lhe ocorreu que Carlos pudesse estar aliviado por ficar livre do garoto. Quanto a Less, Freddy não era nem seu tipo. Arthur Less sempre se apaixonou por homens mais velhos; eles eram o verdadeiro perigo. Um garoto que não sabia nem dizer quem eram os integrantes dos Beatles? Uma distração; um passatempo; um hobby.

Less, é claro, teve outros amantes, mais sérios, durante os anos em que estava com Freddy. Houve o professor de história da Universidade da Califórnia em Davis, que dirigia duas horas para levar Less ao teatro. Careca, barba ruiva, olhos brilhantes e esperto; foi um prazer, por um tempo, ser um adulto com outro adulto, dividir uma fase da vida — 40 e poucos — e rir do medo dos 50. No teatro, Less olhava para o lado, via o perfil de Howard iluminado pelo palco e pensava: *Eis uma boa companhia, eis uma boa escolha.* Poderia ter amado Howard? Muito provavelmente. Mas o sexo era estranho, muito específico ("Aperta aqui, isso, agora pega aqui; não, mais alto; não, *mais alto*; não, MAIS ALTO!), e aquilo parecia um teste para corista de musical da Broadway. Mas Howard era legal e sabia cozinhar; levava os ingredientes e preparava uma sopa de chucrute tão apimentada que Less ficava até um pouco inebriado. Segurava bastante a mão de Less e sorria para ele. Por isso Less esperou seis meses, para ver se o sexo mudaria, mas não mudou, e ele nunca tocou no assunto, por isso imagino que soubesse que, no fim das contas, não era amor.

Houve outros; muitos, muitos outros. O banqueiro chinês que tocava violino e fazia ruídos estranhos na cama, mas que beijava como se só tivesse visto beijos em filmes. O barman colombiano cujo charme era inegável, mas cujo inglês era impraticável ("*I want to wait on your hand and on your foot*"); o espanhol de Less era ainda pior. Houve o arquiteto de Long Island, que dormia de pijama de flanela e touca, como num filme mudo. Houve o florista que fazia questão de transar ao ar livre, o que resultou numa consulta médica em que Less precisou pedir tanto exames de DSTs quanto remédio para dermatite de contato provocada por hera-venenosa. Houve os nerds que presumiam que Less acompanhava todas as novidades da indústria tecnológica, mas que não sentiam nenhuma obrigação de acompanhar o que se produzia em literatura. Houve os políticos que o avaliavam como se fossem fazer um terno sob medida para ele. Houve os atores que o exibiam no tapete vermelho. Houve os fotógrafos que o posicionavam sob a luz certa. Eles podem ter dado para o gasto, muitos deles. Tanta gente dá para o gasto. Mas, depois que se vive um grande amor, não é possível conviver com o que "dá para o gasto"; é pior que conviver consigo mesmo.

Não era de admirar que Less sempre retornasse ao sonhador, simples, ardente, estudioso, inofensivo, jovem Freddy.

Eles continuaram nesse esquema por nove anos. E então, num dia de outono, tudo terminou. Freddy havia mudado, obviamente, de um rapaz de 25 anos para um homem de 34: professor do ensino médio, de camisas de botão azuis de manga curta e gravatas pretas, a quem Less chamava, brincando, de sr. Pelu (muitas vezes levantando a mão, como se estivesse querendo falar em sala de aula). O sr. Pelu havia mantido os cachos, mas os óculos agora tinham armação de plástico vermelha. Ele não cabia mais nas antigas roupas; deixara de ser aquele jovem magricela para se transformar num adulto com ombros e peito largos, e uma flacidez de leve começando a surgir na barriga. Já não subia bêbado, aos tropeços, a escada de Less nem declamava poemas de quinta categoria todo fim de semana. Mas, num fim de semana, ele o fez. Foi ao casamento de um amigo e apareceu bêbado, o rosto vermelho, apoiando-se em Less ao cambalear, rindo, adentrando o hall. Uma noite em que se agarrou a Less, irradiando calor. E uma manhã em que, suspirando, Freddy anunciou que estava saindo com alguém que queria que ele fosse monógamo. Ele havia prometido ser, mais ou menos um mês antes. E achou que já era hora de começar a cumprir a promessa.

Freddy estava deitado de bruços, a cabeça pousada no braço de Less. A barba por fazer pinicava. Na mesinha de cabeceira, os óculos de armação vermelha ampliavam um par de abotoaduras.

— Ele sabe de mim? — perguntou Less.

Freddy ergueu a cabeça.

— Sabe o que de você?

— Disso.

Less indicou seus corpos nus. Freddy o encarou.

— Eu não posso mais vir aqui.

— Eu entendo.

— Seria bom. Tem sido bom. Mas você sabe que eu não posso.

— Eu entendo.

Freddy parecia estar prestes a dizer mais alguma coisa, porém se deteve. Ficou em silêncio, mas seu olhar era o de alguém gravando na memória uma foto. O que via ali? Ele se virou para o outro lado e pegou os óculos.

— Você devia me beijar como se isso fosse uma despedida.

— Sr. Pelu — disse Less. — Isso não é uma despedida de verdade.

Freddy botou os óculos vermelhos, e em cada aquário nadava um peixinho azul.

— Você quer que eu fique aqui com você para sempre?

Um raio de sol atravessou a trepadeira; axadrezou uma perna nua.

Less fitou o amante, e talvez uma série de imagens tenha surgido em lampejos na sua mente — um paletó de smoking, um quarto de hotel em Paris, uma festa num terraço —, ou talvez o que surgiu tenha sido apenas a cegueira do pânico e da perda. Uma mensagem reticente foi transmitida do seu cérebro, que ele optou por ignorar. Less se debruçou sobre Freddy e lhe deu um beijo demorado. Então se afastou e disse:

— Dá para sentir que você usou o meu perfume.

Os óculos, que haviam ampliado a determinação de Freddy, agora ampliavam suas pupilas já dilatadas. Elas percorreram de um lado a outro o rosto de Less, como se engajadas no ato da leitura. Ele parecia estar reunindo toda a sua força para sorrir, o que, por fim, fez.

— Esse foi o melhor beijo de despedida que você pôde dar?

Então, alguns meses depois, o convite de casamento na caixa de correio: *Requisitamos sua presença no enlace matrimonial de Federico Pelu e Thomas Dennis.* Que situação. Less não poderia de jeito nenhum aceitar o convite, considerando que todos sabiam que ele era ex-amante de Freddy; haveria risadinhas e sobrancelhas arqueadas, e, embora normalmente Less não desse a mínima, era demais imaginar o sorriso no rosto de Carlos. O sorriso de pena. Less já havia encontrado Carlos num evento beneficente de Natal (uma armadilha incendiária de galhos de pinheiro), e Carlos puxara Less de lado e lhe agradecera a atitude nobre de abrir mão de Freddy.

— Arthur, você sabe que o meu filho nunca foi a pessoa certa para você.

No entanto, Less não podia simplesmente recusar o convite. Ficar em casa enquanto toda a turma se reunia em Sonoma para beber à custa de Carlos — bem, as pessoas ririam dele de qualquer maneira. O jovem e triste Arthur Less havia se transformado no velho e triste Arthur Less. Histórias antigas seriam resgatadas da naftalina para ridicularizá-lo; novas histórias seriam testadas também. Esse pensamento era insuportável; ele não poderia de jeito nenhum recusar. Muito complicada essa vida.

Com o convite de casamento, havia chegado uma carta que educadamente o lembrava de uma proposta para lecionar numa universidade desconhecida de Berlim, informando a pouca remuneração e o pouco tempo que restava para a resposta. Less se sentou à mesa, encarando a oferta; o cavalo empinado no papel timbrado parecia rijo. Da janela aberta vinha a música de telhadores batendo martelo e o cheiro de alcatrão derretido. Então, abriu uma gaveta e tirou dela uma pilha de outras cartas, outros convites, aos quais não havia respondido; outros estavam escondidos nas profundezas do seu computador; mais ainda soterrados sob uma pilha de mensagens de telefone. Less ficou sentado ali, a janela chocalhando pelo estrépito dos trabalhadores braçais, e ponderou sobre eles. Um cargo de professor, uma conferência, um retiro literário, um artigo de viagem etc. E, assim como aquelas freiras sicilianas que, uma vez por ano, surgem de trás de uma cortina aberta, cantando, para que seus familiares possam contemplá-las, em seu pequeno escritório, em sua casinha, para Arthur Less uma cortina foi aberta, revelando uma ideia singular.

Lamento, ele escreveu no RSVP, *mas estarei fora do país. Desejo tudo de bom para Freddy e Tom.*

Ele aceitaria todos.

Que itinerário desconjuntado havia criado!

Primeiro: essa entrevista com H. H. H. Mandern. Isso lhe dá uma passagem de avião para Nova York, com dois dias antes do evento para aproveitar a cidade, no auge do outono. E há pelo menos um jantar de graça (o deleite do escritor): com seu agente, que certamente tem alguma notícia do seu editor. O último livro de Less tem morado com seu editor por mais de um mês, como qualquer casal moderno vive junto antes do casamento, mas, sem dúvida, seu editor vai fazer o pedido formal a qualquer momento. Haverá champanhe; haverá dinheiro.

Segundo: uma conferência na Cidade do México. É o tipo de evento que, por vários anos, Less tem recusado: um simpósio sobre a obra de Robert. Ele e Robert se separaram uma década e meia atrás, mas, quando Robert ficou doente e incapaz de viajar, os organizadores dos festivais literários começaram a contatar Less. Não como romancista por mérito próprio; em vez disso, como uma espécie de testemunha. Uma viúva da Guerra Civil, na visão de

Less. Esses festivais querem um último lampejo da famosa Escola do Rio Russian de escritores e artistas, um mundo boêmio dos anos setenta, há muito perdido no horizonte, e estão dispostos a aceitar um mero reflexo. Mas Less sempre recusou. Não porque apequenaria sua reputação — isso é impossível, uma vez que Less se sente quase subterrâneo em estatura —, mas porque parece parasitário ganhar dinheiro do que era, na verdade, o mundo de Robert. E, dessa vez, nem o dinheiro é suficiente. Não chega à metade de ser suficiente. Mas mata com perfeição os cinco dias entre Nova York e a cerimônia de premiação em Turim.

Terceiro: Turim. Less tem dúvidas. A princípio está concorrendo a um prêmio prestigioso por um livro recém-traduzido para o italiano. Qual deles? Foi necessária alguma pesquisa para descobrir que se trata de *Matéria escura*. Uma pontada de amor e arrependimento; o nome de um antigo caso na lista de passageiros do seu cruzeiro. *Sim, podemos providenciar a passagem de avião da Cidade do México até Turim; seu motorista vai buscá-lo* — a frase mais glamorosa que Less já leu na vida. Ele fica se perguntando quem financia esses excessos europeus, considera que talvez seja lavagem de dinheiro, e descobre, impresso na base do convite, o nome de uma empresa italiana de sabonetes. Lavagem de fato. Mas isso o leva à Europa.

Quarto: o Wintersitzung da Universidade Liberada de Berlim — um curso de cinco semanas "com tema a ser escolhido pelo sr. Less". A carta é em alemão; a universidade tem a impressão de que Arthur Less é fluente em alemão, e o editor de Arthur Less, que o recomendou, também tem essa impressão. Assim como Arthur Less. *Com a alegria de Deus*, escreve na resposta, *aceito o pedestal de poder*, e envia a mensagem com um arroubo de satisfação.

Quinto: uma breve temporada no Marrocos, o único luxo a que se permitiu no roteiro. Ele se juntaria a outra comemoração de aniversário, de alguém que não conhecia, Zohra, que planejou uma expedição de Marrakech ao deserto do Saara e, de lá, seguindo para o norte, até Fez. O amigo dele, Lewis, insistiu; eles estavam procurando uma forma de preencher uma vaga na viagem — que perfeito! O vinho seria abundante; a conversa, animada; e as instalações, um luxo. Como ele poderia recusar? A resposta, como sempre: dinheiro, dinheiro, dinheiro. Lewis expôs o valor, tudo incluso, e, embora a quantia fosse desconcertante (Less conferiu duas vezes para se certificar de que não era em dirrã marroquino), ele já tinha sido, como sempre, totalmente seduzido. A música beduína já tocava em seus ouvidos; camelos já blateravam na escuridão; ele já se via se levantando das almofadas bordadas e adentrando a noite do deserto, champanhe na mão, deixando o farinhento Saara lhe aquecer os pés enquanto, acima dele, a Via Láctea reluzia com as velas do seu aniversário.

Pois seria em algum lugar do Saara que Arthur Less faria 50 anos.

Ele jurou que não estaria sozinho. Lembranças do aniversário de 40 anos, vagando pelas amplas avenidas de Las Vegas, ainda o assombravam em seus piores momentos. Ele não estaria sozinho.

Sexto: para a Índia. Quem deu a ele essa ideia peculiar? Carlos, de todas as pessoas improváveis. Foi na mesma festa de Natal em que seu velho rival desencorajou Less numa área ("Meu filho nunca foi a pessoa certa para você") e, então, o encorajou em outra ("Sabe, existe um retiro muito próximo a um resort que estou montando, meus amigos, um cenário lindo, numa colina sobre o mar Arábico; seria um lugar maravilhoso para você escrever"). Índia: talvez ele pudesse enfim descansar; aprimorar a versão final do seu livro, aquele cuja aceitação seu agente certamente iria comemorar em Nova York com aquele champanhe. Quando era mesmo a temporada de monções?

E, por fim: ao Japão. Ele estava, por mais improvável que possa parecer, no meio de uma rodada de pôquer para escritores em São Francisco quando a proposta caiu no seu colo. Nem é preciso dizer que se tratava de escritores heterossexuais. Mesmo com a sua viseira verde, Less não era um jogador convincente; na primeira partida, perdeu todas as mãos. Mas sabia perder. Foi durante a terceira rodada — quando Less já começava a achar que não suportaria nem mais um minuto de fumaça de cigarro, grunhidos e cerveja jamaicana quente — que um homem ergueu o olhar e comentou que a esposa estava enfurecida com todas as suas viagens, que ele precisava ficar em casa e passar adiante um artigo, e será que alguém poderia ir a Kyoto em seu lugar? "Eu posso!", exclamou Less. Todos os jogadores, com suas expressões impassíveis, ergueram o olhar, e Less se lembrou da ocasião em que havia se oferecido para participar de uma peça na escola: a mesma expressão no rosto dos jogadores de futebol americano. Ele pigarreou e baixou a voz: "Eu posso." Um artigo para uma revista de bordo sobre a tradicional culinária kaiseki. Ele só esperava não chegar muito antes da florada das cerejeiras.

De lá, ele vai viajar de volta a São Francisco e retornar, mais uma vez, para sua casa na Vulcan Steps. Quase tudo pago por festivais, comitês de premiações, universidades, programas de residência e conglomerados de mídia. O restante, ele descobriu, pode cobrir com milhas aéreas de programas de fidelidade que, negligenciados no decorrer das últimas décadas, se multiplicaram e resultaram numa fortuna digital, como no baú mágico de um feiticeiro. Depois de pagar antecipadamente pela extravagância marroquina, sobrou das suas economias dinheiro suficiente para gêneros de primeira necessidade, contanto que exerça a economia puritana incutida nele por sua mãe. Nenhuma compra de roupa. Nenhuma noitada. E, que Deus o ajude, nenhuma emergência médica. Mas o que poderia dar errado?

Arthur Less dando a volta ao mundo! Um ato cosmonáutico por natureza. Na manhã em que deixou São Francisco, dois dias antes do evento com H. H. H. Mandern, Arthur Less se maravilhou ante a ideia de que não voltaria, como havia feito durante toda a vida, do leste, mas do misterioso oeste. E, durante essa odisseia, estava certo de que não pensaria nem um momento sequer em Freddy Pelu.

Nova York é uma cidade de oito milhões de habitantes, dos quais aproximadamente sete milhões ficarão furiosos quando souberem que você esteve na cidade e não se encontrou com eles para um jantar num restaurante caro, cinco milhões furiosos por você não ter visitado o recém-nascido deles, três milhões furiosos por você não ter assistido ao seu novo espetáculo, um milhão furioso por você não ter ligado para eles para transar, quando apenas cinco estão, de fato, disponíveis para te encontrar. É perfeitamente razoável não ligar para nenhum deles. Em vez disso, você pode sair à francesa e assistir a algum espetáculo horrendo, cafona, da Broadway, que jamais admitiria ter pago duzentos dólares para ver. É isso que Less faz na primeira noite, e come um cachorro-quente para compensar a extravagância. Não dá para classificar isso como *guilty pleasure* quando as luzes se apagam e a cortina sobe, quando o coração adolescente começa a bater em compasso com a orquestra, não quando você não sente culpa nenhuma. E ele não sente; só o tremor de deleite de quando não há ninguém ao redor para te julgar. É um musical ruim, mas, assim como sexo, um musical ruim pode muito bem cumprir sua função. No fim, Arthur está às lágrimas, chorando aos soluços na poltrona, e ele achava que chorava baixinho até as luzes se acenderem e a mulher da poltrona ao lado se virar e dizer: "Querido, não sei o que aconteceu na sua vida, mas eu sinto muito", e lhe dá um abraço com perfume de lilás. *Não aconteceu nada comigo*, ele quer dizer a ela. *Não aconteceu nada comigo. Eu sou só um homossexual num espetáculo da Broadway.*

Na manhã seguinte: a cafeteira do quarto de hotel é um molusquinho faminto, abrindo as mandíbulas para devorar cápsulas e, em seguida, expelindo café numa caneca. As instruções de manuseio e uso são claras, mas, de algum jeito, Less consegue produzir, na primeira tentativa, nada além de vapor e, na segunda, uma versão derretida da cápsula. Um suspiro de Less.

É uma manhã de outono em Nova York e, portanto, uma manhã gloriosa; é o primeiro dia da longa viagem dele, o dia anterior à entrevista, e suas roupas ainda estão limpas e impecáveis, as meias ainda aos pares, o terno azul sem nenhum amassado, a pasta de dentes ainda é americana, e não de um sabor estrangeiro exótico. A luz do sol amarelo-vivo de Nova York refletindo dos prédios nas barraquinhas de alumínio e dali iluminando o próprio Arthur Less. Mesmo o olhar maldoso de satisfação da mulher que não segurou o elevador para ele, a funcionária antipática do café, os turistas atravancando a movimentada Quinta Avenida, a investida agressiva dos vendedores de rua ("O senhor gosta de espetáculos de humor? Todo mundo gosta de humor!"), a sensação de dor no dente das britadeiras no asfalto — nada pode estragar o dia. Eis aqui uma loja que vende apenas zíperes. Eis aqui vinte unidades delas. O bairro do zíper. Que cidade gloriosa.

— O que o senhor vai usar? — pergunta a funcionária da livraria, quando Less passa para dar um alô.

Ele andou por vinte maravilhosos quarteirões para chegar até ali.

— O que eu vou *usar*? Ah, só o meu terno azul.

A funcionária (de saia-lápis, suéter e óculos: uma bibliotecária burlesca) ri e ri. A gargalhada se assenta num sorriso.

— Não, mas *sério* — diz ela. — O que o senhor *vai usar*?

— É um ótimo terno. Como assim?

— Bem, é H. H. H. Mandern! E é quase Halloween! Eu consegui um macacão da NASA. A Janice vai de Rainha de Marte.

— Eu achei que ele queria ser levado a sério...

— Mas é H. H. H. Mandern! Halloween! A gente precisa se fantasiar!

Ela não sabe como ele foi criterioso na hora de fazer a mala. Trata-se de um amálgama de itens contraditórios: suéteres de caxemira e calças de linho leves, ceroula térmica e bronzeador, gravata e sunga, suas faixas elásticas de exercício etc. Que sapato se coloca na mala para a universidade e para a praia? Que óculos escuros para a escuridão do norte da Europa e para o sol sul-asiático? Ele passaria por Halloween, Día de los Muertos, Festa di San Martino, Nikolaustag, Natal, Ano-Novo, Eid al-Malude, Vasant Panchami e Hina Matsuri. Só os chapéus já preencheriam uma vitrine. E então tem o terno.

Não existe Arthur Less sem o terno. Comprado num impulso, naquela breve fase de se dar alguns luxos, três anos antes, quando jogou a prudência (e o dinheiro) para o alto e voou até a Cidade de Ho Chi Minh para visitar um amigo durante uma viagem de trabalho, procurando um lugar que tivesse ar-condicionado naquela cidade úmida, infestada de lambretas, ele se pegou, de repente, numa alfaiataria, encomendando um terno. Embriagado pelos gases de escape e pela cana-de-açúcar, tomou uma série de decisões apressadas, forneceu o endereço de casa e, na manhã seguinte, já havia se esquecido de tudo. Duas semanas depois, um pacote chegava a São Francisco. Perplexo, ele o abriu e tirou de dentro um terno azul médio, forrado de fúcsia, com seu monograma bordado: APL. O cheiro de água de rosas exalado pela caixa imediatamente evocou uma mulher autoritária, de coque justo, enchendo-o de perguntas. O corte, os botões, os bolsos, a gola. Mas, sobretudo: o azul. Escolhido às pressas numa parede repleta de tecidos: não era um tom comum. Azul-pavão? Lápis-lazúli? Nada chega perto. Médio, mas vivo, moderadamente acetinado, sem dúvida audaz. Algo entre o ultramarino e sais de cianeto, entre Vixnu e Ámon, Israel e Grécia, os logos da Pepsi e da Ford. Em uma palavra: vibrante. Ele amava qualquer que tenha sido o lado dele que havia escolhido aquele terno e, depois disso, passou a usá-lo com frequência. Até Freddy aprovou: "Você parece alguém famoso!"

Parece mesmo. Finalmente, em sua idade avançada, ele acertou em cheio. Fica bem com o terno, que combina com ele. Sem o terno, não há Arthur Less.

Mas, aparentemente, o terno não basta. Agora, com a programação cheia de almoços e jantares, ele vai ter de encontrar... o quê? Um uniforme de *Star Trek*? Da livraria, Less segue para seu antigo bairro, onde morou depois da faculdade, e isso lhe dá uma chance de recordar o velho West Village. Não restou nada: o restaurante de comida caseira que guardava a chave extra do apartamento de Less debaixo do bolo de coco, as lojas de fetiches sexuais cujas vitrines cheias de apetrechos de borracha deixavam o jovem Less apavorado, os bares de lésbicas que Less costumava frequentar, imaginando que teria mais chance com os homens lá, o bar de reputação duvidosa onde um amigo certa vez comprou o que deduziu ser cocaína e saiu do banheiro anunciando que tinha acabado de cheirar um pacote de M&M'S, as casas de música ao vivo frequentadas, em certo verão, pelo que o *New York Post* chamou, equivocadamente, de "Assassino do Karaokê". Nada restou, tudo substituído por coisas mais bonitas. Lojas sofisticadas de artigos feitos de ouro e restaurantezinhos encantadores, com lustres imensos, que servem apenas hambúrguer, e sapatos expostos como obras de arte num museu. Às vezes parece que só Arthur Less se lembra de como esse lugar era totalmente decadente.

Por trás dele:
— Arthur! Arthur Less?
Ele dá meia-volta.
— Arthur Less! Não acredito! Eu estava falando de você *agorinha mesmo*!
Ele abraça o homem antes de saber exatamente quem está abraçando, de súbito enredado numa camisa de flanela, vendo, por cima do ombro, um rapaz de expressão triste, olhos grandes e dreads. O

homem o solta e começa a falar da coincidência incrível que é aquilo, e, durante todo o tempo, Less está pensando: *Quem diabos é esse cara?* Um sujeito animado, corpulento, careca, de barba grisalha desenhada, camisa xadrez de flanela e cachecol laranja, sorrindo diante de um supermercado-que-já-foi-um-banco, na Oitava Avenida. Em pânico, Less tenta visualizar aquele homem em vários cenários diferentes — céu azul e praia, árvore alta e rio, lagosta e taça de vinho, globo espelhado e drogas, cama e nascer do sol —, mas nada lhe ocorre.

— Não acredito! — repete o homem, sem soltar o ombro de Less. — Arlo estava me contando agora sobre o fim do relacionamento dele, e eu disse, sabe, dê tempo ao tempo. Eu sei que agora parece insuportável, mas dê tempo ao tempo. Às vezes, demora anos e anos. E aí eu vi você, Arthur! Apontei e disse: *Olha!* Ali está o homem que partiu o meu coração; eu achei que nunca ia me recuperar, que jamais ia querer ver a cara dele de novo, ou ouvir seu nome, e veja só! Ali está ele, do nada, e eu não sinto nenhum rancor. Quanto tempo faz, seis anos, Arthur? Nenhum rancor, nada.

Less o observa: as rugas do rosto, como um origami que tivesse sido desdobrado e alisado com a mão, as sardas na testa, a penugem branca das orelhas até o topo da cabeça, os olhos cor de cobre irradiando tudo menos rancor. Quem diabos é esse velho?

— Está vendo, Arlo? — pergunta ele ao rapaz. — Nada. Nenhum ressentimento! A gente supera tudo. Arlo, você pode tirar uma foto nossa?

E Less se pega mais uma vez abraçando o homem, esse desconhecido rechonchudo, e sorrindo para a foto que o jovem Arlo se desloca para tirar, até que o homem começa a instruí-lo:

— Tira outra; não, tira dali, segura a câmera mais pra cima; não, *mais pra cima*; não, MAIS PRA CIMA!

— Howard — diz Less para o ex-amante, sorrindo. — Você está ótimo.

— Você também, Arthur! Claro, a gente não tinha ideia de como era jovem, tinha? Olha só para nós agora, dois velhos!

Less se afasta, perplexo.

— Bom te ver! — exclama Howard, balançando a cabeça e repetindo: — Não é incrível? Arthur Less, bem aqui na Oitava Avenida. Que bom te ver, Arthur! Se cuida, a gente precisa ir!

O beijo na bochecha é mal calculado e pousa na boca do professor de história; ele cheira a pão de centeio. Um lampejo de seis anos antes, vendo a silhueta dele no teatro e pensando: *Eis uma boa companhia.* Um homem com quem ele quase ficou, que quase amou, e agora mal o reconhece na rua. Ou Less é um escroto, ou o coração é um músculo inconstante. Não é impossível que ambas as coisas sejam verdadeiras. Um aceno para o coitado do Arlo, para quem nada disso é um consolo. Os dois estão prestes a atravessar a rua quando Howard para, se vira e, com a expressão animada, diz:

— Ah! Você era amigo do Carlos Pelu, não era? Que mundo pequeno! A gente se vê no casamento, talvez?

Arthur Less não teve nada publicado até chegar à casa dos 30. Àquela altura, já havia passado anos vivendo com o famoso poeta Robert Brownburn numa casinha — uma cabana, como eles sempre a chamavam — na metade de uma escadaria residencial íngreme em São Francisco. A Vulcan Steps, como é chamada, vai da Levant Street no topo, descendo e passando por pinheiros, heras e samambaias, até chegar a um patamar de tijolos com vista a leste para o centro da cidade. Buganvílias floresciam na varanda deles como um vestido de festa de formatura descartado. A "cabana" tinha apenas quatro cômodos, um deles exclusivamente de Robert, mas eles pintaram as paredes de branco e penduraram quadros que Robert ganhara de amigos (um deles retratando um quase identificável Less, nu, num rochedo) e plantaram uma trepadeira debaixo da janela do quarto. Less demorou cinco anos para seguir o conselho de Robert e começar a escrever. No início, apenas contos penosos. E então, quase no fim da sua vida juntos, um romance. *Kalipso*: o mito de Calipso, da *Odisseia*, revisitado, com um soldado da Segunda Guerra que naufraga, vai parar numa praia no Pacífico Sul e é ressuscitado por um habitante do lugar que se apaixona por ele e precisa ajudá-lo a voltar para sua terra, e para sua mulher.

— Arthur, esse livro — disse Robert, tirando os óculos para efeito dramático. — É uma honra amar você.

O romance alcançou sucesso moderado; ninguém menos que Richard Champion se dignou a fazer a crítica nas páginas do *New York Times*. Robert a leu primeiro, e depois entregou o jornal a Less, sorrindo, os óculos na cabeça para o segundo par de olhos do seu poeta; anunciou que era uma boa crítica. Mas todo escritor sente o gosto do veneno que outro derrama sorrateiramente dentro do ponche, e Champion terminava o texto chamando o escritor de "um meloso grandiloquente". Less fitou aquelas palavras como uma criança fazendo uma prova. *Grandiloquente* parecia um elogio (só que não era). Mas meloso? Como assim meloso?

— Parece um código — observou Less. — Ele está mandando mensagens ao inimigo?

Estava.

— Arthur — disse Robert, segurando sua mão —, ele só está chamando você de bicha.

Mesmo assim, como aqueles besouros improváveis que resistem anos nas dunas, vivendo apenas da chuva do deserto, seu romance, de algum modo, continuou vendendo ao longo dos anos. Vendeu na Inglaterra, na França e na Itália. Less escreveu um segundo romance, *Brilho de oposição*, que recebeu menos atenção, e um terceiro, *Matéria escura*, que o editor da Cormorant Publishing se esforçou para promover, destinando uma grande quantia para divulgação, enviando-o para mais de uma dezena de cidades. No lançamento, em Chicago, na coxia do auditório, ele ouviu a apresentação ("Deem as boas-vindas ao grandiloquente autor do livro aclamado pela crítica *Kalipso*..."), seguida dos aplausos minguados de talvez quinze ou vinte pessoas na plateia — aquele prenúncio terrível, como os pontinhos de chuva que se notam na calçada antes da tempestade —, e ele se viu levado de volta à noite do reencontro dos alunos do ensino médio. Os organizadores o haviam persuadido a fazer uma leitura, anunciada no convite como "Uma noite com Arthur Less". Ninguém no ensino médio jamais desejara passar uma noite com Arthur Less, mas ele se deixou convencer. Ele compareceu ao prédio baixo da Delmarva High School (ainda mais baixo do que se lembrava), pensando em tudo que havia alcançado na vida. E vou deixar você adivinhar quantos ex-alunos deram o ar da graça em "Uma noite com Arthur Less".

Na época da publicação de *Matéria escura*, ele e Robert já haviam se separado, e, desde então, Less tem tido de viver apenas da chuva do deserto. Ele ficou com a "cabana" quando Robert se mudou para Sonoma (financiamento quitado depois do Pulitzer de Robert); o resto ele vem remendando, aquela louca colcha de retalhos que é a vida do escritor: quente o suficiente, mas sem jamais cobrir os dedos dos pés.

Mas esse próximo livro! É esse! Chama-se *Swift* (o que nem sempre vence a corrida): um romance peripatético. Um homem num tour a pé por São Francisco e pelo seu passado, voltando para casa depois de uma série de ventos desfavoráveis e decepções ("Tudo que você faz é escrever um *Ulisses* gay", disse Freddy); um romance nostálgico e melancólico da vida difícil de um homem. Da dura meia-idade gay. E hoje, no jantar, certamente com champanhe, Less receberá a boa notícia.

No quarto de hotel, ele veste o terno azul (recém-lavado a seco) e sorri para o espelho.

Ninguém compareceu a "Uma noite com Arthur Less".

* * *

Uma vez, brincando, Freddy disse que o "grande amor" de Less era seu agente. Sim, Peter Hunt conhece Less intimamente. Lida com as dificuldades, os ataques e as alegrias que ninguém mais testemunha. E, no entanto, sobre Peter Hunt, Less não sabe quase nada. Não consegue nem se lembrar de onde ele é. Minnesota? Ele é casado? Quantos clientes tem? Less não faz ideia, e, ainda assim, como uma adolescente, vive das ligações e das mensagens de Peter. Ou, mais precisamente, como uma amante esperando seu homem entrar em contato.

E aqui está ele, adentrando o restaurante: Peter Hunt. Astro do basquete nos tempos de faculdade, sua altura ainda atrai todas as atenções quando chega aos lugares, embora agora, em vez de rente, o cabelo branco seja longo como as madeixas de um maestro de desenho animado. Ao atravessar o restaurante, Peter telepaticamente aperta a mão de amigos em todo o salão, e então fixa o olhar no pobre e encantado Less. Peter usa um terno de veludo cotelê bege, que ronrona quando ele se senta. Atrás dele, uma atriz da Broadway surge de renda preta enquanto, em cada lado dela, duas lagostas à Thermidor são reveladas em nuvens de vapor. Como qualquer diplomata numa negociação tensa, Peter só fala de negócios aos quarenta e cinco do segundo tempo; portanto, a refeição inteira é regada a um bate-papo literário sobre autores que Less se sente obrigado a fingir que leu. Só quando os dois estão tomando café, Peter diz:

— Fiquei sabendo que você vai viajar.

Less responde que sim, ele vai dar uma volta ao mundo.

— Muito bom — diz Peter, pedindo a conta. — Vai ser bom para espairecer. Espero que você não esteja apegado demais à Cormorant.

Less gagueja, então emudece.

Peter:

— Porque eles recusaram *Swift*. Acho que você devia mexer um pouco no livro enquanto estiver viajando. Deixar que as novas paisagens tragam novas ideias.

— O que eles propuseram? Alguma mudança?

— Nenhuma mudança. Nenhuma proposta.

— Peter, eu estou sendo dispensado?

— Arthur, não é para ser. Vamos pensar além da Cormorant.

Um alçapão parece se abrir debaixo da cadeira dele.

— É... meloso demais?

— Nostálgico demais. Melancólico demais. Esses livros de caminhada pela cidade, essas histórias que se passam num dia da vida da pessoa, sei que os escritores adoram isso. Mas acho que é difícil sentir pena do protagonista. Quer dizer, ele tem uma vida melhor que qualquer pessoa que eu conheço.

— *Gay* demais?

— Use essa viagem, Arthur. Você é tão bom em captar a essência dos lugares. Avise quando estiver de volta — pede Peter, enquanto o abraça, e Less se dá conta de que ele está indo embora; de que o jantar terminou; a conta foi entregue e paga enquanto Less tateava as paredes escorregadias do poço escuro e sem fundo dessa má notícia. — E boa sorte amanhã com Mandern. Espero que a agente dele não esteja lá. Ela é um monstro.

O cabelo branco se agita como o rabo de um cavalo, e ele atravessa o salão. Less vê a atriz recebendo um beijo de Peter na mão. E então ele se vai, o grande amor de Less, saindo para encantar algum outro escritor apaixonado.

De volta ao quarto de hotel, Less fica surpreso ao encontrar, no banheiro liliputiano, uma banheira brobdingnaguiana. Portanto, embora sejam dez da noite, ele abre a torneira. Enquanto a banheira se enche, Less contempla a cidade vista do quarto: o Empire State Building, vinte quadras adiante, é ecoado, abaixo, pelo Empire Diner com um cartaz que diz: PASTRAMI. Da outra janela, próximo ao Central Park, ele vê o letreiro do Hotel New Yorker. Eles não estão de brincadeira, não senhor. Da mesma forma que os hotéis da Nova Inglaterra batizados com nomes como Colono e Tricórnio não estão de brincadeira, com suas cúpulas coloniais e cata-ventos de ferro forjado, suas pirâmides de bolas de canhão na entrada, assim como as vendas de lagosta no Maine chamadas Ciclone Bomba, adornadas com redes de pesca e boias de vidro, também não estão de brincadeira, assim como os restaurantes enfeitados com musgos em Savannah, ou os Armazéns do Urso-Pardo do Oeste, ou os Crocodilo Isso e Crocodilo Aquilo da Flórida, ou até os Sanduíches de Prancha de Surfe e os Cafés do Bondinho e as Pousadas da Cidade da Névoa na Califórnia não estão de brincadeira. Ninguém está de brincadeira. A coisa é muito séria. As pessoas acham que os americanos são superdescontraídos, mas, na verdade, eles são seriíssimos, sobretudo em relação à sua cultura regional; chamam seus bares de "saloons" e suas lojas começam com "Ye Olde"; se vestem com as cores do time do ensino médio da cidade; são Famosos por Suas Tortas. Até na cidade de Nova York.

Talvez apenas Less esteja de brincadeira. Aqui, olhando para suas roupas — calça jeans preta para Nova York, calça cáqui para o México, terno azul para a Itália, lã para a Alemanha, linho para a Índia —, uma fantasia atrás da outra. Cada uma delas é uma piada, e é ele o motivo da piada: o Less cavalheiro, o Less escritor, o Less turista, o Less hipster, o Less colonialista. Onde está o verdadeiro Less? O jovem Less com medo do amor? O seriíssimo Less de vinte e cinco anos atrás? Bem, acabou não o colocando na mala. Depois de todos esses anos, Less não sabe nem onde esse está guardado.

Ele volta para o banheiro, fecha a torneira e entra na banheira. Quente, quente, quente, quente, quente! Sai dela, vermelho até a cintura, e deixa a torneira de água fria aberta mais um tempo. O vapor assombra a superfície e o reflexo dos azulejos brancos, com sua singular faixa preta. Ele desliza de volta para dentro, a água morna agora. O corpo ondula por baixo do reflexo.

Arthur Less é o primeiro homossexual a envelhecer. Pelo menos, é assim que se sente nessas horas. Aqui, nesta banheira, deveria ter

25 ou 30 anos, um belo rapaz pelado na banheira. Aproveitando os prazeres da vida. Que horror se alguém se deparasse com Less nu agora: rosado até o tronco, cinzento até a cabeça, como aquelas antigas borrachas com um lado para lápis e o outro para caneta. Ele nunca viu outro gay passar dos 50, à exceção de Robert. Ele os conhecia todos com 40 ou um pouquinho mais, porém nunca os viu passar muito disso; eles morreram de aids, aquela geração. Com frequência, a geração de Less se sente como a primeira a explorar a terra após os 50. Como devem proceder? Deve-se permanecer jovem para sempre, pintar o cabelo, se submeter a dietas para continuar magro, usar camisa de malha e calça jeans justa e sair para dançar até cair duro aos 80? Ou deve-se fazer o contrário — renegar isso tudo, deixar o cabelo ficar grisalho, usar suéteres elegantes que cobrem a barriga e sorrir dos antigos prazeres que os anos não trazem mais? Casa-se e se adota uma criança? Como casal, cada um arruma um amante, como um par de mesinhas de cabeceira, para o sexo não se extinguir por completo? Ou se deixa o sexo se extinguir por completo, como fazem os heterossexuais? Experimenta-se o alívio de abrir mão de toda vaidade, ansiedade, dor e de todo desejo? Vira-se budista? Uma coisa com certeza não se faz. Não se assume um amante por nove anos, achando que é tudo muito tranquilo e casual, e, quando se é deixado por ele, desaparece-se e se acaba sozinho numa banheira de hotel, pensando "e agora?".

De algum lugar, a voz de Robert:

Eu vou ficar velho demais para você. Quando você tiver 35, eu vou ter 60. Quando você tiver 50, eu vou ter 75. E aí, o que a gente vai fazer?

Foi logo no início; ele era tão jovem, lá pelos 22. Tendo uma daquelas conversas sérias depois do sexo. *Eu vou ficar velho demais para você.* Claro que Less disse que isso era ridículo, que a diferença de idade não significava nada para ele. Robert era mais gostoso que aqueles jovenzinhos idiotas, com certeza sabia disso. Os homens de 40 e poucos anos eram tão sexy: a convicção serena do que um homem gostava e do que não gostava, onde ele impunha limites e onde não impunha nenhum, experiência e senso de aventura. Isso deixava o sexo tão melhor. Robert acendeu outro cigarro e sorriu. *E aí, o que a gente vai fazer?*

Então vem Freddy, vinte anos depois, no quarto de Less:

— Eu não penso em você como alguém velho.

— Mas eu sou — rebate Less, deitado na cama. — Eu vou ficar.

Nosso herói deitado de lado, apoiado no cotovelo. Os raios de sol mostrando como a trepadeira cresceu, com o passar dos anos, entrelaçada à janela. Less tem 44. Freddy, 29, com os óculos de armação vermelha, o paletó de smoking de Less e mais nada. No meio do peito peludo, mal há sinal da concavidade de outrora.

Freddy se avalia no espelho.

— Acho que o seu smoking fica melhor em mim que em você.

— Eu só quero garantir — diz Less, baixando a voz — que não estou impedindo você de conhecer outra pessoa.

Freddy encontra o olhar de Less no espelho. O rosto do rapaz se contrai de leve, como se ele sentisse uma dor no dente. Por fim, diz:

— Não precisa se preocupar com isso.

— Você está numa idade...

— Eu sei. — Freddy adota a expressão de quem está prestando muita atenção a cada palavra. — Eu entendo a nossa situação. Você não precisa se preocupar com isso.

Less se recosta na cama, e os dois se entreolham em silêncio por algum tempo. O vento faz a trepadeira bater na janela, espalhando as sombras.

— Eu só queria conversar... — começa ele.

Freddy se vira.

— A gente não precisa ter uma longa conversa sobre isso, Arthur. Não se preocupe. Eu só acho que você devia me dar esse smoking.

— De jeito nenhum. E para de usar o meu perfume.

— Vou parar quando eu ficar rico. — Freddy se deita na cama.
— Vamos ver *The Paper Wall* de novo.

— Sr. Pelu, eu só quero garantir — insiste Less, sem conseguir deixar o assunto de lado, até se certificar de que está tudo muito claro — que você não vai se envolver emocionalmente comigo. — Ele fica se perguntando quando as conversas dos dois começaram a soar como um romance traduzido.

Freddy se senta de novo, muito sério. O maxilar forte, do tipo que um pintor retrataria, um maxilar que revela o homem que ele se tornou. Seu maxilar e a águia de pelos escuros no peito — eles pertencem a um homem. Alguns poucos detalhes — o nariz pequeno, o sorriso de esquilo e os olhos azuis nos quais seus pensamentos podem ser facilmente decifrados — são tudo o que resta daquele rapaz de 25 anos contemplando a cerração. Então ele sorri.

— É impressionante o quanto você é presunçoso — comenta Freddy.

— Só me diz que você acha as minhas rugas sexy.

Rastejando mais para perto:

— Arthur, não existe nenhuma parte sua que não seja sexy.

A água esfriou, e o cômodo azulejado, sem janelas, parece agora um iglu. Ele se vê refletido nos azulejos, um fantasma oscilante na superfície branca e cintilante. Não pode ficar aqui. Não pode ir para a cama. Precisa fazer alguma coisa que não seja triste.

Quando você tiver 50, eu vou ter 75. E aí, o que a gente vai fazer?

Nada a fazer a não ser rir disso. Uma verdade universal.

* * *

Eu me lembro de Arthur Less na juventude. Eu tinha uns 12 anos e estava entediado numa festa de adultos. O apartamento em si era todo branco, assim como todos os convidados, e me deram um tipo de refrigerante incolor e me alertaram para que não me sentasse em nada. O papel de parede cinza trazia uma repetição de ramos de jasmim que me enfeitiçou por tempo suficiente para reparar que, a cada metro, uma abelhinha era impossibilitada de pousar na flor pela natureza congelada da arte. Aí senti uma mão no meu ombro.

— Quer desenhar alguma coisa?

Eu me virei, e lá estava um rapaz loiro sorrindo para mim. Alto, magro, cabelo comprido na frente, o rosto idealizado de uma estátua romana, os olhos ligeiramente arregalados ao sorrir para mim: o tipo de expressão animada que encanta as crianças. Devo ter deduzido que era adolescente. Ele me levou à cozinha, onde havia lápis e papel, e disse que poderíamos desenhar a vista. Perguntei se poderia desenhá-lo. Ele riu disso, mas falou que tudo bem e se sentou num banco, ouvindo a música que vinha da sala. Eu conhecia a banda. Jamais me ocorreu que ele estivesse se escondendo da festa.

Ninguém se equipara a Arthur Less em sua capacidade de sair de um cômodo permanecendo fisicamente nele. Ficou lá sentado, mas sua mente logo me abandonou. O corpo magro de calça jeans dobrada na barra e suéter largo de tricô branco mesclado, o pescoço longilíneo e avermelhado esticado enquanto ouvia — *"So lonely, so lonely"* —, a cabeça grande demais para o resto, de certo modo, comprida e retangular demais, os lábios vermelhos demais, as faces rosadas demais e uma cabeleira loira e lustrosa cortada rente na lateral e caindo numa onda sobre a testa. Fitando a cerração, as mãos no colo, acompanhando a letra da música — *"So lonely, so lonely"*. Fico sem graça de pensar no emaranhado de traços que fiz dele. Estava fascinado demais com sua *autossuficiência*, com sua *liberdade*. Desaparecer dentro de si mesmo por dez ou quinze minutos, enquanto eu o desenhava, quando mal conseguia permanecer sentado e imóvel para segurar o lápis. E, depois de um tempo, seus olhos se acenderam, ele olhou para mim e perguntou:

— O que você fez aí?

E eu lhe mostrei.

Ele sorriu, fez que sim com a cabeça, me deu algumas dicas e perguntou se eu queria mais refrigerante.

— Quantos anos você tem? — perguntei.

Sua boca se retorceu num sorriso. Ele afastou o cabelo dos olhos.

— Vinte e sete.

Por algum motivo, vi isso como uma grande traição.

— Você não é adolescente! — objetei. — Você é adulto!

Que inacreditável ver o homem enrubescer pelo que tomou como ofensa. Quem sabe por que o que eu disse o magoou? Imagino que ele ainda gostasse de pensar em si mesmo como um garoto. Eu o havia considerado uma pessoa confiante quando, na verdade, ele estava cheio de preocupações e medos. Não que eu tenha visto isso tudo na ocasião, quando ele enrubesceu e baixou o olhar. Eu não sabia nada sobre ansiedade e outras aflições humanas inúteis. Só sabia que tinha dito a coisa errada.

Um velho surgiu no vão da porta. Ele parecia velho para mim: camisa social branca, óculos pretos, parecendo um farmacêutico.

— Arthur, vamos embora daqui.

Arthur sorriu para mim e me agradeceu pela tarde agradável. O velho me olhou e fez que sim com a cabeça, de leve. Senti vontade de consertar o que quer que eu tivesse feito de errado. Então, juntos, os dois se foram. Claro que eu não sabia que se tratava do poeta Robert Brownburn, vencedor do Pulitzer. Com o jovem amante, Arthur Less.

— Outro manhattan, por favor.

É mais tarde, na mesma noite; é melhor Arthur Less não estar de ressaca para a entrevista de amanhã com Mandern. E é melhor ele encontrar alguma coisa operístico-espacial para usar.

Ele está conversando:

— Estou dando uma volta ao mundo.

O diálogo acontece num bar de Midtown, próximo ao hotel. Less costumava frequentá-lo quando jovem. Nada mudou no lugar: nem o porteiro, desconfiado de todos que querem entrar; nem o retrato emoldurado de um Charlie Chaplin mais velho; nem o bar, em cujo balcão em curva atende-se aos jovens com prontidão e aos velhos com certa demora; nem o piano de cauda preto cujo pianista (como num saloon do Velho Oeste) toca tudo que lhe é pedido (Cole Porter, basicamente); nem o papel de parede listrado, nem as arandelas em formato de concha, nem a clientela. O bar é conhecido como um lugar para homens mais velhos conhecerem homens mais novos; duas antiguidades entrevistam um rapaz de gel no cabelo num sofá. Less se diverte pensando que agora está do outro lado da equação. Ele conversa com um jovem calvo, mas bonito, de Ohio, que por algum motivo o escuta atentamente. Less ainda não reparou, exposto acima do balcão, num capacete de cosmonauta russo.

— Daqui você vai para onde? — pergunta o rapaz, animado. Ele tem a ausência de cílios e o nariz sardento dos ruivos.

— Para o México. Depois vou concorrer a um prêmio na Itália — responde Less. Está bebendo o segundo manhattan, que cumpriu sua função. — Não vou ganhar. Mas eu precisava sair da cidade.

O ruivo descansa a cabeça na mão.

— De onde você é, lindo?

— São Francisco.

Less tem uma lembrança súbita de quase trinta anos antes: saindo de um show do Erasure com um amigo, chapado, ouvindo a notícia de que os democratas tinham reassumido o Senado, e entrando neste bar e declarando: "A gente quer transar com um republicano! Quem é republicano?" E todos os homens do lugar levantando a mão.

— São Francisco não é tão ruim — observa o rapaz, com um sorriso. — Só meio pretensiosa. Por que sair de lá?

Less se encosta no balcão e olha nos olhos do seu novo amigo. Cole Porter ainda está vivo naquele piano, e a cereja de Less ainda está viva em seu manhattan; ele a tira do drinque. Charlie Chaplin os encara do alto (por que Charlie Chaplin?).

— Como se chama um cara com quem você transa, digamos que faça isso por nove anos, você prepara o café da manhã, comemora aniversários, briga, veste o que ele sugere, por nove anos, e você é simpático com os amigos dele, e ele está sempre na sua casa, mas você sabe o tempo todo que aquilo não pode dar em nada, que ele vai encontrar alguém, que não é você, isso está combinado desde o início, ele vai encontrar alguém e se casar... Como se chama um cara desses?

O piano passa para *"Night and Day"* com uma batida enérgica.

O companheiro de bar dele arqueia a sobrancelha.

— Não sei. Como você chama?

— Freddy. — Less põe o cabinho da cereja na boca e, em poucos segundos, o retira enrolado num nó. Deixa o nó sobre o guardanapo à sua frente. — Ele encontrou alguém e vai se casar.

O rapaz assente e pergunta:

— O que você está bebendo, lindo?

— Manhattans, mas eu estou pagando. Com licença, moço — chama ele, virando-se para o barman, apontando para o capacete espacial acima deles. — O que é aquilo em cima do bar?

— Sinto muito, senhor, mas hoje não — intervém o ruivo, botando a mão sobre a de Less. — É por minha conta. E o capacete de cosmonauta é meu.

Less:

— Seu?

— Eu trabalho aqui.

Nosso herói sorri, voltando os olhos para a mão, então fitando outra vez o ruivo.

— Você vai achar que eu sou maluco — diz. — Mas quero pedir um favor meio doido. Vou entrevistar H. H. H. Mandern amanhã e preciso...

— Eu também moro aqui perto. Qual é o seu nome mesmo?

— Arthur Less? — pergunta a mulher de cabelo grisalho, no camarim verde do teatro, enquanto H. H. H. Mandern vomita num balde. — Quem diabos é Arthur Less?

Less está no vão da porta, capacete espacial debaixo do braço, um sorriso plantado no rosto. Quantas vezes já lhe fizeram essa pergunta? Com certeza, vezes suficientes para que não o atingisse mais; fizeram essa pergunta a ele quando era bem jovem, na época de Carlos, quando ouviu alguém explicando que Arthur Less era aquele garoto de Delaware, de sunga verde, o magro na piscina, ou mais tarde, quando explicaram que era o amante de Robert Brownburn, o sujeito tímido perto do bar, ou mesmo depois, quando observaram que era seu ex-namorado e talvez não devesse mais ser convidado, ou quando o apresentaram como autor de um primeiro romance, e então de um segundo, e depois como o cara que alguém conhecia de algum lugar muito tempo atrás. E por fim: como o homem com quem Freddy Pelu transava havia nove anos, até se casar com Tom Dennis. Ele foi todas essas coisas, para todas aquelas pessoas que não sabiam quem ele era.

— Eu disse: quem diabos é você?

Ninguém no teatro saberá quem ele é; quando ajudar H. H. H. Mandern, sofrendo com intoxicação alimentar mas relutante em desapontar os fãs, a entrar no palco, ele será apresentado apenas como "um grande admirador". Quando conduzir a entrevista de uma hora e meia, preenchendo-a com longas descrições ao notar que o escritor está fraquejando, respondendo a algumas perguntas da plateia quando Mandern voltar os olhos abatidos para Less, quando salvar esse evento, salvar a carreira desse coitado, ninguém saberá quem ele é ainda. As pessoas estão ali por H. H. H. Mandern. Estão ali por seu robô Peabody. Vieram vestidas de robôs ou deusas espaciais ou alienígenas porque um escritor mudou a vida delas. Aquele outro escritor, sentado ao seu lado, o rosto parcialmente visível pelo visor aberto de um capacete espacial, é irrelevante; ele não será lembrado; ninguém saberá, nem vai se perguntar, quem ele é. E ainda hoje, mais tarde, quando embarcar num avião para a Cidade do México e o jovem turista japonês ao seu lado, quando ouvir que é escritor, ficar animado e perguntar quem ele é, Less, ainda em queda livre da ponte partida das suas últimas esperanças, responderá como já o fez tantas outras vezes.

Um meloso grandiloquente.

Nenhum rancor. Nenhum ressentimento.

Arthur, você sabe que o meu filho nunca foi a pessoa certa para você.

— Ninguém — diz nosso herói, para a cidade de Nova York.

LESS MEXICANO

Freddy Pelu é um homem que não precisa que digam a ele antes da decolagem que ponha sua máscara de oxigênio antes de ajudar os outros.

Isso era só uma brincadeira que estavam fazendo, enquanto aguardavam a chegada de alguns amigos no bar. Um desses bares de São Francisco que não é nem gay nem hétero, só estranho, e Freddy ainda estava com a camisa azul e a gravata que usara para dar aula, e os dois estavam tomando um tipo novo de cerveja que tinha gosto de aspirina e cheiro de magnólia, e custava mais que um hambúrguer. Less usava um suéter de tricô. Eles tentavam descrever um ao outro com uma única frase. Less havia começado a brincadeira e dito a frase escrita acima.

Freddy franziu a testa.

— Arthur — murmurou. Em seguida, baixou o olhar para a mesa.

Less pegou algumas pecãs caramelizadas do potinho à sua frente. Perguntou qual era o problema. Achou que havia formulado uma boa frase.

Freddy meneou a cabeça de modo que seus cachos balançaram, e suspirou.

— Não acho que isso seja verdade. Talvez quando você me conheceu. Mas isso foi há muito tempo. Sabe o que eu ia dizer?

Less respondeu que não sabia.

O jovem encarou seu amante e, antes de tomar um gole da cerveja, disse:

— Arthur Less é a pessoa mais corajosa que eu conheço.

Arthur pensa nisso em todo voo. Sempre estraga tudo. Estragou esse voo de Nova York para a Cidade do México, que ainda está prestes a piorar.

Arthur Less ouviu dizer que faz parte da tradição, em alguns países da América Latina, aplaudir um pouso bem-sucedido. Em sua mente, ele associa isso aos milagres de Nossa Senhora de Guadalupe e, de fato, enquanto o avião enfrenta um período prolongado de turbulência, Less começa a pensar em qual seria a oração mais apropriada. Ele foi, no entanto, criado sob os preceitos do unitarismo; só tem Joan Baez a quem recorrer, e *"Diamonds and Rust"* não o conforta. Sem trégua, o avião convulsiona à luz do luar, como um homem se transformando em lobisomem. E, ainda assim, Arthur Less valoriza as metáforas piegas da vida; uma transformação, sim. Arthur Less, deixando os Estados Unidos finalmente; talvez, passada a fronteira, ele mude, como a velha bruaca que é salva por um cavaleiro e que, depois de levada para o outro lado do rio, se transforma numa princesa. Não o Arthur Less joão-ninguém, mas o Arthur Less Eminente Palestrante Convidado dessa conferência. Ou seria a princesa transformada em velha bruaca? O jovem turista japonês sentado ao seu lado, incrivelmente estiloso com um conjunto esportivo amarelo-néon e tênis com estampa que reproduz a foto da superfície da Lua, está suando e respirando pela boca; a certa altura, ele se vira para Less e pergunta se isso é normal, e Less responde: "Não, não é normal, não." Mais espasmos, e o rapaz segura a mão dele. Juntos, os dois sobrevivem à tempestade. São, talvez, os únicos passageiros literalmente sem uma oração. E, quando o avião pousa por fim — as janelas revelando a vasta placa de circuito noturna que é a Cidade do México —, Less se descobre aplaudindo sozinho a sobrevivência de todos.

O que Freddy quis dizer com "a pessoa mais corajosa que eu conheço"? Para Less, isso é um mistério. Diga um dia, uma hora, em que Arthur Less não teve medo. De pedir um drinque, de chamar um táxi, de dar uma aula, de escrever um livro. Com medo dessas coisas e de quase tudo mais no mundo. É estranho isso, na verdade; porque ele tem medo de tudo, nada é mais difícil que qualquer outra coisa. Dar a volta ao mundo não é mais apavorante que comprar um chiclete. A dose diária de coragem.

Que alívio, portanto, sair da alfândega e ouvir seu nome sendo chamado:

— Señor Less!

Lá está um homem barbado, com 30 anos, talvez, a calça jeans preta, camisa de malha e jaqueta de couro de astro do rock.

— Meu nome é Arturo — cumprimenta-o Arturo, estendendo a mão peluda. Trata-se do "escritor local" que o acompanhará nos próximos três dias. — É uma honra conhecer o homem que conheceu a Escola do Rio Russian.

— Eu também me chamo Arturo — diz Less, dando um aperto de mão nele efusivamente.

— Sim. O senhor passou rápido pela alfândega.

— Eu subornei um homem para trazer as minhas malas.

Ele aponta para um baixinho de bigode à Zapata e uniforme azul, com as mãos nos quadris.

— Sim, mas isso não é suborno — adverte Arturo, balançando a cabeça. — É *propina*. Gorjeta. Aquele homem trabalha transportando bagagem.

— Ah — diz Less, e o bigodudo abre um sorriso.

— É a sua primeira vez no México?

— É — assente Less, mais que depressa. — É, sim.

— Bem-vindo ao México.

Arturo lhe entrega um envelope com o material da conferência e ergue um olhar cansado para Less; marcas roxas se curvam sob os olhos, e rugas vincam a testa ainda jovem. Less percebe agora que o que ele havia tomado por traços de gel reluzindo no cabelo são na verdade fios grisalhos.

— Temos pela frente, sinto informar, uma viagem muito longa numa estrada bastante morosa... até seu lugar de descanso final — completa Arturo.

Ele suspira, após ter revelado a verdade de todos os homens.

Less compreende: fora designado a ele um poeta.

Da Escola do Rio Russian, Arthur Less perdeu toda a parte boa. Aqueles homens e mulheres famosos marretaram as estátuas dos seus deuses, aqueles poetas tocadores de bongô e pintores adeptos do gestualismo, e engatinharam dos anos sessenta até o topo da montanha dos anos setenta, aquela época de amores breves e quaaludes (existe palavra mais perfeita para a droga do que essa com uma vogal supérflua indolente?), regozijando-se com seu reconhecimento e discutindo em chalés à beira do rio Russian, ao norte de São Francisco, bebendo, fumando e trepando até os 40. E alguns se tornando, eles mesmos, modelos de estátuas. Mas Less chegou tarde para a festa; o que ele conheceu não foram os jovens bárbaros, mas artistas de meia-idade orgulhosos, inchados, revirando-se no rio como leões-marinhos. Eles lhe pareciam velhos e ultrapassados; Less não conseguia entender que eles estavam no auge da capacidade intelectual: Leonard Ross, Otto Handler, até mesmo Franklin Woodhouse, que pintou aquele nu de Less. Less também possui um quadro de um poema criado por excisão, feito para o seu aniversário por Stella Barry a partir de um exemplar caindo aos pedaços de *Alice no País das Maravilhas*. Ouviu trechos de *Patty Hearst*, de Handler, num velho piano durante uma tempestade. Viu um rascunho de *Trabalhos do amor recompensados*, de Ross, e o viu cortar uma cena inteira. E todos sempre foram gentis com Less, principalmente levando-se em conta o escândalo (ou seria por causa dele?): Less havia roubado Robert Brownburn da esposa.

Mas talvez seja bastante apropriado que, enfim, alguém os louve e os enterre, agora que estão quase todos mortos (Robert ainda está vivo, mas respira com dificuldades, numa casa de repouso em Sonoma — aqueles cigarros todos, querido; eles ainda se falam uma vez ao mês por chamada de vídeo). Por que não Arthur Less? Ele sorri no táxi ao examinar o envelope: pardo com uma cordinha vermelha. O jovem Arthur Less, sentado na cozinha com as esposas e acrescentando água ao gim enquanto os homens bramiam em torno da fogueira. *E só eu sobrevivi para contar a história.* Amanhã, no palco da universidade: o famoso escritor americano Arthur Less.

Levamos uma hora e meia no trânsito para chegar ao hotel; o mar de lanternas traseiras vermelhas evoca os fluxos de lava que destruíram cidades antigas. Por fim, o cheiro de mato invade o táxi; eles adentraram o Parque México, outrora tão descampado que Charles Lindbergh supostamente pousou seu avião aqui. Agora: casais de jovens mexicanos sofisticados passeando e, numa área reservada, dez cães de raças variadas sendo treinados para ficar deitados, imóveis, numa grande manta vermelha. Arturo cofia a barba e diz:

— Sim, o fórum no meio do parque tem o nome de Lindbergh, que, é claro, foi um pai e um fascista famoso. Chegamos.

Para deleite de Less, o hotel se chama Casa do Macaco e é repleto de arte e música: na entrada, há um retrato enorme de Frida Kahlo segurando um coração em cada mão. Abaixo dela, uma pianola executa um rolo de Scott Joplin. Arturo fala num espanhol ligeiro com um corpulento homem mais velho, o cabelo lustroso feito prata, que então se vira para Less e diz:

— Bem-vindo à nossa humilde casa! Soube que o senhor é um poeta famoso!

— Não — diz Less. — Mas eu conheci um. Isso parece ser o bastante, hoje em dia.

— Sim, ele conheceu Robert Brownburn — explica Arturo, sério, as mãos entrelaçadas.

— Brownburn! — exclama o dono do hotel. — Para mim, ele é melhor que Ross! Quando o senhor o conheceu?

— Ah, faz muito tempo. Eu tinha 21 anos.

— É a sua primeira vez no México?

— Sim, sim, é, sim.

— Bem-vindo ao México!

Que outros personagens desesperados eles convidaram para essa reuniãozinha? Less teme a aparição de qualquer conhecido; só consegue suportar a humilhação privada.

Arturo se vira para Less com a expressão condoída de quem acaba de quebrar algo muito valioso seu.

— Señor Less, sinto muito — começa. — Acho que o senhor não fala espanhol, estou certo?

— Você está certo — assente Less. Ele está tão cansado, e o envelope do festival está tão pesado. — É uma longa história. Eu escolhi alemão. Um erro terrível da minha juventude, mas culpo os meus pais.

— Sim. Juventude. Então, o festival amanhã é todo em espanhol. Sim, posso levar o senhor de manhã até o local do evento. Mas a sua participação é só no terceiro dia.

— Eu não participo de nada até o terceiro dia? — Seu rosto assume a expressão do medalhista de bronze numa corrida disputada por três homens.

— Talvez... — aqui Arturo respira fundo — ... eu possa levar o senhor ao centro para ver a cidade, então? Com um compatriota?

Less suspira e sorri.

— Arturo, que sugestão encantadora.

* * *

Às dez horas da manhã seguinte, Arthur Less está de pé diante do hotel. O sol brilha forte, e, num jacarandá, três pássaros pretos com cauda em forma de leque emitem ruídos singulares, alegres. Leva um tempo até Less compreender que as aves aprenderam a imitar a pianola. Ele está em busca de um café. O café do hotel é surpreendentemente fraco e tem gosto de café americano, e a noite maldormida (em que Less afagava dolorosamente a lembrança de um beijo de despedida) o deixou exausto.

— Você é Arthur Less?

Sotaque americano, saído de um homem grande como um leão com seus 60 anos, uma juba grisalha e desgrenhada e o olhar dourado. Ele se apresenta como o organizador do festival.

— Eu sou a cabeça por trás de tudo — anuncia, estendendo a mão surpreendentemente delicada. Ele informa o nome da universidade do Centro-Oeste onde é professor. — Harold Van Dervander. Eu ajudei o diretor a idealizar a conferência desse ano e montar as mesas.

— Que maravilha, professor Vander... van...

— Van Dervander. Alemão e holandês. A gente tinha uma lista de respeito. A gente tinha Fairborn, Gessup e McManahan. A gente tinha O'Byrne, Tyson e Plum.

Less assimila essas informações.

— Mas Harold Plum está morto.

— Houve mudanças na lista — admite o Cabeça. — Mas a lista original era primorosa. A gente tinha Hemingway. A gente tinha Faulkner e Woolf.

— Então vocês não conseguiram Plum — colabora Less. — Nem Woolf, imagino.

— Não conseguimos ninguém — lamenta o Cabeça, erguendo o queixo imenso. — Mas mandei imprimir a lista original. Deve estar no seu pacote.

— Maravilhoso — assente Less, piscando os olhos, perplexo.

— O pacote também inclui um envelope de doação para a Bolsa de Estudo Haines. Eu sei que o senhor acabou de chegar, mas, depois de passar um fim de semana nesse país que ele adorava, o senhor deve ficar bastante tocado.

— Eu não... — começa Arthur.

— E lá — diz o Cabeça, apontando para oeste — fica o Ajusco, que o senhor deve se lembrar do poema dele "Mulher afogada".

Less não enxerga nada na névoa matutina. Jamais ouviu falar desse poema ou de Haines. O Cabeça começa a declamá-lo:

— "Caíste do alto, numa tarde de domingo..." Lembra?

— Eu não...

— E o senhor viu as *farmacias*?

— Eu não...

— Ah, você precisa ver, tem uma logo ali na esquina. *Farmacias Similares*. Medicamentos genéricos. É por isso que eu faço o festival no México. Você trouxe as suas receitas? É tudo muito mais barato aqui. — O Cabeça aponta, e Less agora vê o letreiro de uma farmácia, uma mulher atarracada de jaleco branco abrindo a grade do estabelecimento. — Rivotril, Eficentus, Lorax. Mas eu vim mesmo pelo Viagra.

— Eu não...

O Cabeça abre um sorriso largo.

— Na nossa idade, é preciso fazer um estoque! Vou experimentar um comprimido à tarde, depois eu digo se funciona mesmo. — Ele põe a mão fechada na altura da genitália e ergue o polegar erétil.

Os mainás no alto zombam deles em ritmo de jazz.

— Señor Less, señor Banderbander. — É Arturo, que parece não ter trocado nem a roupa nem a postura da véspera. — Estão prontos?

Less, ainda desnorteado, se vira para o Cabeça.

— Você vem com a gente? Você não tem que assistir às mesas?

— Eu de fato montei algumas mesas incríveis! Mas eu nunca assisto a elas — explica ele, espalmando as mãos no peito. — Eu não falo espanhol.

É a primeira vez dele no México? Não.

Arthur Less visitou o México quase trinta anos antes, numa BMW branca caindo aos pedaços, com um tocador de cartucho de oito trilhas e só dois cartuchos, duas malas feitas às pressas, um saco de maconha e mescalina preso debaixo do estepe e um motorista que corria pela Califórnia como se estivesse fugindo da polícia. O motorista: o poeta Robert Brownburn. Ele acordou o jovem Arthur Less com uma ligação bem cedo naquela manhã, pedindo-lhe que arrumasse a mala para três dias, então apareceu na casa dele uma hora depois, chamando-o depressa ao carro. Que brincadeira era essa? Apenas um capricho de Robert. Less se acostumaria com esses caprichos, mas, na época, fazia apenas um mês que o conhecia: os bares dos primeiros encontros haviam se transformado em quartos de hotel e, agora, de repente, isso. Ser arrastado para o México: o auge da sua jovem existência. Robert gritando mais alto que o barulho do motor enquanto eles passavam pelos bosques de amendoeiras do centro da Califórnia, depois os longos trechos de silêncio, eles trocando de cartucho repetidas vezes, as paradas nas quais Robert levava o jovem Arthur Less para trás das árvores e o beijava até que houvesse lágrimas em seus olhos. Tudo surpreendia Less. Em retrospecto, ele não tinha dúvida de que Robert estava sob efeito de alguma droga, provavelmente anfetamina, que algum dos seus amigos pintores lhe dera no rio Russian. Robert estava animado, feliz, divertido. Jamais ofereceu a Less o que quer que tivesse usado; só lhe entregou um baseado. Mas continuou dirigindo, quase sem parar, por doze horas, até alcançar a fronteira mexicana, em San Ysidro, depois dirigiu mais duas horas por Tijuana, até Rosarito, onde, por fim, passaram por um mar em chamas pelo pôr do sol, que aos poucos se tornou uma linha de rosa-néon, e chegaram enfim a Ensenada, a um hotel litorâneo onde Robert foi recebido com um tapinha nas costas e dois shots de tequila. Os dois fumaram e treparam o fim de semana inteiro, mal saindo do calor do quarto, a não ser para comer e caminhar pela praia, com a cabeça cheia de mescalina. Lá embaixo, uma banda de mariachi tocava ininterruptamente uma música que apenas a repetição permitira a Less decorar, e ele cantava junto os *llorars* enquanto Robert fumava, rindo:

> *Yo sé bien que estoy afuera*
> *Pero el día que yo me muera*
> *Sé que tendrás que llorar*
> *(Llorar y llorar, llorar y llorar)*

> *Bem sei que estou fora da sua vida*
> *Mas no dia em que eu morrer*
> *Sei que você vai chorar*
> *(Chorar e chorar, chorar e chorar)*

Na manhã de domingo, eles se despediram da equipe do hotel e voltaram para casa em mais uma corrida alucinada: dessa vez fizeram o trajeto em onze horas. Cansado e desorientado, o jovem Arthur Less foi deixado em casa, onde dormiu algumas horas antes do trabalho. Estava delirante de felicidade, apaixonado. Só mais tarde lhe ocorreu que, durante toda a viagem, ele jamais fez a pergunta crucial — *Onde está a sua esposa?* —, e, por isso, decidiu nunca mencionar o fim de semana perto dos amigos de Robert, temendo revelar algo que não deveria. Less ficou tão acostumado a ocultar a viagem escandalosa que, mesmo anos depois, quando não é mais possível que isso ainda tenha alguma importância, ao lhe perguntarem se já foi ao México, Arthur Less sempre responde: não.

* * *

O tour pela Cidade do México começa no metrô. Por que Less esperava túneis cheios de mosaicos astecas? Em vez disso, abismado, ele se vê numa réplica da sua escola de ensino fundamental, em Delaware: as grades coloridas e o piso de azulejos, tons fortes de amarelo, azul e laranja, a euforia dos anos sessenta, que a história revelou ser um engodo, mas que perdura aqui, assim como na lembrança de Arthur Less, o queridinho dos professores. Que diretor de escola aposentado foi trazido para projetar um metrô a partir dos sonhos de Less? Arturo faz um movimento para que ele pegue um bilhete, e Less imita o movimento de Arturo ao enfiá-lo na máquina, enquanto policiais de boina vermelha fazem a vigilância em grupos grandes o suficiente para compor times de *futbol*.

— Señor Less, esse é o nosso trem.

À frente vem um monotrilho laranja de Lego, avançando sobre rodas de borracha antes de parar, e ele entra no trem e segura a gelada barra de metal. Pergunta para onde estão indo, e, quando Arturo responde "para a Flor", Less sente que está de fato dentro de um sonho — até notar o mapa acima, onde cada estação é representada por um pictograma. Eles de fato estão indo "para a Flor". De lá, mudam de linha para ir "para o Túmulo". Da flor ao túmulo; é sempre assim. Quando chegam, Less sente nas costas uma leve pressão da mulher atrás dele e é empurrado para a plataforma. A estação: uma escola rival, dessa vez em tons fortes de azul. Ele segue de perto Arturo e o Cabeça pelo corredor azulejado, pela multidão, e se vê de repente numa escada rolante que sobe para um quadrado de céu azul-pavão... e então está numa praça colossal. Ao redor, construções de pedra, ligeiramente inclinadas na lama antiga, e uma catedral imensa. Por que ele sempre imaginou que a Cidade do México seria como Phoenix num dia enevoado? Por que nunca lhe disseram que seria Madri?

* * *

Eles se encontram com uma mulher de vestido comprido e preto, com estampa de flores de hibisco, a guia, que os conduz a um dos mercados da Cidade do México, uma arena de aço corrugado azul, onde encontram quatro rapazes latinos, evidentemente amigos de Arturo. A guia para diante de uma bancada de frutas cristalizadas e pergunta se alguém é alérgico ou se tem alguma coisa que não queira ou não possa comer. Silêncio. Less se pergunta se deveria mencionar alimentos que parecem insetos e horrores marinhos escorregadios e lovecraftianos, mas ela já os está conduzindo entre as barracas. Barras de chocolate amargo embaladas em papel, empilhadas em zigurates, ao lado de uma cesta com *fouets* astecas, no formato de maças de madeira, e vidros de sais multicoloridos, do tipo que monges budistas usariam para criar mandalas, junto a sacos de sementes cor de cacau e ferrugem, que a guia explica que não são sementes, e sim grilos; lagostins e minhocas, tanto vivas quanto torradas, ao lado da seção de açougue, com coelhos e cabritos ainda com as "meinhas" de penugem fofinha preto e branca para provar que não são gatos, um comprido mostruário de vidro que, para Arthur Less, só aumenta seu horror conforme caminha ao longo dele, a ponto de parecer uma prova de resistência, uma prova na qual sem dúvida não passará, mas, por sorte, eles dobram o corredor dos peixes, onde, de algum modo, seu coração esfria entre os polvos cinzentos, salpicados e enrodilhados, o inidentificável peixe laranja de olhos arregalados e dentes afiados, os peixes-papagaio cuja carne, Less fica sabendo, é azul e tem gosto de lagosta (cheira a mentira), e tudo isso é muito semelhante às casas mal-assombradas da sua infância, com aqueles potes de globos oculares, cérebros e dedos, e ao fascínio que ele sentia quando menino.

— Arthur — diz o Cabeça, enquanto a guia os conduz por entre os cardumes gelados. — Como era viver com um gênio? Sei que você conheceu Brownburn na sua juventude longínqua.

Ninguém além da própria pessoa pode dizer "juventude longínqua"; isso não é uma regra? Mas Less apenas responde:

— Sim, conheci.

— Ele era um homem extraordinário, agradável, divertido, sempre provocando os críticos. E seu movimento foi sublime. Cheio de alegria. Ele e Ross sempre se incentivando. Ross, Barry e Jacks. Eles eram bufões. E não há nada mais sério que um bufão.

— Você conheceu todos eles?

— Eu *conheço* todos eles. Ensino todos no meu curso de poesia mesoamericana, e com isso não me refiro aos Estados Unidos das mentes medíocres e das lanchonetes ou ao meio do século no país, mas ao âmago, à desordem, ao *vazio* dos Estados Unidos.

— Isso me parece...

— Você se considera um gênio, Arthur?

— O quê? Eu?

Aparentemente, o Cabeça considera isso um "não".

— Você e eu conhecemos gênios. E sabemos que não somos como eles, não é? Como é seguir em frente sabendo que não somos gênios, sabendo da nossa mediocridade? Acho que é o pior tipo de inferno.

— Bem — balbucia Less —, eu acho que existe um meio-termo entre genialidade e mediocridade...

— É o que Virgílio nunca mostrou a Dante. Ele mostrou Platão e Aristóteles num paraíso pagão. Mas e as mentes inferiores? Estamos destinados às chamas?

— Não, eu acho — oferece Less. — Só a conferências como essa.

— Você tinha quantos anos quando conheceu Brownburn?

Less volta os olhos para um barril de bacalhau.

— Vinte e um.

— Eu tinha 40 quando descobri Brownburn. Muito tarde para nós nos conhecermos. Mas o meu primeiro casamento tinha acabado e, de repente, encontrei humor e inventividade. Ele era um grande homem.

— Ele ainda está vivo.

— Ah, sim, nós o convidamos para o festival.

— Mas ele vive confinado a uma cama em Sonoma — argumenta Less, a voz finalmente assimilando a frieza do mercado de peixes.

— Foi uma lista inicial. Arthur, preciso dizer que temos uma surpresa maravilhosa para você...

A guia se detém e se dirige ao grupo:

— Essas pimentas são a base da culinária mexicana, que foi declarada Patrimônio Imaterial da Humanidade pela Unesco. — Ela está ao lado de uma fileira de cestas, todas cheias de pimentas desidratadas, de formatos diversos. — O México é o país da América Latina que mais usa pimenta. Você — diz ela para Less — provavelmente está mais acostumado com pimentas que um chileno.

Um dos amigos de Arturo que se juntou ao grupo é chileno e assente, confirmando. Quando perguntam qual é a pimenta mais ardida, a guia consulta o vendedor e indica a pequenina e rosada num pote, de Veracruz. Também é a mais cara.

— Vocês gostariam de experimentar alguns relishes?

Um coro de *Sí!* O que se segue é uma competição de dificuldade progressiva, como um concurso de soletrar. Um a um, eles provam os relishes, com ardência cada vez maior, para ver quem desiste primeiro. Less sente o rosto esquentar a cada prova, mas, na terceira rodada, já durou mais que o Cabeça. Quando lhe dão uma prova de um relish de cinco pimentas, ele comenta com o grupo:

— O gosto disso é igual ao do chow-chow da minha avó.

Todos o encaram, perplexos.

O chileno:

— O que você disse?

— Chow-chow. Perguntem ao professor Van Dervander. É um relish do sul dos Estados Unidos. — Mas o Cabeça não diz nada. — O gosto disso é igual ao do chow-chow da minha avó.

Aos poucos, o chileno começa a gargalhar, a mão cobrindo a boca. Os outros também parecem estar se contendo.

Less encolhe os ombros, olhando para cada um dos rostos.

— Claro que o chow-chow dela não era tão apimentado.

Com isso, a represa estoura; todos os rapazes caem na gargalhada, chorando e gritando ao lado das cestas de pimenta. O vendedor os observa com as sobrancelhas arqueadas. E, mesmo quando o acesso geral diminui, os rapazes continuam provocando o riso, perguntando a Less com que frequência ele come o chow-chow da avó. E o sabor é diferente no Natal? E assim por diante. Não demora muito para Less entender, dividindo com o Cabeça um olhar de desalento, sentindo a ardência das pimentas voltar a castigar o fundo da boca, que deve haver um falso cognato em espanhol, mais um falso amigo...

Como era viver com um gênio? Bem, houve a ocasião em que ele perdeu a aliança numa tina de cogumelos do Happy Produce.

Less usava uma aliança, que Robert lhe deu no quinto aniversário deles, e, embora isso tivesse sido muito antes da regulamentação do casamento gay, ambos sabiam que se tratava de uma forma de casamento: era uma Cartier fina e de ouro, que Robert havia encontrado num mercado de pulgas em Paris. E, portanto, o jovem Arthur Less sempre a usava. Enquanto Robert escrevia, trancado no escritório com vista para Eureka Valley, Less com frequência ia ao supermercado. Nesse dia, estava na seção de cogumelos. Havia pegado um saco plástico e estava começando a escolher cogumelos quando sentiu algo escapar do dedo. Imediatamente soube o que era.

Naquela época, Arthur Less não era nem um pouco fiel. As coisas eram assim entre os homens que eles conheciam, e era algo sobre o qual Robert e ele jamais conversavam. Se, quando estava pela rua, encontrava um homem bonito com um apartamento disponível, era provável que Less passasse meia hora se divertindo antes de voltar para casa. E uma vez ele teve um amante de verdade. Alguém que queria conversar, que chegou perto de lhe pedir promessas. No começo foi maravilhoso, aquela relação casual não muito longe de casa, algo fácil de conseguir numa tarde, ou quando Robert estava viajando. Havia uma cama branca perto da janela. Havia um periquito que trinava. Havia o sexo maravilhoso, sem aquele papo posterior de *Esqueci de avisar que a Janet ligou*, ou *Você deixou o cartão de autorização de estacionamento?*, ou *Lembra, eu vou para Los Angeles amanhã*. Era só sexo e um sorriso: *Não é maravilhoso ter o que se quer sem pagar o preço?* Alguém muito diferente de Robert, alguém alegre e animado, carinhoso, e, talvez, não excessivamente inteligente. Demorou bastante tempo para se tornar uma coisa triste. Houve brigas, ligações e longas caminhadas nas quais pouco se dizia. E terminou; Less terminou. Sabia que havia magoado alguém de forma terrível, imperdoável. Isso aconteceu pouco antes de ele perder a aliança na tina de cogumelos.

— Ah, merda! — exclamou.

— Está tudo bem? — perguntou um homem de barba, mais à frente no corredor de vegetais: alto, de óculos, segurando um bok choy.

— Ah, merda, eu acabei de perder a minha aliança.

— Ah, merda — disse o homem, olhando para a tina.

Havia talvez uns sessenta champignons — mas, é claro, a aliança podia ter ido parar em qualquer lugar! Podia estar nos cogumelos-de-paris! Nos shitakes! Podia ter voado até as pimentas! Como fuçar as pimentas? O homem de barba se aproximou.

— Tudo bem, amigo. Vamos fazer o seguinte — propôs, como se estivessem cuidando de um braço quebrado. — Um por um.

Devagar, metodicamente, eles colocaram todos os cogumelos no saco plástico de Less.

— Eu perdi a minha uma vez — ofereceu o homem, segurando o saco plástico. — A minha mulher ficou furiosa. Na verdade, eu perdi duas vezes.

— Ela vai ficar puta — comentou Arthur. Por que ele havia transformado Robert em mulher? Por que queria tanto se encaixar? — Eu não posso perder isso. Ela comprou num mercado de pulgas em Paris.

Outro homem interveio:

— Usa cera de abelha. Para manter a aliança apertada até você ajustar.

O tipo de cara que usa capacete de bicicleta enquanto faz compras.

— Onde se ajusta uma aliança? — perguntou o homem de barba.

— No joalheiro — respondeu o ciclista. — Em qualquer joalheria.

— Ah, obrigado — agradeceu Arthur. — Se eu encontrar o anel.

Com a perspectiva aflitiva da perda, o ciclista também se pôs a vasculhar os cogumelos. Atrás deles, outra voz masculina:

— Perdeu a aliança?

— Ã-hã — confirmou o homem de barba.

— Quando encontrar, usa chiclete até ajustar.

— Eu sugeri cera.

— Cera é bom.

Então era assim que os homens se sentiam? Os homens héteros. Geralmente sozinhos, mas, quando vacilavam — quando perdiam uma aliança de casamento! —, a fraternidade inteira aparecia para resolver o problema? A vida não era difícil; era enfrentada com bravura, o tempo todo sabendo que, se um sinal fosse enviado, o socorro logo chegaria. Que maravilha fazer parte de um clube desses! Meia dúzia de homens reunidos, dedicados a uma missão. Salvar o seu casamento e o seu orgulho. Eles tinham coração, afinal de contas. Não eram opressores frios e cruéis; não eram aqueles garotos do ensino médio que faziam bullying e que deviam ser evitados no corredor. Eram bons; eram gentis; vinham ao resgate. E hoje Less era um deles.

Eles chegaram ao fundo da tina. Nada.

— Poxa, eu sinto muito, cara — lamentou o ciclista, e fez uma careta.

O homem de barba:

— Diz para ela que você perdeu o anel enquanto nadava.

Um por um, os homens lhe deram um aperto de mão e se foram.

Less queria chorar.

Que pessoa ridícula ele era! Que escritor terrível, para se prender a uma metáfora dessas. Como se isso fosse revelar alguma coisa a Robert, significar alguma coisa sobre o amor dos dois. Era só uma aliança perdida numa tina. Mas ele não conseguia evitar; sentia-se atraído demais pela poesia ruim disso tudo, da sua única dádiva, sua vida com Robert, desfazendo-se por um descuido dele. Não havia explicação que não parecesse traição. Tudo se revelaria em sua voz. E Robert, o poeta, ergueria os olhos da poltrona e compreenderia. Que a hora deles havia chegado.

Less se apoiou nas cebolas-doces e suspirou. Pegou o saco plástico, agora vazio, para embolá-lo e jogá-lo no lixo. Um lampejo dourado.

E ali estava. No saco plástico, aquele tempo todo. Ah, vida maravilhosa!

Ele deu uma risada, mostrou ao dono do mercado. Comprou os dois quilos de cogumelos que os homens haviam manuseado, foi para casa e preparou uma sopa com costela de porco, mostarda-castanha e todos os cogumelos, e contou a Robert o que havia acontecido: a aliança, os homens, a descoberta, a grande comédia daquilo tudo.

E, enquanto contava, rindo de si mesmo, notou o momento em que Robert ergueu os olhos da cadeira e compreendeu tudo.

Viver com um gênio era assim.

A volta para o hotel perde metade do encanto porque o metrô está com o dobro de gente, e o calor da tarde deixou Less constrangido por cheirar a peixe e amendoim. Eles passam pelas *Farmacias Similares* no caminho para o hotel, e o Cabeça diz que os alcança num minuto. O restante do grupo segue para a Casa do Macaco (sem os mainás), e, embora Less faça uma leve reverência de adeus, Arturo não quer deixá-lo partir. Ele faz questão de que o americano experimente mescal, que pode transformar a escrita dele, senão a vida. Há outros escritores aguardando. Less diz que está com dor de cabeça, mas o barulho de uma obra perto dali abafa o que ele diz, e Arturo não entende. O Cabeça volta, abrindo um sorriso radiante sob o sol de fim de tarde, uma sacola branca na mão. Então Arthur Less os acompanha. Mescal se revela uma bebida com gosto de algo em que alguém apagou um cigarro. Deve-se beber, informam-no, com uma fatia de laranja salpicada de larva assada.

— Vocês estão de brincadeira — protesta Less, mas eles não estão de brincadeira.

De novo: ninguém está de brincadeira. Eles tomam seis rodadas. Less pergunta a Arturo sobre o evento dele no festival, para o qual agora faltam meros dois dias. Arturo, com sua melancolia inalterada, mesmo depois de se acabar de mescal, diz:

— Pois é. Lamento dizer que amanhã o festival também é totalmente em espanhol. Devo levar o senhor a Teotihuacán?

Less não faz ideia do que seja, mas concorda e pergunta outra vez sobre o próprio evento. Ele vai ficar sozinho no palco, ou vai ser uma conversa?

— Espero que haja conversa — responde Arturo. — O senhor vai estar com a sua amiga.

Less pergunta se a companheira de painel é professora ou escritora.

— Não, não, *amiga* — insiste Arturo. — O senhor vai falar com Marian Brownburn.

— Marian? *A mulher dele?* Ela está aqui?!

— *Sí*. Chega amanhã à noite.

Less tenta pôr ordem na teimosia da assembleia da sua mente. Marian. As últimas palavras que ela lhe disse foram: "Cuida do meu Robert." Mas, na época, ela não sabia que ele o roubaria dela. Robert manteve Less afastado do divórcio, comprou a cabana da Vulcan Steps, e ele jamais voltou a encontrá-la. Ela devia ter o quê, 70 anos? Finalmente ganhando um palco para dizer o que pensava de Arthur Less?

— Escuta, escuta, escuta, vocês não podem colocar a gente junto. Faz quase trinta anos que a gente não se vê.

— Banderbander achou que seria uma surpresa agradável para o senhor.

Less não se lembra do que responde. Só sabe que o enganaram trazendo-o ao México, à cena do crime, para ficar diante do mundo ao lado da mulher que ele prejudicou. Marian Brownburn com um microfone. Certamente é assim que os gays são julgados no inferno. Quando volta ao hotel, ele está bêbado, com cheiro de fumaça e larvas.

Na manhã seguinte, Less é acordado às seis, como planejado, apresentado a uma xícara de café e conduzido a uma van preta de vidro fumê. Arturo está ali com dois novos amigos, que parecem não falar inglês. Less procura o Cabeça, para impedir um possível desastre, mas o Cabeça não está em lugar nenhum. Tudo isso se passa na escuridão que antecede a alvorada da Cidade do México, com o som do despertar dos pássaros e dos carrinhos de mão. Arturo também contratou outro guia (presumivelmente à custa do festival): um homem baixo, atlético, de cabelo grisalho e óculos de armação de metal. Seu nome é Fernando, professor de história da universidade. Ele tenta envolver Arthur numa discussão sobre os pontos turísticos mais importantes da Cidade do México, perguntando se Less está interessado em vê-los, talvez depois de Teotihuacán (que ainda não lhe explicaram o que é). Há, por exemplo, as casas de Diego Rivera e Frida Kahlo, unidas por uma passarela e cercadas de cactos sem espinhos. Arthur Less assente, dizendo que essa manhã está se sentindo um cacto sem espinhos.

— O quê? — pergunta o guia.

Sim, diz Less, sim, ele gostaria de ver as casas.

— Lamento, mas estão fechadas para a montagem de uma nova exposição.

E também tem a casa do arquiteto Luis Barragán, projetada para uma vida de mistério monástico, na qual o pé-direito baixo das paredes externas se expande para cômodos amplos, e madonas espreitam a cama do quarto de hóspedes, e o quarto dele próprio é contemplado por um Jesus crucificado sem a cruz. Less comenta que parece solitário, mas que também gostaria de vê-la.

— Ah, sim, mas também está fechada.

— Você é péssimo em instigar as pessoas, Fernando — observa Less, mas o homem parece não saber o que ele quis dizer e passa a descrever o Museu Nacional de Antropologia, o maior museu da cidade, que pode levar dias ou mesmo semanas para ser visto por completo, mas que, com a orientação dele, pode ser visto em algumas horas. A essa altura, a van evidentemente já saiu da Cidade do México, os parques e as mansões foram substituídos por favelas de concreto, pintadas em cores vibrantes que, Less sabe, dão uma falsa noção da sua miséria. Uma placa indica TEOTIHUACÁN Y PIRÁMIDES. O museu de antropologia, insiste Fernando, é imperdível.

— Mas está fechado — imagina Less.

— Nas segundas-feiras, infelizmente, sim.

Quando a van faz uma curva numa plantação de agave, ele percebe uma estrutura enorme, com o sol irradiando por trás, riscando-a com sombras verdes e índigo: o Templo do Sol.

— Não é o Templo do Sol — informa Fernando. — É o que os astecas achavam que fosse. É mais provável que seja o Templo da Chuva. Mas não sabemos quase nada sobre o povo que o construiu. O local já estava abandonado quando os astecas chegaram. Acredita-se que eles tenham queimado completamente a própria cidade.

A silhueta azulada e fria de uma civilização perdida há muito. Eles passam a manhã subindo as duas pirâmides imensas, o Templo do Sol e o Templo da Lua, atravessando a Avenida dos Mortos ("Na verdade, não é a Avenida dos Mortos", adverte Fernando, "e não é o Templo da Lua"), imaginando tudo aquilo coberto de estuque, quilômetros e mais quilômetros, todas as paredes, todos os pisos e todos os telhados da cidade antiga, que outrora abrigou centenas de milhares de pessoas sobre as quais, literalmente, nada se sabe. Nem mesmo seus nomes. Less imagina um sacerdote cheio de penas de pavão descendo os degraus, como num musical da MGM ou num show de drags, os braços abertos, enquanto a música sai de conchas espalhadas pelo local e Marian Brownburn, no alto da pirâmide, segura o coração pulsante de Arthur Less.

— Acredita-se que eles escolheram esse lugar porque fica longe de um vulcão que destruiu muitos vilarejos na antiguidade. Aquele vulcão lá — indica Fernando, apontando para uma montanha que mal se vê no nevoeiro matutino.

— Ele ainda está ativo, o vulcão?

— Não — responde Fernando, em desalento, balançando a cabeça. — Está fechado.

Como era viver com um gênio?

Era como viver sozinho.

Era como viver sozinho com um tigre.

Tudo tinha de ser sacrificado pelo trabalho. Planos tinham de ser cancelados, refeições tinham de ser postergadas; garrafas de bebida precisavam ser compradas o mais rápido possível, caso contrário tudo ia pelo ralo. O dinheiro precisava ser economizado ou esbanjado, isso mudava diariamente. A decisão sobre o horário de dormir cabia ao poeta, e era tão comum que fosse de madrugada quanto na alvorada. O hábito era o demônio de estimação da casa. O hábito, o hábito, o hábito; o café pela manhã e livros e poesia, o silêncio até o meio-dia. Ele podia se sentir tentado a dar um passeio pela manhã? Podia, claro; esse era o único vício em que a pessoa ansiava por qualquer coisa, *menos* o desejado. Mas o passeio matinal significava não trabalhar e, então, sofrer, sofrer, sofrer. Manter o hábito, alimentar o hábito, dispor café e poesia, fazer silêncio, sorrir quando ele saía amuado do escritório para o banheiro. Não levar nada para o lado pessoal. E, às vezes, deixava-se um livro de arte no caminho com a crença de que poderia ser a chave para a mente dele? E, às vezes, botava-se alguma música que poderia libertá-lo da incerteza e do medo? Gostava-se disso, da dança da chuva diária? Só quando chovia.

De onde vinha a genialidade? Para onde ia?

Era como deixar outro amante morar em casa, alguém desconhecido, mas que se sabe que ele ama mais do que a você.

Poesia todo dia. Um romance a cada poucos anos. Algo acontecia naquele escritório, apesar de tudo: algo bonito. Era o único lugar do mundo onde o tempo melhorava as coisas.

A vida com incerteza. Incerteza pela manhã, com o óleo formando gotas na xícara de café. Incerteza no intervalo para urinar, sem olhá-lo nos olhos. Incerteza no barulho da porta da frente abrindo e fechando — uma caminhada aflita, sem despedida — e no retorno. Incerteza no som vagaroso das teclas da máquina de escrever. Incerteza na hora do almoço, levado ao escritório. Incerteza se dissipando na tarde, feito névoa. Incerteza afastada. Incerteza esquecida. Às quatro da manhã, senti-lo se mexer acordado, sabendo que ele está encarando a escuridão, a Incerteza. *A vida com incerteza: uma autobiografia.*

O que a provocava? O que a impedia?

Pensar numa cura, uma semana longe da cidade, um jantar com outros gênios, um tapete novo, uma camisa nova, uma nova maneira de prendê-lo na cama, sem êxito, sem êxito e, de algum modo, aleatoriamente, com êxito.

Valia a pena?

Sorte em dias de intermináveis palavras douradas. Sorte no dinheiro que chegava. Sorte nas premiações e nas viagens a Roma e a Londres. Sorte em smokings e mãos dadas secretamente ao lado do prefeito, do governador ou, uma vez, do presidente.

Espiar o escritório quando ele não estava. Vasculhar a lixeira. Olhar a manta embolada no sofá, os livros empilhados ao lado. E, com temor, o que estava escrito pela metade na boca dentada da máquina de escrever. Porque, no começo, nunca se sabia o que ele estava escrevendo. Seria sobre você?

Diante do espelho, atrás dele, dando nó na gravata dele para uma palestra enquanto ele sorri, pois sabe muito bem dar um nó na própria gravata.

Marian, para você valeu a pena?

O festival é realizado na Cidade Universitária, no prédio baixo de concreto do Departamento de Literatura e Linguística, cujos famosos mosaicos por algum motivo foram retirados para restauração, deixando-o desfalcado como uma velha desprovida dos dentes. Mais uma vez, o Cabeça não aparece. O dia do julgamento de Less chegou. Ele se dá conta de que está tremendo de medo. Tapetes codificados por cor conduzem a diversos subdepartamentos e, de qualquer canto, Marian Brownburn pode surgir, bronzeada e atlética, como se lembra dela na praia, mas, quando se vê conduzido a uma sala verde (pintada num verde pastel, abastecida com uma torre de frutas), Less é apresentado a um homem simpático de gravata quadriculada.

— Señor Less! — saúda o homem, curvando-se duas vezes. — Que honra o senhor vir ao festival!

Less corre os olhos ao redor, procurando sua Fúria pessoal; não há ninguém na sala além dele, do homem e de Arturo.

— Marian Brownburn está por aqui?

O homem se curva.

— Desculpe pela longa parte em espanhol.

Less ouve seu nome gritado no vão da porta e se encolhe. É o Cabeça, o cabelo branco e cacheado em desalinho, o rosto um tom grotesco de vermelho. Ele chama Less, que se aproxima.

— Infelizmente não pude ir ontem — lamenta o Cabeça. — Tive um compromisso, mas não perderia essa mesa por nada no mundo.

— Marian está aqui? — pergunta Less, num murmúrio.

— Vai correr tudo bem, não se preocupe.

— Eu só gostaria de ver Marian antes de...

— Ela não vem. — O Cabeça põe sua mão pesada no ombro de Less. — A gente recebeu a notícia ontem. Marian quebrou o quadril; ela está com quase 80 anos, sabia? Uma pena, porque tínhamos muitas perguntas para vocês dois.

O que Less sente não é uma leveza como um balão cheio de hélio, mas um pesar terrível, como se esvaziasse.

— Ela está bem?

— Ela mandou um beijo para você.

— Mas ela está bem?

— Está, sim. A gente teve que se reorganizar. Vou estar lá em cima com você. Eu vou falar uns vinte minutos sobre o meu trabalho. Depois eu vou perguntar como foi conhecer Brownburn quando você tinha 21 anos. Foi isso mesmo? Você tinha 21?

— Eu tenho 25 anos — mente Less para a mulher na praia.

O jovem Arthur Less, sentado numa toalha, empoleirado com três outros homens perto do mar. É São Francisco, outubro de 1987, está fazendo vinte e quatro graus, e todos comemoram o fato, como crianças num dia de neve. Ninguém vai para o trabalho. Todos fazem a colheita dos seus pés de maconha. A luz do sol é tão doce e amarela quanto o champanhe barato largado pela metade e agora quente demais, na areia, ao lado do jovem Arthur Less. A anomalia que provocou o calor também é responsável pelas ondas extremamente altas que obrigaram os homens da parte gay da Baker Beach, mais rochosa, a se dirigir à parte hétero, e lá todos ficam amontoados, unidos nas dunas. Diante deles: o oceano briga consigo mesmo num tom azul-prateado. Arthur Less está um pouco bêbado e um pouco chapado. Está nu. Tem 21 anos.

A mulher ao seu lado, bronzeada feito um amieiro, de topless, começou a falar com ele. Ela usa óculos; fuma; está na casa dos 40. Ela diz:

— Espero que você esteja fazendo um bom uso da sua juventude.

Less, pernas cruzadas sobre a toalha e rosado feito um camarão cozido:

— Não sei.

Ela assente.

— Você devia desperdiçá-la.

— Como assim?

— Você devia ficar na praia, como hoje. Você devia ficar chapado e bêbado e fazer muito sexo. — Ela dá mais uma tragada no cigarro. — Eu acho a coisa mais triste do mundo um rapaz de 25 anos falando do mercado de ações. Ou *impostos*. Ou do mercado imobiliário, pelo amor de Deus! Você *só* vai falar disso quando tiver 40 anos. Mercado imobiliário! Qualquer pessoa de 25 anos que diz a palavra "refinanciamento" devia levar um tiro. Fale de amor, música e poesia. Coisas que as pessoas esquecem que eram importantes. Desperdice todos os dias, esse é o meu conselho.

Ele dá uma risada idiota e volta os olhos para o grupo de amigos.

— Eu acho que estou me saindo bem nisso.

— Você é bicha, meu amor?

— Ah — diz ele, sorrindo. — Sou.

O homem ao lado dele, um sujeito de aparência italiana e peito largo, com seus 30 anos, pede ao jovem Arthur Less: "Coloca em mim." A mulher parece achar isso divertido, e Less se vira para passar protetor nas costas dele, cuja cor revela já ser tarde demais. Diligentemente, ele faz o seu trabalho mesmo assim e recebe um tapinha na bunda. Less toma um gole do champanhe morno. As ondas estão ficando mais fortes; as pessoas pulam nelas, rindo e gritando de alegria. Arthur Less aos 21 anos: magro e com ar infantil, sem um único músculo, o cabelo loiro descolorido, as unhas dos pés pintadas de vermelho, sentado numa praia, num belo dia de São Francisco, no terrível ano de 1987, apavorado, apavorado, apavorado. A aids é irrefreável.

Quando se vira, a mulher ainda o encara, fumando.

— É o seu namorado? — pergunta.

Ele olha para o italiano, então para ela e assente.

— E o bonitão do lado dele?

— Meu amigo Carlos. — Nu, musculoso e moreno de sol, feito uma sequoia lustrada: o jovem Carlos erguendo a cabeça da toalha ao ouvir seu nome.

— Vocês são todos muito bonitos. Sorte do cara que pegou você. Espero que ele te deixe maluco de tanto foder. — Ela dá uma risada. — O meu costumava fazer isso.

— Disso eu não sei — responde Less, em voz baixa, para que o italiano não ouça.

— Talvez o que você precise na sua idade seja de uma dorzinha de cotovelo.

Ele ri e passa a mão pelo cabelo descolorido.

— Disso eu também não sei.

— Você já passou por isso?

— Não! — exclama ele, ainda rindo, trazendo os joelhos para o peito.

Um homem se ergue ao lado da mulher. A posição dela o havia mantido escondido durante todo esse tempo. O corpo esguio de um corredor, óculos de sol, maxilar de Rock Hudson. Também nu. Ele olha primeiro para ela, depois para o jovem Arthur Less, então anuncia que vai entrar na água.

— Seu idiota — responde a mulher, sentando-se ereta. — O mar está muito agitado.

Ele responde que já nadou em mares agitados. Tem um leve sotaque britânico, ou talvez ele seja da Nova Inglaterra.

A mulher se vira para Less e abaixa os óculos escuros. A sombra nos olhos é azul-prussiano.

— Rapaz, meu nome é Marian. Você pode me fazer um favor? Entra no mar com o ridículo do meu marido. Ele pode ser um grande poeta, mas é um péssimo nadador, e não suporto a ideia de vê-lo morrer. Você pode ir com ele?

O jovem Arthur Less assente, levantando-se com o sorriso que reserva para os adultos. O homem o cumprimenta com um aceno de cabeça.

Marian Brownburn pega um chapéu de palha preto, coloca-o na cabeça e acena para eles.

— Vão lá, meninos. Cuida do meu Robert!

O céu assume o tom da sombra dos olhos dela, e, quando os homens se aproximam das ondas, elas parecem redobrar a violência, como uma fogueira que tivesse recebido mais lenha. Juntos, eles param sob o sol, diante daquelas ondas terríveis, no outono daquele ano terrível.

Na primavera, já estarão morando juntos na Vulcan Steps.

— A gente precisou fazer uma mudança rápida no programa. Você pode ver que tem um novo título.

Mas Less, que só fala alemão, não entende nada das palavras escritas no papel que acabou de receber. Agora as pessoas entram e saem da sala, prendendo um microfone na lapela do seu terno, oferecendo-lhe água. Mas Arthur Less ainda está iluminado pelo sol da praia, ainda está na água da Golden Gate em 1987. "Cuida do meu marido." E agora uma senhora, caindo, quebrando o quadril.

"Ela mandou um beijo para você." Nenhum rancor, nenhum sentimentozinho.

O Cabeça se aproxima com um sussurro e uma piscadela camarada.

— Aliás. Queria que você soubesse, o comprimido funciona que é uma beleza!

Less encara o sujeito. É o comprimido que o deixa tão ruborizado e grotesco? O que mais vendem aqui para homens de meia-idade? Será que existe um comprimido para quando a imagem de uma trepadeira na janela nos vem à mente? Existe algum comprimido que apague essa imagem? Que apague a voz que diz "Você devia me beijar como se isso fosse uma despedida"? Que apague o smoking ou, pelo menos, o rosto acima deste? Que apague nove anos inteiros? Robert diria: "O trabalho vai redimi-lo." O trabalho, o hábito, as palavras vão redimi--lo. Não se pode confiar em mais nada, e Less havia conhecido um gênio, o que a genialidade pode fazer. Mas e se não se é um gênio? O que o trabalho pode fazer?

— Qual é o novo título? — pergunta Less.

O Cabeça entrega o programa a Arturo. Less se consola com o pensamento de que amanhã partirá para a Itália. Está ficando incomodado com a língua. Está ficando incomodado com o gosto persistente do mescal. Está ficando incomodado com o ato tragicômico de viver.

Arturo analisa o programa por um instante e ergue o rosto, sério:

— Una noche con Arthur Less.

LESS ITALIANO

Além dos outros medicamentos que comprou na farmácia do aeroporto da Cidade do México, Arthur Less tinha conseguido um novo tipo de remédio para dormir. Ele se lembra do conselho de Freddy, anos antes: "É hipnótico e não narcótico. Servem o jantar, você dorme sete horas, servem o café da manhã, você chegou." Devidamente munido, Less entra no avião da Lufthansa (ele vai fazer uma escala corrida em Frankfurt), acomoda-se na poltrona à janela, escolhe o frango à Toscana (cujo nome glamoroso se revela, como um amor de internet, apenas frango com purê de batata) e, com a garrafa Polegarzinha de vinho tinto, toma um único comprimido. A ansiedade remanescente de "Una noche con Arthur Less" está lutando contra a exaustão; a voz amplificada do Cabeça ecoa em seu cérebro, dizendo de novo e de novo: "A gente estava conversando na coxia sobre a mediocridade..."; ele espera que o remédio funcione. E funciona: ele não se lembra de terminar o creme bavaroise, na tigelinha minúscula, nem de retirarem o jantar, nem de acertar o relógio para o novo fuso horário, nem de conversar com a passageira ao lado: uma garota de Jalisco. Less acorda num avião cheio de pessoas dormindo debaixo de mantas de penitenciária azuis. Surrealmente feliz, consulta o relógio e entra em pânico: apenas duas horas se passaram! Ainda faltam nove. Nos monitores, passa uma comédia policial americana recente sem som. Mas, assim como em qualquer filme mudo, não há necessidade de som para que ele adivinhe o enredo. Um assalto realizado por amadores. Ele tenta voltar a dormir, o casaco como travesseiro; a mente exibe o filme da sua vida. Um assalto realizado por amadores. Less respira fundo e vasculha a bolsa. Encontra outro comprimido, põe na boca. O processo interminável de engolir a seco o faz se lembrar da infância, com suas vitaminas. E pronto, ele bota a máscara de cetim nos olhos, preparado para reingressar na escuridão...

— Senhor, café da manhã. Chá ou café?

— O quê? Hã, café.

As janelas são abertas para deixar entrar o sol forte acima das nuvens pesadas. As mantas são guardadas. O tempo passou? Ele não se lembra de dormir. Consulta o relógio — quem foi o louco que acertou as horas? Para que fuso horário: Cingapura? Café da manhã; estão prestes a pousar em Frankfurt. E ele acabou de tomar o remédio hipnótico. Colocam uma bandeja diante dele: croissant esquentado no micro-ondas com manteiga congelada e geleia. Uma xícara de café. Ele vai ter de se forçar a engolir. Talvez o café neutralize o sedativo. É preciso um estimulante para neutralizar um tranquilizante, certo? *É assim*, pensa Less enquanto tenta passar um naco de manteiga congelada no pão, *que os viciados raciocinam.*

Ele vai a Turim para uma cerimônia de premiação, e, nos dias anteriores à cerimônia, haverá entrevistas, algo chamado "confrontação" com alunos do ensino médio, muitos almoços e jantares. Ele quer dar uma escapulida para ver as ruas de Turim, uma cidade que não conhece. Dentro do convite, havia a informação de que o maior prêmio já fora concedido ao famoso autor britânico Fosters Lancett, filho do famoso autor britânico Reginald Lancett. Ele se pergunta se o coitado vai comparecer. Por causa do medo do jet lag, Less pediu que chegasse um dia antes de todos esses eventos, e, por algum motivo, concordaram com o pedido. Haveria um carro, disseram-lhe, aguardando-o em Turim. Se ele conseguir chegar lá.

Less flutua pelo aeroporto de Frankfurt num sonho, pensando: *Passaporte, carteira, celular, passaporte, carteira, celular.* Numa grande tela azul, descobre que o voo para Turim mudou de terminal. Por que, ele se pergunta, não há relógios nos aeroportos? Passa por quilômetros de bolsas de couro, perfumes e uísques, quilômetros de lindas vendedoras turcas, e, no sonho, conversa com elas sobre os perfumes, sorrindo, deixando-as borrifar diferentes fragrâncias de couro e almiscaradas; avalia carteiras, passando o dedo no couro de avestruz, como se houvesse mensagens escritas em braille; imagina-se no balcão de uma sala VIP, conversando com a recepcionista, uma mulher de cabelo de ouriço-do-mar, sobre sua infância em Delaware, entrando na sala com elegância, onde empresários de todas as nacionalidades usam o mesmo terno, acomodando-se numa poltrona de couro bege, bebendo champanhe, comendo ostras, e aqui o sonho se desvanece...

Ele acorda num ônibus, indo para algum lugar. Mas para onde? Por que está segurando tantas bolsas? Por que há uma comichão de champanhe na garganta? Less procura, entre os passageiros de pé, alguém que esteja falando italiano. Precisa encontrar o voo para Turim. Ao redor, parece haver apenas executivos americanos, conversando sobre esporte. Less reconhece as palavras, mas não os nomes. Ele se sente não americano. Ele se sente homossexual. Nota que no ônibus há pelo menos cinco homens mais altos que ele, o que lhe parece um recorde. Sua mente, um bicho-preguiça andando devagar pela floresta da necessidade, assimila o fato de que ainda está na Alemanha. Less deve voltar à Alemanha daqui a sete dias, para dar um curso de cinco semanas na Universidade Liberada. E vai ser enquanto estiver na Alemanha que o casamento acontecerá. Freddy vai se casar com Tom, em algum lugar de Sonoma. O ônibus atravessa a pista do aeroporto e os deixa num terminal idêntico. Um pesadelo: controle de passaporte. Sim, o documento ainda está no bolso esquerdo da frente.

— Geschäftlich — responde ao agente musculoso (cabelo ruivo cortado tão rente que parece pintado), secretamente pensando: *O que eu faço mal dá para chamar de trabalho*. Nem de lazer. Mais uma vez, segurança. Mais uma vez, tirar sapatos, cinto. Qual é a lógica aqui? Passaporte, alfândega, segurança de novo? Por que os jovens de hoje fazem questão de se casar? Foi para isso que jogamos pedra na polícia, para nos casar? Rendendo-se afinal à bexiga, Less entra num banheiro de azulejos brancos e vê no espelho: um Onkel velho, calvo, roupa larga, amarrotada. Não há espelho: é o executivo do outro lado da pia. Uma piada digna dos Irmãos Marx. Less lava o próprio rosto, não o rosto do empresário, encontra o portão de embarque e entra no avião. *Passaporte, carteira, celular*. Afunda na poltrona à janela com um suspiro e não chega a tomar o segundo café da manhã: adormece imediatamente.

Less acorda com uma sensação de paz e vitória: "Stiamo iniziando la discesa verso Torino. Estamos iniciando a descida para Turim." A pessoa que estava ao seu lado passou para a poltrona do corredor. Ele tira a máscara dos olhos e sorri para os Alpes lá embaixo, a ilusão de ótica transformando-os em crateras, não montanhas. Então vê a cidade. O avião pousa com tranquilidade, e uma mulher nos fundos aplaude — isso evoca o pouso no México. Ele se recorda de fumar certa vez num avião quando era jovem, confere o encosto de braço e descobre que ainda existe um cinzeiro ali. Fascinante ou alarmante? O sinal se faz ouvir, os passageiros se levantam. *Passaporte, carteira, celular*. Less havia atravessado a crise; já não se sente drogado, entorpecido. Sua mala é a primeira a chegar à esteira: um cachorrinho ávido para saudar o dono. Não há controle de passaporte. Apenas uma saída, e ali, maravilhosamente, um rapaz com bigode de velho, segurando um cartaz no qual está escrito SR. ESS. Less levanta a mão, e o homem pega sua bagagem. Dentro do lustroso carro preto, Less descobre que o motorista não fala inglês. *Favoloso*, pensa, voltando a fechar os olhos.

Ele já esteve na Itália? Já, duas vezes. A primeira, quando tinha 12 anos, numa viagem de família que parecia uma máquina de pachinko, começando em Roma, subindo para Londres, então seguindo em vaivém por diversos países, até enfim retornar à Itália. De Roma, ele só se lembra (na exaustão da infância) dos prédios de pedra manchados, como se tivessem sido içados do oceano, do trânsito alucinante, do seu pai arrastando malas antiquadas (inclusive a misteriosa frasqueira de maquiagem da sua mãe) pelas ruas de paralelepípedos e do clique-clique-clique noturno da cortina amarela flertando com o vento da cidade. A mãe, em seus últimos anos de vida, sempre tentava arrancar outras lembranças de Less (sentado ao lado da cama):

— Você não se lembra da dona do hotel, com aquela peruca que ficava caindo o tempo todo? O garçom bonito que se ofereceu para levar a gente para a casa da mãe dele para comer lasanha? O homem do Vaticano que queria cobrar inteira, porque você era muito alto?

Ela com um lenço de conchas brancas enrolado na cabeça.

— Claro — respondia ele, todas as vezes, assim como sempre respondia ao agente, fingindo ter lido livros dos quais jamais ouvira falar. A peruca! Lasanha! O Vaticano!

Na segunda vez, ele foi com Robert. Foi na metade do tempo que eles passaram juntos, quando Less já era cosmopolita o suficiente para ser de alguma ajuda nas viagens e Robert ainda não havia se enchido de amargura a ponto de se tornar um obstáculo, aquele momento em que o casal encontra seu equilíbrio, quando a paixão já amainou, mas ainda sobra gratidão: o que ninguém percebe que são os anos dourados. Robert estava com uma rara vontade de viajar e aceitou o convite para fazer uma leitura num festival literário em Roma. Roma em si já bastava, mas mostrar Roma a Less era como ter a chance de apresentar alguém a uma tia querida. O que quer que acontecesse seria memorável. O que eles só compreenderam ao chegar foi que o festival ia ocorrer no antigo Fórum, onde milhares de pessoas se reuniriam ao vento do verão para ouvir um poeta ler diante de um arco em ruínas; Robert ficaria num tablado, iluminado por holofotes cor-de-rosa, com uma orquestra tocando Philip Glass entre cada poema.

— Eu nunca mais leio num lugar desses — sussurrou para Less, na coxia, enquanto um breve vídeo biográfico era exibido numa tela enorme para a plateia: Robert menino, numa fantasia de caubói; um aluno de Harvard, sério, com o amigo Ross; depois ele e Ross num café em São Francisco, uma paisagem campestre; mais e mais companheiros artísticos eram exibidos, até Robert alcançar o rosto reconhecível na foto da *Newsweek*: cabelo grisalho e revolto, mantendo aquela expressão maliciosa de uma mente travessa (ele não fazia cara séria para foto). A música aumentou, chamaram seu nome. Quatro mil pessoas aplaudiram, e Robert, de terno de seda cinza, se preparou para subir no palco com a iluminação cor-de-rosa, em meio a ruínas seculares, soltando a mão do namorado como alguém que saltasse de um penhasco...

Less abre os olhos e se depara com uma plantação de uvas outonais, intermináveis fileiras da planta crucificada, sempre com uma roseira no fim. Ele se pergunta por quê. As colinas se perdem no horizonte, e, em cada colina, uma cidadezinha, com a silhueta da única igreja, sem nenhuma forma visível de acesso, senão com corda e picareta. Pela mudança do sol, Less sente que pelo menos uma hora se passou. Portanto ele não está indo para Turim; está sendo levado para algum outro lugar. Suíça?

Por fim, Less entende o que está acontecendo: ele está no carro errado.

SR. ESS: ele tenta reformular o que, em sua prolongada hipnose e orgulho, deduziu se tratar de *signor* e um erro de ortografia infantil em *Less*. Sriramathan Ess? Srovinka Esskatarinavitch? SRESS — Società di la Repubblica Europea per la Sexualité Studentesca? Praticamente qualquer coisa faz sentido para Less nessa altitude. Mas é evidente: depois de ter resolvido os problemas da viagem, ele baixou a guarda, acenou para o primeiro cartaz que parecia exibir seu nome e foi arrastado para um destino incerto. Less conhece a commedia dell'arte da vida e sabe qual é o seu papel. Ele suspira no banco. Vê o santuário de um acidente de carro, disposto numa curva particularmente difícil da estrada. Sente os olhos de plástico de Nossa Senhora se fixarem nos seus por um instante.

As placas de uma cidade em particular começam a ficar mais recorrentes, e as de um hotel em particular: algo chamado Mondolce Golf Resort. Less fica retesado de medo. Sua mente desfia as possibilidades: ele pegou o carro do dr. Ludwig Ess, médico austríaco que vinha passar as férias num resort de golfe em Piemonte com a esposa. Ele: cabelo castanho, com tufos de pelos brancos nas orelhas, óculos de armação de aço, bermuda vermelha e suspensório. Frau Ess: baixinha, cabelo loiro com mecha rosa, camisão de linho e legging cor de pimenta-malagueta. Bastões de caminhada na bagagem para passeios pela cidade. Ela se matriculou em cursos de culinária italiana, enquanto ele sonha com nove buracos e nove Morettis. E agora os dois estão no saguão de algum hotel de Turim, gritando com o gerente, enquanto o ascensorista segura o elevador. Por que Less veio um dia antes? Não vai ter ninguém da fundação do prêmio para remediar o equívoco, a voz do pobre casal Ess ecoará inutilmente no saguão do hotel. BIENVENUTO, diz uma placa quando eles entram numa estradinha, A MONDOLCE GOLF RESORT. Uma caixa de vidro numa colina, uma piscina, buracos de golfe por toda parte.

— Ecco — anuncia o motorista, quando eles se aproximam da entrada; a piscina reflete os últimos raios de sol. Duas moças bonitas surgem do salão espelhado, de mãos dadas. Less se prepara para a humilhação.

Mas a vida o perdoou na subida ao cadafalso.

— Bem-vindo — diz a moça mais alta, num vestido com estampa de cavalos-marinhos — à Itália e ao seu hotel! Sr. Less, viemos recebê-lo em nome do comitê do prêmio...

Os outros finalistas só chegam no fim do dia seguinte, portanto Less tem quase vinte e quatro horas sozinho no resort de golfe. Como uma criança curiosa, experimenta a piscina, a sauna seca, a banheira de água gelada, a sauna a vapor, outra vez a banheira de água gelada, até ficar escarlate feito uma vítima de febre. Incapaz de decifrar o cardápio do restaurante (onde come sozinho numa estufa de vidro), nas três refeições pede algo de que se lembra de um livro: steak tartare da Fassona local. Nas três refeições pede o mesmo Nebbiolo. Fica sentado no ensolarado salão de vidro, como se fosse o último ser humano da Terra, com uma adega de vinhos para durar o resto da vida. Há uma ânfora de flores parecidas com petúnias em sua varanda, atormentadas noite e dia por pequenas abelhas. Numa inspeção mais apurada, ele nota que, em vez de ferrão, elas têm o nariz comprido para enfiar nas flores. Não são abelhas: são mariposas-esfinge-colibri. A descoberta o encanta. O deleite de Less só diminui um pouco na tarde seguinte, quando um grupo heterogêneo de adolescentes surge na ponta da piscina e o fica observando dar suas braçadas. Ele volta para o quarto, todo de madeira branca, com uma lareira de aço suspensa.

— Tem lenha no quarto — avisara a moça dos cavalos-marinhos. — O senhor sabe acender o fogo, certo?

Less assente; costumava acampar com o pai. Ele empilha a lenha numa espécie de barraca dos Lobinhos, enche a parte inferior com *Corriere della Sera* e acende o troço. Hora das faixas elásticas.

Há anos, Less viaja com um conjunto de faixas elásticas que considera sua academia portátil. O conjunto é multicolorido, com alças intercambiáveis, e, sempre que o coloca na mala, pensa em como vai estar em forma quando voltar. A série ambiciosa começa de maneira aplicada na primeira noite, com dezenas de técnicas especiais recomendadas no manual (há muito tempo perdido em Los Angeles, mas lembrado em parte), Less prendendo as faixas nos pés da cama, em caibros e colunas, realizando o que o manual chamava de "lenhador", "troféu" e "herói de ação". Ele termina os exercícios laqueado de suor, sentindo que venceu mais um dia das investidas do tempo. Os 50 anos ficam mais longe que nunca. Na segunda noite, decide deixar os músculos se recuperarem. Na terceira, lembra-se do conjunto de faixas elásticas e começa a série com metade do entusiasmo; a parede fina do quarto trepida com a televisão do vizinho, e ele ou fica deprimido com a luz mortiça do banheiro ou com a ideia de um artigo inacabado. Less promete se exercitar direito em dois dias. Como recompensa pela promessa: uísque de uma garrafa em miniatura do bar em miniatura do quarto. E, então, o conjunto de faixas elásticas é esquecido, abandonado na mesa de canto do hotel: um dragão assassinado.

Less não é nenhum atleta. Seu único momento de glória se deu numa tarde de primavera, quando tinha 12 anos. Em Delaware, a primavera não evocava o início do amor e das flores molhadas, mas um divórcio complicado do inverno e o segundo casamento com o verão rechonchudo. O calor sufocante de agosto chegava automaticamente em maio, as cerejeiras e as ameixeiras transformavam qualquer brisa num alvoroço de confetes, e o ar se enchia de pólen. As professoras ouviam os alunos rindo do brilho de suor em seus seios, os patinadores se descobriam presos no asfalto derretido. Foi o ano em que as cigarras voltaram; Less ainda não existia quando elas se esconderam na terra. Mas agora elas retornaram: dezenas de milhares de cigarras, aterrorizantes mas inofensivas, dirigindo bêbadas no ar, de modo que batiam em cabeças e orelhas, revestindo postes e carros com os casulos descartados, delicados, âmbar, quase egípcios. As meninas os usavam como brincos. Os meninos (descendentes de Tom Sawyer) prendiam os insetos vivos em sacos de papel e os soltavam na hora da aula. À noite, os animais cantavam num coro colossal, o barulho pulsando pela cidade. E as aulas só acabavam em junho. Se acabassem.

Portanto, imagine o jovem Less: 12 anos, primeiro ano em que usava os óculos de armação dourada, que retornariam a ele trinta anos depois, quando um vendedor lhe recomendaria um par, em Paris, e a emoção do triste reconhecimento e da vergonha atravessaria seu corpo — um menininho baixo de óculos, no campo de beisebol, o cabelo branco-dourado feito marfim envelhecido, agora coberto por um boné preto e amarelo, andando pelo campo de defesa direito com um olhar sonhador. Não havia acontecido nada no campo de defesa direito durante a temporada inteira, motivo pelo qual tinha sido colocado lá: uma espécie de Canadá dos esportes. O pai dele (embora Less fosse passar mais de uma década sem saber disso) tivera de comparecer a uma reunião da Secretaria Municipal de Esporte para defender o direito do filho de participar da liga, apesar da sua evidente falta de talento para o beisebol e da sua indiferença em campo. O pai, na verdade, precisara lembrar ao treinador do filho (que havia recomendado a remoção de Less) que se tratava de uma liga *pública* e que, tal qual uma biblioteca pública, era aberta a todos. Até aos perebas. E a mãe dele, campeã de softbol na sua época, precisara fingir que nada disso era importante ao levar Less aos jogos com um papo de espírito esportivo que representava mais o desmantelamento das suas próprias convicções que alívio para o menino. Imagine Less com a luva de couro pesando na mão esquerda, suando no calor da primavera, a mente perdida em devaneios infantis antes de abrir caminho para os devaneios adolescentes — quando um objeto surge no céu. Agindo quase em obediência a uma memória genética, ele corre para a frente com a luva estendida. O sol ofusca sua visão. E... *plac*! A multidão grita. Ele olha para a luva e vê, gloriosamente suja de grama e costurada com linha vermelha, a única bola que pegou na vida.

Da arquibancada: o grito de êxtase da mãe.

Da mala em Piemonte: as famosas faixas elásticas, desenroladas para o famoso herói-mirim.

Da porta do quarto: a moça dos cavalos-marinhos irrompendo, abrindo as janelas para deixar sair a fumaça da tentativa atrapalhada de Less de acender a lareira.

Apenas uma vez Arthur Less disputou um prêmio: algo chamado Louros Literários Wilde e Stein. Ele ficou sabendo da misteriosa honra por intermédio do seu agente, Peter Hunt. Less, talvez ouvindo "Wildenstein", respondeu que não era judeu. Peter tossiu e disse:

— Acho que é uma coisa gay.

Era; e, no entanto, Less ficou surpreso; tinha passado metade da sua existência morando com um escritor cuja sexualidade jamais era mencionada, muito menos a parte da sua vida que ele havia passado casado. Ser chamado de autor gay! Robert desdenhava da ideia: era como aumentar a importância da sua infância em Westchester, Connecticut. "Eu não escrevo sobre Westchester", diria. "Eu não escrevo sobre Westchester, eu não sou um poeta de Westchester" — o que teria surpreendido Westchester, cuja prefeitura pusera uma placa na escola que Robert havia frequentado. Gay, negro, judeu; Robert e seus amigos achavam que estavam acima de tudo isso. Portanto, Less ficou surpreso até mesmo de saber que esse tipo de premiação existia. Sua primeira reação foi perguntar a Peter:

— Como é que eles sabiam que eu sou gay?

Ele perguntou isso do pórtico, usando um quimono. Mas Peter o convenceu a comparecer. A essa altura, Less e Robert já haviam se separado, e, ansioso por como esse misterioso mundo literário gay o veria e desesperado por companhia, ele entrou em desespero e chamou Freddy Pelu.

Quem podia imaginar que Freddy, então aos tenros 26 anos, seria tão perfeito? Eles chegaram ao auditório de uma universidade (flâmulas por toda parte: "A esperança é a escada para os sonhos!") em cujo palco havia seis cadeiras de madeira, dispostas como num tribunal. Less e Freddy se sentaram. ("Wilde e Stein", disse Freddy. "Parece uma peça de vaudeville.") Ao redor deles, as pessoas gritavam seu reconhecimento, abraçavam-se, travavam conversas intensas. Less não conhecia ninguém. Era muito estranho; aqui estavam seus contemporâneos, seus iguais, todos estranhos. Mas não para o estudioso Freddy, subitamente animado com a companhia literária. "Olha, é Meredith Castle! Ela escreve poesia language, Arthur, você devia conhecê-la, e aquele é Harold Frickes", e assim por diante. Freddy fitando aquelas criaturas singulares através dos óculos de armação vermelha, nomeando todas, com satisfação. Era como estar com um observador de aves. As luzes se apagaram, e seis homens e mulheres entraram no palco, alguns tão velhos que pareciam autômatos, acomodando-se nas cadeiras. Um sujeito baixinho, careca, com óculos de lentes coloridas, se aproximou do microfone.

— Aquele é Finley Dwyer — sussurrou Freddy. Seja lá quem ele fosse.

O homem deu boas-vindas a todos, e seu rosto se iluminou.

— Admito que vou ficar decepcionado hoje se premiarmos os assimilacionistas, autores que escrevem como os heterossexuais, que celebram os heterossexuais como heróis de guerra, que fazem com que os personagens gays sofram, deixando-os perdidos num passado nostálgico que ignora a opressão do presente. Precisamos nos livrar dessas pessoas, que teriam nos feito desaparecer das livrarias, os assimilacionistas que, no fundo, têm vergonha do que são, do que somos, do que *vocês* são!

A plateia aplaudiu desenfreadamente. Heróis de guerra, personagens sofridos, perdidos num passado nostálgico — Less reconheceu esses elementos como uma mãe reconheceria a descrição policial de um assassino em série. Era *Kalipso*! Finley Dwyer estava falando *dele*. Ele, o inofensivo Arthur Less: o *inimigo*! A plateia continuava aplaudindo quando Less se virou e cochichou com a voz trêmula:

— Freddy, eu preciso sair daqui.

Freddy o encarou, surpreso.

— A esperança é a escada para os sonhos, Arthur.

Mas, então, notou que Less estava falando sério. Quando o prêmio de Livro do Ano foi anunciado, Less não ouviu: estava deitado na cama, enquanto Freddy pedia a ele que não se preocupasse. O sexo havia sido arruinado pela estante do quarto, de onde escritores mortos o encaravam como cachorros ao pé da cama. Talvez Less *sentisse*, de fato, vergonha, como Finley Dwyer acusara. Lá fora, um pássaro parecia zombar dele. De qualquer forma, ele não havia ganhado.

Less havia lido (no pacote que as moças bonitas lhe entregaram antes de desaparecer entre os vidros) que, embora os cinco finalistas tivessem sido escolhidos por um comitê de pessoas mais velhas, o júri final era composto de doze alunos do ensino médio. Na segunda noite, eles surgem no saguão do hotel, usando elegantes vestidos floridos (as meninas) e os blazers largos do pai (os meninos). Por que não ocorreu a Less que eram os mesmos adolescentes da piscina? Os adolescentes entram como um grupo de turistas na grande estufa de vidro que antes era o restaurante particular de Less, agora uma confusão de funcionários do bufê e desconhecidos. As belas italianas reaparecem para apresentá-lo aos outros finalistas. Less sente sua confiança diminuir. O primeiro é Riccardo, um rapaz italiano com a barba por fazer, inacreditavelmente alto e magro, de óculos escuros, calça jeans e uma camiseta que revela as carpas japonesas tatuadas nos braços. Os outros três são bem mais velhos: Luisa, com o cabelo glamorosamente branco, usando uma túnica de algodão, também branca, e estranhos braceletes dourados para se defender dos críticos;

Alessandro, um vilão de desenho animado, com mechas brancas nas têmporas, bigode fino e óculos pretos de armação de plástico, que parecem comprimir seu olhar de reprovação; e um gnomo rosado da Finlândia que pede que o chamem de Harry, embora seu nome nos livros seja outro. As obras dos autores, Less fica sabendo, são um romance histórico siciliano, uma reinterpretação de Rapunzel na Rússia atual, um romance de oitocentas páginas sobre o último minuto de um homem no leito de morte, em Paris, e a vida imaginada de santa Margô. Less não consegue relacionar autor e livro. Será que o rapaz escreveu a história do leito de morte ou Rapunzel? As duas hipóteses lhe parecem viáveis. São todos tão intelectuais! De cara, Less sabe que não tem nenhuma chance.

— Eu li o seu livro — observa Luisa, o olho esquerdo piscando para se livrar de um grumo de rímel, enquanto o olho direito se fixa no coração de Less. — Ele me levou a novos lugares. Pensei em Joyce no espaço sideral. — O finlandês parece se divertir muito com aquilo.

O vilão de desenho animado acrescenta:

— Eu acho que ele não sobreviveria por muito tempo.

— *Um retrato do artista quando astronauta* — solta o finlandês, por fim, e cobre os dentes enquanto se vira com uma risada silenciosa.

— Eu não li, mas... — balbucia o escritor tatuado, mexendo-se, irrequieto, com as mãos nos bolsos.

Os outros aguardam que ele prossiga. Mas é só isso. Atrás deles, Less reconhece Fosters Lancett caminhando sozinho no salão, muito baixo e de cabeça grande, parecendo tão embebido em tristeza quanto um *trifle* com rum em excesso. E talvez ele também tenha se excedido no rum.

— Acho que eu não tenho chance de ganhar — é tudo o que Less consegue responder. O prêmio é uma quantia generosa em euros e um terno feito sob medida, genuinamente de Turim.

Luisa agita a mão no ar.

— Ah, mas quem sabe? Está na mão desses estudantes! Quem sabe do que eles gostam? Romance? Assassinato? Se for assassinato, Alessandro já ganhou.

O vilão arqueia primeiro uma sobrancelha, depois a outra.

— Quando eu era jovem, só queria ler livros pretensiosos. Camus, Tournier, Calvino. Se tinha um enredo, eu detestava.

— Você continua assim — admoesta Luisa, e ele encolhe os ombros.

Less identifica um antigo caso amoroso. Os dois passam a conversar em italiano, e assim se inicia o que parece uma briga, mas, na verdade, poderia ser qualquer coisa.

— Algum de vocês fala inglês ou tem um cigarro?

É Lancett, encarando-os com os olhos lúgubres. O jovem escritor logo tira do bolso da calça um maço, estendendo o cigarro ligeiramente amassado. Lancett o observa com apreensão antes de pegá-lo.

— Vocês são os finalistas? — pergunta.

— Somos — responde Less.

Então Lancett se vira, alerta ao sotaque americano. Fecha lentamente as pálpebras, com repulsa.

— Esses eventos não são *nada legais*.

— Imagino que você já tenha participado de muitos. — Less se pega dizendo essa banalidade.

— Nem tanto. E nunca ganhei. É uma triste briga de galos que essas pessoas armam porque elas próprias não têm talento.

— Você ganhou. Ganhou o prêmio principal aqui.

Fosters Lancett encara Less, revira os olhos e se retira para fumar.

Durante os dois dias seguintes, o público anda em bandos — adolescentes, finalistas, comitê mais velho —, sorrindo uns para os outros em auditórios e restaurantes, passando pacificamente uns pelos outros em coquetéis, mas jamais se sentando juntos, jamais interagindo, apenas Fosters Lancett se move com liberdade entre as pessoas, feito um lobo solitário sorrateiro. Less agora sente uma nova vergonha, pelo fato de os adolescentes o terem visto praticamente nu, e evita a piscina quando eles estão presentes. Na sua imaginação, vê o horror do seu corpo de meia-idade e não suporta o julgamento (quando, na verdade, a ansiedade o manteve quase tão esguio quanto na época da faculdade). Também evita o spa. E, portanto, as faixas elásticas são mais uma vez desenterradas, e, toda manhã, Less faz o melhor que pode dos "troféus" e dos "heróis de ação" do manual há muito perdido (ele próprio uma tradução ruim do italiano), cada dia fazendo menos e menos, assintoticamente se aproximando do zero, sem nunca chegar a ele.

Os dias, é claro, são cheios. Há o almoço ao ar livre, na ensolarada praça da cidade, para o qual Less é advertido não uma, nem duas, mas *dez vezes*, por vários italianos, de que passe protetor no rosto (*óbvio* que ele passou protetor, e o que eles sabem disso, com sua voluptuosa pele morena?). Há a palestra de Fosters Lancett sobre Ezra Pound, no meio da qual o velho amargo começa a fumar um cigarro eletrônico; a luzinha verde, na ocasião desconhecida dos piemonteses, faz alguns jornalistas presentes conjecturarem que ele está fumando a *marijuana* local. Há entrevistas desconcertantes — "Desculpe, preciso do *interprete*, eu não consigo entender o seu sotaque americano" — nas quais desalinhadas matronas de linho cor de lavanda fazem perguntas superintelectuais sobre Homero, Joyce e física quântica. Less, ignorado pela imprensa americana, desacostumado a perguntas importantes, mantém uma postura festiva, recusando-se a filosofar em relação a assuntos sobre os quais preferiu não escrever *justamente* porque não os entende. As mulheres se vão encantadas, mas sem material suficiente para uma coluna. Do outro lado do saguão, Less ouve jornalistas rindo de algo que Alessandro disse; ele claramente sabe lidar com essas coisas. E há a viagem de duas horas por uma montanha, durante a qual Luisa explica a Less que as rosas no fim das fileiras de videiras são para detectar doenças. Ela sacode o dedo e diz:

— As rosas são atingidas primeiro. Como o pássaro... Qual é mesmo o pássaro?

— Os canários nas minas de carvão?

— *Sì. Esatto.*

— Ou como os poetas nos países latino-americanos — sugere Less. — O novo regime sempre os mata primeiro.

A complexa fisionomia tripla dela: primeiro perplexidade, depois maliciosa cumplicidade, e, por último, ou pena dos poetas mortos ou quem sabe deles dois, ou talvez das duas coisas.

Então há a cerimônia de premiação propriamente dita.

Less estava em casa quando Robert recebeu a ligação, em 1992.

— Puta que pariu! — irrompeu o grito, do quarto.

Less saiu correndo, achando que Robert tinha se machucado (ele mantinha uma relação perigosa com o mundo físico, e cadeiras, mesas e sapatos brotavam no seu caminho como se ele fosse um ímã), mas encontrou Robert com cara de cachorrinho, o telefone no colo, encarando o quadro de Woodhouse que retratava Less. De camiseta, óculos tartaruga na testa, o jornal espalhado à sua volta, o cigarro perigosamente perto de incendiá-lo, Robert se virou para Less.

— Era o comitê do Pulitzer — disse, com tranquilidade. — Eu passei todos esses anos pronunciando errado.

— Você ganhou?

— Não é *Piu*-li-tzer. É *Pú*-li-tzer. — Robert correu os olhos pelo quarto. — Puta que pariu, Arthur, eu ganhei.

A ocasião pedia uma festa, claro, e todo o pessoal da antiga — Leonard Ross, Otto Handler, Franklin Woodhouse, Stella Barry — se reuniu na cabana da Vulcan Steps para dar um tapinha nas costas de Robert; Less jamais o vira tão acanhado com os amigos, tão flagrantemente deliciado e orgulhoso. Ross foi direto até ele, e Robert abaixou a cabeça, oferecendo-a para o escritor alto, lincolnesco, e Ross esfregou sua cabeça como se isso desse sorte ou, mais provável, como se fosse algo que os dois fizessem quando eram jovens. Eles riram e conversaram sobre isso sem parar — sobre como eram na juventude —, o que deixou Less desconcertado, porque os dois pareciam ter a mesma idade de quando ele os havia conhecido. Alguns tinham parado de beber, inclusive Robert, portanto o que beberam foi café, de uma urna de metal surrada, e alguém passou um baseado. Less reassumiu seu antigo papel, mantendo-se à parte, admirando-os. Em certo momento, Stella o viu do outro lado da sala e se aproximou com seus passos de cegonha; ela era só pele e osso, uma mulher feia e alta demais, que celebrava seus defeitos com segurança e graça, de modo que eles se tornavam, para Less, belos.

— Ouvi dizer que você também começou a escrever, Arthur — observou, com sua voz rouca. Pegou a taça de vinho dele, tomou um gole e a devolveu com os olhos cheios de malícia. — Meu único conselho é o seguinte: não ganhe um desses prêmios. — Stella, evidentemente, havia ganhado vários. Estava na *Antologia de poesia Wharton*, o que significava que ela era imortal. Como Atenas surgindo para aconselhar o jovem Telêmaco. — Quando se ganha um prêmio, acabou. Passa-se o resto da vida dando palestras. Mas nunca mais se escreve. — Ela cutucou o peito dele. — Não ganhe um. — Então lhe deu um beijo na bochecha.

Foi a última vez que eles se reuniram, a Escola do Rio Russian.

A cerimônia de premiação é realizada não no antigo mosteiro, onde se pode comprar mel das abelhas enclausuradas, mas num prédio da prefeitura construído num rochedo, abaixo do mosteiro. Por ser um lugar de adoração sem um calabouço, a região de Piemonte criou um. No auditório (cuja porta dos fundos se abre para um clima diferente: uma súbita tempestade se formando), os adolescentes se encontram dispostos exatamente como Less imagina que os monges ocultos estariam: a expressão circunspecta e votos de silêncio. Os membros mais velhos do comitê estão sentados a uma mesa imponente; eles também não falam. A única pessoa que fala é um italiano bonito (o prefeito, ele descobre), cuja subida ao palco é anunciada com um trovão; o som do microfone é interrompido; as luzes se apagam. A plateia faz: "Aaaah!" Less ouve o escritor jovem, sentado ao seu lado na escuridão, se aproximar e falar com ele por fim:

— É nessa hora que alguém é assassinado. Mas quem?

— Fosters Lancett — murmura Less, antes de notar que o famoso inglês está sentado atrás dele.

As luzes do auditório se acendem outra vez, e ninguém foi assassinado. Uma tela de projeção começa a se desenrolar do teto, fazendo bastante barulho, como um parente louco descendo as escadas, perdido, e que precisa ser escondido novamente. A cerimônia recomeça, e, quando o prefeito se põe a falar em italiano, aquelas palavras melífluas, cadenciadas, sem sentido, como um cravo, Less sente sua mente vagar, feito um astronauta saindo de uma câmara de descompressão, em direção ao cinturão de asteroides das suas preocupações. Porque ali não é o lugar dele. Pareceu absurdo quando recebeu o convite, mas o encarou de maneira tão abstrata, a uma distância tão remota de tempo e espaço, que o aceitou como parte do seu plano de fuga. Mas ali, de terno, o suor já começando a marcar a frente da camisa branca e brotar nas entradas do cabelo, ele nota que é tudo um grande erro. Ele não pegou o carro errado; foi o carro errado que o pegou. Porque ele finalmente compreendeu que não se trata de um prêmio italiano esquisito e engraçado, uma piada para contar aos seus amigos; isso é bastante real. As pessoas mais velhas do comitê com suas joias; os adolescentes acomodados na tribuna dos jurados; os finalistas todos tremendo, irritados, ansiosos; até mesmo Fosters Lancett, que veio de longe, escreveu um longo discurso, carregou a bateria do seu cigarro eletrônico e também sua minguante bateria para conversa fiada — é muito real, muito importante para todos. Não pode ser considerado uma brincadeira. É, na verdade, um erro colossal.

Less começa a imaginar (enquanto o prefeito segue falando em italiano) que fizeram uma tradução errada, ou uma — qual é a palavra? — *supertradução*, o romance entregue a uma poeta genial (Giuliana Monti é seu nome) que transformou o inglês medíocre num italiano deslumbrante. O livro foi ignorado nos Estados Unidos, mal fizeram resenhas sobre ele, não houve nenhum pedido de entrevista (o editor disse: "Outono é uma época ruim"), mas aqui na Itália, nota, ele é levado a sério. No outono, ainda por cima. Esta manhã mesmo, mostraram-lhe os artigos do *la Repubblica*, do *Corriere della Sera*, jornais locais, jornais católicos, com fotos de Less usando o terno azul, fitando a câmera com o mesmo olhar ingênuo que ele lançou para Robert naquela praia. Mas deveriam ser fotos de Giuliana Monti. *Ela* escrevera esse livro. Sobrescrevera, reescrevera, escrevera melhor que o próprio Less. Porque ele havia conhecido o gênio. Fora despertado pelo gênio no meio da noite, pelo som do gênio andando pela casa; fizera café para o gênio, e café da manhã, e sanduíche de presunto, e chá; ficara nu com o gênio, tranquilizara o gênio, trouxera a calça do gênio da alfaiataria e passara sua camisa para uma leitura. Havia sentido cada centímetro da pele do gênio; sentira o cheiro e o toque do gênio. Fosters Lancett, a um movimento em L de um cavalo no tabuleiro atrás dele, para quem um discurso de uma hora sobre Ezra Pound é algo simples — ele é um gênio. Alessandro, com seu bigode de Gato Gatuno; a elegante Luisa; o finlandês pervertido; Riccardo, com suas tatuagens: possíveis gênios. Como as coisas chegaram a esse ponto? Que deus tem tempo livre suficiente para arquitetar essa humilhação tão especial, trazer um romancista pouco importante do outro lado do mundo para que ele possa reconhecer, numa espécie de sétimo sentido, quão minúscula é sua importância? Aliás, decidido por *alunos do ensino médio*. Será que tem um balde de sangue pendurado no caibro do palco, pronto para ser derramado sobre seu terno azul? Será que isso vai virar de fato um calabouço? É um erro, ou uma armação, ou as duas coisas. Mas agora não há escapatória.

Arthur Less saiu do cômodo enquanto permanecia nele. Está agora sozinho no quarto da cabana, diante do espelho, tentando dar um nó na gravata-borboleta. É o dia do prêmio Wilde e Stein, e, por um instante, ele pensa no que vai dizer se ganhar, e, por um instante, seu rosto fica dourado de prazer. Três batidas à porta e o barulho de chave na fechadura.

— Arthur! — Less ajusta tanto a gravata quanto suas expectativas. — Arthur!

Freddy surge no quarto retirando do bolso do terno parisiense (tão novo que ainda está parcialmente fechado com costura) uma caixinha plana. É um presente: uma gravata-borboleta de bolinhas. Portanto, a gravata que está usando precisa ser desamarrada para ele dar um nó na nova gravata. Freddy, olhando seu reflexo no espelho.

— O que você vai dizer se ganhar?

E ainda:

— Você acha que é amor, Arthur? Não é amor.

Robert resmungando no quarto de hotel, antes da cerimônia do Pulitzer, na hora do almoço, em Nova York. Alto, atlético, como no dia em que se conheceram. Grisalho, claro, o rosto castigado pela idade ("Eu estou ficando todo amarrotado"), mas ainda aquela figura elegante e de fúria intelectual. Parado com os cabelos grisalhos diante da janela iluminada.

— Prêmios não são amor. Porque pessoas que não nos conhecem não podem nos amar. O lugar dos vencedores já está marcado, daqui até o Dia do Juízo Final. Eles sabem o tipo de poeta que vai ganhar, e, se por acaso você se encaixa, parabéns! É como caber num terno de segunda mão. É sorte, não é amor. Não que não seja agradável ter sorte. Talvez a única maneira de entender isso seja pensar que estamos no meio de toda a beleza. Por acaso, hoje podemos ficar no meio de toda a beleza. Não quer dizer que eu não queira isso...

é uma maneira desesperada de se ter prazer, mas eu quero. Eu sou narcisista; desespero é a nossa regra. Ter prazer é a nossa regra. Você fica bonito de terno. Não sei por que decidiu viver com um homem de 50 anos. Ah, eu sei, você gosta do produto final. Você não quer ter que fazer nenhum retoque. Vamos tomar champanhe antes de ir. Eu sei que é meio-dia. Preciso que você dê o nó na minha gravata. Eu esqueço como se faz porque sei que você nunca vai esquecer. Prêmios não são amor, mas isso é amor. O que Frank escreveu: "Já é verão, e desejo ser desejado mais que tudo no mundo."

Outro trovão arranca Less dos seus devaneios. Mas não é um trovão; são aplausos, e o jovem escritor puxa a manga do paletó de Less. Porque Arthur Less ganhou.

LESS ALEMÃO

Uma ligação, traduzida do alemão:
— Boa tarde, Editora Pegasus. Petra.
— Bom dia. Aqui é o sr. Arthur Less. Tem um receptador no meu livro.
— Sr. Less?
— Tem um receptador no meu livro. Vocês precisam fazer a correção, por favor.
— Sr. Arthur Less, nosso autor? Autor de *Kalipso*? Que maravilha finalmente falar com o senhor! Como posso ajudá-lo?
[Barulho de teclado de computador]
— Sim, alô. É bom falar. Eu ligo por causa de um receptador. *Receptador*, não. [Mais barulho de teclado de computador] Um *erro*.
— Um erro no livro?
— Sim! Eu ligo por causa de um erro no meu livro.
— Sinto muito. Qual é a natureza do erro?
— O ano do meu nascimento está escrito um nove sexo quatro.
— Como?
— O ano do meu nascimento é sexo cinco.
— O senhor quer dizer que nasceu em 1965?

— Exato. Os jornalistas escrevem que eu tenho 50 anos. Mas eu tenho 49 anos!

— Ah! Escrevemos errado o ano do seu nascimento na orelha, por isso a imprensa está dizendo que o senhor tem 50 anos. Quando o senhor tem apenas 49. Me desculpe. Deve ser tão frustrante.

[Pausa demorada]

— Exato, exato, exato. [Risada] Eu não sou um homem velho.

— Claro que não. Vou deixar um lembrete para a próxima impressão. Aliás, na foto o senhor parece ter muito menos de 40 anos. Todas as mulheres da editora são apaixonadas pelo senhor.

[Pausa demorada]

— Eu não entendo.

— Eu disse que todas as mulheres da editora são apaixonadas pelo senhor.

[Risada]

— Obrigado, obrigado, isso é muito gentil. [Outra pausa] Apaixonado é bom.

— Pois bem, me procure se houver algum outro problema.

— Obrigado e tchau.

— Tenha um bom dia, sr. Less.

Que prazer, para Arthur Less, estar num país onde ele finalmente sabe falar a língua! Depois da milagrosa virada da sorte na Itália, quando ele se levantou, desorientado, para receber a pesada estátua dourada (que agora teria de ser levada em consideração para o limite de peso da bagagem) — os jornalistas gritando como no fim de uma ópera —, ele chega à Alemanha no calor do sucesso. Somado a isso: sua fluência em alemão, o respeitoso cargo de professor, as preocupações de *Gestern* esquecidas. Papeando com as comissárias de bordo, confabulando com o homem do controle de passaporte, parece quase possível que ele tenha se esquecido de que faltam apenas algumas semanas para o casamento de Freddy. Que animador vê-lo conversando; que desconcertante, porém, ouvi-lo.

Less havia estudado alemão desde que era menino. A primeira professora, quando ele tinha 9 anos, era Frau Fernhoff, uma professora de piano aposentada que, no começo de cada aula vespertina, obrigava todos (ele, a varapau sagaz Anne Garret e Giancarlo Taylor, que tinha um cheiro estranho, mas era bastante simpático) a se levantarem e gritar: "Guten Morgen, Frau Fernhoff!" Eles aprenderam o nome de frutas e vegetais (os lindos *Birne* e *Kirsche*; o falso cognato *Ananas*; *Zwiebel*, tão mais melódico que "cebola") e descreveram seus corpos pré-púberes, das *Augenbrauen* aos *großer Zehen*. O ensino médio trouxe diálogos mais sofisticados ("Mein Auto wurde gestohlen!"), as aulas conduzidas pela rechonchuda Fräulein Church, uma professora animada, eternamente de vestido transpassado e echarpe, que havia crescido no bairro alemão de Nova York e sempre falava do seu sonho de seguir os passos da família Von Trapp na Áustria. "O segredo para falar uma nova língua", dizia ela, "é ser corajoso, e não perfeito." O que Less não sabia era que a encantadora Fräulein jamais havia botado os pés na Alemanha nem falado alemão fora de Yorkville. Ela era ostensivamente falante do alemão, assim como Less, aos 17 anos, era ostensivamente gay. Ambos alimentavam a fantasia, sem jamais tê-la concretizado.

Corajoso, e não perfeito, o alemão de Less é castigado pelos erros. Amigos homens costumam virar mulheres no plural lessiano, tornando-se *Freundin*, em vez de *Freund*; e, usando *auf den Strich* em vez de *unterm Strich*, ele pode dar a entender que está abraçando a prostituição. Entretanto, mesmo aos quatro e nove, Less ainda não foi desenganado da sua fluência no idioma. Talvez a culpa seja de Ludwig, o aluno de intercâmbio que morou com a família de Less, que não acabou com as suas ilusões e jamais corrigiu seu alemão — pois quem corrige o que é dito na cama? Talvez tenham sido os *dankbaren* berlinenses orientais que Less conheceu numa viagem com

Robert — poetas exilados, vivendo em Paris —, admirados de ouvir a língua materna na boca de um jovem americano. Talvez tenham sido episódios demais de *Guerra, sombra e água fresca*. Mas Less chega a Berlim, ao apartamento que vai ocupar em Wilmersdorf, jurando que não vai falar uma só palavra de inglês enquanto estiver aqui. É claro que o verdadeiro desafio é falar uma palavra de alemão.

Novamente, uma tradução:

— Seis saudações, turma. Eu sou Arthur Less.

É a turma para a qual ele dará aula na Universidade Liberada. Além disso, ele vai fazer uma leitura daqui a cinco semanas, aberta ao público. Encantado com a descoberta de que ele era fluente em alemão, o departamento ofereceu a Less a oportunidade de lecionar um curso da sua escolha. "Com professores visitantes", escreveu o gentil dr. Balk, "podemos ter turmas pequenas, de até três alunos, gerando um ambiente mais íntimo." Less tirou a poeira de um curso de criação literária que ele havia ministrado numa faculdade jesuíta da Califórnia, passou um programa de tradução no texto e se considerou preparado. Batizou o curso de "Leia como um vampiro, escreva como Frankenstein", baseado na própria noção de que os escritores leem obras alheias para pegar as melhores partes. Era, sobretudo traduzido para o alemão, um título inusitado. Quando o monitor dele, Hans, o conduz à sala, na primeira manhã, ele fica pasmo ao encontrar não três, nem quinze, mas cento e trinta alunos aguardando para fazer o curso livre.

— Eu sou seu senhor professor.

Não é, não. Alheio à imensa diferença em alemão entre *Professor* e *Dozent*, sendo o primeiro um posto ao qual se é alçado apenas depois de décadas de reclusão na penitenciária acadêmica, o segundo um mero palestrante, Less deu a si mesmo uma promoção.

— E, agora, eu sinto muito, eu preciso matar alguns de vocês.

Com esse anúncio surpreendente, ele começa a cortar todos os alunos que não estão matriculados no Departamento de Literatura e Linguística. Para seu alívio, isso elimina trinta pessoas. E assim começa a aula.

— Iniciamos em uma frase em Proust: "Durante muito tempo fui para a cama cedo."

Mas Arthur Less não foi para a cama cedo; na verdade, é um milagre que tenha conseguido chegar à sala de aula. O problema: um convite surpresa, certa dificuldade com a tecnologia alemã e, é claro, Freddy Pelu.

De volta à chegada dele ao Aeroporto Tegel, no dia anterior:

Uma série desnorteante de salas de vidro, abrindo-se e fechando-se automaticamente feito câmaras de descompressão, onde ele encontra seu monitor e acompanhante, o alto e sério Hans. Embora prestes a fazer a prova de doutorado sobre Derrida e, portanto, no entendimento de Less, intelectualmente superior a ele, o cacheado Hans pega todas as malas de boa vontade e o conduz, com seu Twingo velho, até o apartamento universitário que ele chamará de casa nas próximas cinco semanas. O apartamento fica num andar alto de um prédio dos anos oitenta, cujas escadas e patamares são expostos ao ar frio de Berlim; em sua severidade com varas-de-ouro e vidro, lembra o aeroporto. Além disso, não há chave, mas um chaveiro com um botão — feito uma ave na época do acasalamento, a porta responde com um gorjeio e se abre. Hans demonstra isso muito rapidamente; a porta gorjeia; parece simples.

— O senhor sobe aquela escada, usa o chaveiro. Entendeu?

Less assente, e Hans o deixa com sua bagagem, explicando que vai voltar às dezenove horas para levá-lo para jantar e às treze horas do dia seguinte para levá-lo à universidade. Sua cabeça cacheada se despede com um aceno, e ele desaparece na escada. Ocorre a Less que o rapaz jamais olhou nos seus olhos. E que ele precisa aprender o sistema horário de vinte e quatro horas.

Não consegue imaginar que, na manhã seguinte, antes da aula, estará pendurado no peitoril do apartamento, a mais de dez metros do chão, tentando alcançar a única janela aberta.

Hans chega às dezenove horas em ponto (Less fica repetindo para si mesmo: *sete p.m., sete p.m., sete p.m.*). Como não encontrou um ferro de passar no apartamento, pendurou as camisas no banheiro e abriu a torneira quente do chuveiro para que o vapor as desamarrotasse, mas o vapor, de algum modo, acionou o alarme de incêndio, o que traz à sua porta um homem robusto, animado, sem o menor conhecimento de inglês, que caçoa dele ("Sie wollen das Gebäude mit Wasser niederbrennen!") e depois retorna com um pesado ferro de passar alemão. Janelas são abertas. Less está no processo de passar a roupa quando ouve os acordes de Bach da campainha. Hans acena com a cabeça de novo. Trocou o casaco de moletom por um blazer jeans. No Twingo (vestígio de cigarro, mas nenhum cigarro de fato), o rapaz o conduz a outro distrito misterioso, estacionando o carro embaixo de uma ferrovia suspensa onde há um turco tristonho sentado atrás de uma barraquinha, vendendo cachorro-quente com curry. O restaurante se chama Austria e é decorado, por toda parte, com canecas de cerveja feitas de barro e galhadas. Assim como em toda parte: eles não estão de brincadeira.

Os dois são conduzidos a um reservado com bancos de couro, onde dois homens e uma mulher os aguardam. São amigos de Hans, e, embora Less desconfie de que o estudante esteja cautelosamente sugando os recursos do departamento, é um alívio ter alguém que não seja derridiano com quem conversar: um compositor chamado Ulrich, cujos olhos castanhos e barba desgrenhada lhe dão a aparência alerta de um schnauzer; a namorada dele, Katarina, igualmente canina com sua nuvem de cabelo feito um lulu-da-pomerânia; e Bastian, um aluno de administração cujos belos traços negros e volumoso cabelo crespo fazem Less deduzir que é africano; ele é bávaro. Less imagina que todos tenham uns 30 anos. Bastian discute sobre esportes com

Ulrich, uma conversa difícil para Less acompanhar, não por causa do vocabulário específico (*Verteidiger, Stürmer, Schienbeinschützer*) ou de personalidades esportivas obscuras, mas porque simplesmente não se interessa. Bastian parece defender que o perigo é essencial para o esporte: A emoção da morte! *Der Nervenkitzel des Todes!* Less encara o schnitzel (um mapa crocante da Áustria). Mas ele não está aqui, em Berlim, na Schnitzelhaus. Está em Sonoma, num quarto de hospital: sem janelas, amarelado, com cortina para garantir privacidade, como uma stripper antes de subir ao palco. Na cama do hospital: Robert. Um tubo no braço e um no nariz, e o cabelo é o de um louco.

— Não foram os cigarros — diz Robert, os olhos emoldurados pelos mesmos antigos óculos de aro grosso. — Foi a poesia que fez isso. Ela agora mata. Mas depois — acrescenta, agitando o dedo — a imortalidade!

Uma risada rouca, e Less segura sua mão. Isso faz apenas um ano. E Less está em Delaware, no enterro da mãe, a mão de alguém pressionando suavemente suas costas, amparando-o. Ele é tão grato por essa mão. E Less está em São Francisco, na praia, no outono daquele ano terrível.

— Vocês, garotos, não sabem nada da morte.

Alguém disse isso; Less descobre que foi ele próprio. Dessa vez, seu alemão é perfeito. A mesa inteira fica em silêncio, e Ulrich e Hans desviam o olhar. Bastian se limita a encarar Less, a boca entreaberta.

— Desculpem — pede Less, deixando a cerveja na mesa. — Desculpem, não sei por que eu disse isso.

Bastian está em silêncio. As arandelas iluminam seu cabelo.

A conta chega, e Hans paga com o cartão de crédito do departamento, e Less não consegue se convencer de que não é necessário deixar uma gorjeta, e, de repente, estão todos na rua, onde os postes reluzem sobre as árvores laqueadas de preto. Ele nunca sentiu tanto frio na vida. Ulrich enfia as mãos nos bolsos, balançando para a frente e para trás, numa sinfonia particular, com Katarina agarrada a ele. Hans volta os olhos para os telhados e anuncia que vai levar Less de volta para casa. Mas Bastian diz que não, que é a primeira noite do americano e ele deveria sair para beber. A conversa acontece como se Less não estivesse lá. Parece que estão discutindo sobre outra coisa. Por fim, fica decidido que Bastian vai levar Less ao seu bar preferido, perto dali. Hans pergunta:

— Sr. Less, o senhor consegue voltar para casa?

E Bastian diz que vai ser mais fácil colocá-lo num táxi. Tudo acontece muito rápido. Os outros desaparecem no Twingo, e, quando Less se vira, Bastian o encara com um olhar indecifrável.

— Vem comigo — chama o rapaz.

Mas ele não o leva a um bar. Leva-o para o seu próprio apartamento, em Neukölln, onde Less — para sua surpresa — passa a noite.

O problema se dá na manhã seguinte. Less, tresnoitado, transpirando todo o álcool que lhe serviram nas últimas doze horas, ainda usando a camiseta preta e a calça jeans manchada de gordura do jantar, consegue subir a escada até o patamar externo do prédio, mas não consegue abrir a porta do apartamento. Repetidas vezes, aperta o botão no chaveiro, repetidas vezes espera o gorjeio da porta. Mas ela se mantém calada. Não quer acasalar. Correndo os olhos ao redor em desespero, ele vê pássaros reunidos na varanda de um apartamento duplex acima. Eis, evidentemente, a conta da noite passada. Eis a culpa materializada. Como achou que escaparia? Less se imagina dormindo no vão da porta quando Hans aparecer para levá-lo à universidade. Imagina-se dando a primeira aula fedendo a vodca e cigarro. Então seus olhos encontram uma janela aberta.

Aos 10 anos, subimos em árvores maiores até que os temores da nossa mãe. Aos 20, escalamos o dormitório para surpreender o namorado adormecido. Aos 30, saltamos no mar verde-sereia. Aos 40, olhamos e sorrimos. Aos 49?

Do outro lado do parapeito do patamar, ele firma a ponta arranhada do brogue na saliência decorativa de concreto. A janelinha estreita fica a apenas um metro e meio de distância. Uma questão de lançar o braço para agarrá-la. Um pulinho de nada para a saliência seguinte. Colado à parede, a tinta amarela já se desprende em sua camisa, ele já ouve a plateia de pássaros arrulhando com apreço. O nascer do sol berlinense brilha nos telhados, trazendo consigo o cheiro de pão e fumaça de escapamento de carro. "Arthur Less, escritor pouco importante dos Estados Unidos, mais conhecido por sua relação com a Escola do Rio Russian, sobretudo com o poeta Robert Brownburn, suicidou-se hoje de manhã, em Berlim", dirá o release da Pegasus. "Ele tinha 50 anos."

Que testemunha veria o senhor professor pendurado no quarto andar do prédio? Estendendo o pé, depois a mão, tentando se aproximar da janela da cozinha? Usando toda a força da parte superior do corpo para se debruçar sobre o peitoril e cair, numa nuvem de poeira, na escuridão do outro lado? Apenas uma jovem mãe, andando pelo apartamento com o filho no colo de manhã cedo. Contemplando aquela cena que parece saída de uma comédia estrangeira. Ela sabe que o sujeito não é um ladrão; é, sem dúvida, apenas um americano.

Less não é *conhecido* como professor, da mesma forma que Melville não é *conhecido* como fiscal da alfândega. E, no entanto, ambos ocuparam os respectivos postos. Embora já tenha sido professor convidado na universidade de Robert, Less não tem nenhuma formação, senão as noites regadas a bebida e cigarro da sua juventude, quando os amigos de Robert se reuniam e gritavam, provocavam e brincavam de jogos com palavras. Por consequência, Less se sente pouco à vontade lecionando. Em vez disso, recria aquela época perdida com os alunos. Lembrando-se daqueles homens de meia-idade refestelados na sala com uma garrafa de uísque, um livro de poesia da Norton e tesouras, ele corta um parágrafo de *Lolita* e pede aos jovens alunos de doutorado que reorganizem o texto como bem quiserem. Nessas colagens, Humbert Humbert se torna um velho confuso, e não diabólico, misturando ingredientes para um drinque, e, em vez de confrontar Charlotte Haze, a mulher traída, sai para pegar mais gelo. Ele entrega aos alunos uma página de Joyce e um frasco de corretivo líquido — e Molly Bloom diz apenas: "Sim." O jogo de escrever uma frase inicial persuasiva de um livro que eles nunca leram (tarefa difícil, pois esses alunos dedicados já leram *tudo*) leva a um início horripilante para *As ondas*, de Virginia Woolf: "Eu estava no mar, longe demais da praia para ouvir o salva-vidas gritando: 'Tubarão! Tubarão!'"

Embora o curso não apresente nem vampiros nem monstros de Frankenstein, os alunos adoram. Ninguém lhes dá tesoura e bastão de cola desde que estavam no jardim de infância. Ninguém jamais pediu a eles que traduzissem uma frase de Carson McCullers ("Na cidade havia dois mudos, e eles estavam sempre juntos") para o alemão (*"In der Stadt gab es zwei Stumme, und sie waren immer zusammen"*) e a passassem pela sala, retraduzindo-a, até ela se tornar uma mixórdia: "No bar havia duas batatas juntas, e elas eram terríveis." Que alívio para suas vidas sobrecarregadas! Eles aprendem alguma coisa sobre literatura? Pouco provável. Mas aprendem a adorar a língua de novo, algo que havia esmaecido feito sexo num casamento de longa data. E por isso aprendem a adorar o professor.

É em Berlim que Less começa a deixar a barba crescer. Pode-se culpar a aproximação de certo casamento. Também pode-se culpar seu novo amante alemão, Bastian.

Ninguém imaginaria que eles se tornariam amantes. Less certamente não imaginava. Afinal, os dois não combinam. Bastian é jovem, orgulhoso, arrogante e indiferente, até mesmo avesso, à literatura e à arte; em vez disso, acompanha esportes com avidez, e as derrotas da Alemanha o deixam num estado depressivo que não se vê desde a República de Weimar, apesar do fato de ele não se considerar alemão. É bávaro. Isso não significa nada para Less, que associa a nação mais aos festivais de cerveja de Munique e às lederhosen que ao paraíso do grafite de Berlim. Mas significa muito para Bastian. Ele sempre usa camisas proclamando sua origem, e essas camisas, com jeans claro e casaco de náilon folgado, são suas roupas típicas. O rapaz não tem nenhuma inclinação intelectual para, interesse em, ou gentileza com as palavras. Mas tem, Less ainda vai descobrir, o coração surpreendentemente mole.

Por acaso, Bastian passa a visitar Less quase todas as noites. Aguardando diante do prédio, à noite, de calça jeans, camisa néon e casaco folgado. O que ele quer com o senhor professor? Ele não diz. Apenas imprensa Less contra a parede assim que chega, parafraseando num sussurro o cartaz de Checkpoint Charlie: "Entrando no setor americano." Às vezes eles nem saem do apartamento, e Less é obrigado a preparar o jantar a partir do pouco que tem na geladeira: bacon, ovos e nozes. Certa noite, duas semanas depois de iniciadas as Wintersitzungen, eles assistem ao programa de TV preferido de Bastian, algo chamado *Schwiegertochter gesucht*, sobre pessoas do interior que querem escolher os cônjuges dos filhos, até o rapaz adormecer enroscado no corpo de Less, o nariz enterrado na sua orelha.

Por volta de meia-noite, a febre começa.

É uma experiência confusa lidar com um desconhecido doente. Bastian, um rapaz tão seguro, se torna uma criança frágil, pedindo a Less que afaste a manta, depois que o cubra, conforme a temperatura dispara e afunda (o apartamento tem um termômetro, mas, ai dele!, é nos estranhos graus centígrados), pedindo comidas das quais Less jamais ouvira falar, antigos (possivelmente criados pela febre) remédios bávaros para emplastros e *Rosenkohl-Saft* (suco de couve-de-bruxelas) quente. E Less, que nunca foi conhecido pelos cuidados dispensados aos doentes (Robert o acusava de abandono de incapaz), fica desolado com o pobre bávaro. Sem *mami*, sem *papi*. Less tenta afastar a lembrança de outro homem, doente em outra cama europeia. Quanto tempo faz? Ele pega a bicicleta e percorre as ruas de Wilmersdorf, em busca de qualquer coisa que possa ajudar. Retorna com o que as pessoas geralmente retornam na Europa: pó num envelopinho dobrado. Derrama o pó na água; o cheiro é atroz, e Bastian não vai beber. Por isso Less liga a TV em *Schwiegertochter gesucht* e diz a Bastian que ele precisa tomar um gole sempre que os pombinhos tirarem os óculos para se beijar. E, quando obedece, Bastian volta os olhos para Less: de um castanho tão claro quanto uma bolota. No dia seguinte, Bastian está recuperado.

— Sabe como os meus amigos chamam você? — pergunta Bastian, sob a luz da manhã, enrolado no lençol estampado de heras do apartamento de Less.

Ele está de volta ao normal, as faces ruborizadas, alerta, com um sorrisinho. O cabelo rebelde parece a única parte de Bastian ainda adormecida, como um gato deitado num travesseiro.

— Senhor professor — responde Less, enxugando-se, depois do banho.

— Isso é como eu chamo você. Não, eles te chamam de Peter Pan.

Less dá sua risada de trás para a frente: AH ah ah.

Bastian alcança o café ao lado dele. A janela está aberta e o vento sopra a cortina branca vagabunda pelo quarto; o céu está descolorido e cinzento sobre as tílias.

— Eles perguntam: "Como é o Peter Pan?"

Less franze a testa e se dirige ao armário, vendo de relance seu reflexo no espelho: o rosto corado, o corpo branco. Feito uma estátua montada com a cabeça errada.

— Diz-me você por que eu assim sou chamado.

— Sabe de uma coisa? O seu alemão é terrível — comenta Bastian.

— Inverdade. Não é perfeito, talvez — defende-se Less —, mas é animado.

O rapaz dá uma risada incontida, sentando-se na cama. Pele morena, avermelhada nos ombros e nas faces, pelo tempo que passou na câmara de bronzeamento.

— Está vendo, eu não sei nem do que você está falando. Animado?

— Animado — explica Less, vestindo a cueca. — Entusiasmado.

— É, você fala feito uma criança. Você parece e age como uma pessoa muito nova. — Ele puxa Less para a cama. — Talvez você nunca tenha crescido.

Talvez, de fato. Less conhece muito bem os prazeres da juventude — perigo, emoção, se perder numa boate escura com uma pílula, um shot, a boca de um desconhecido — e, com Robert e seus amigos, os prazeres da velhice — conforto e tranquilidade, beleza e elegância, velhos amigos e velhas histórias, vinho, uísque e pôr do sol sobre o mar. Durante sua vida inteira, ele se revezou entre as duas. Há a sua juventude distante, aquela humilhação diária de lavar a única camisa boa e exibir o único sorriso bom, com a correria das novidades: novos prazeres, novas pessoas, novos reflexos de si mesmo. Há o fim da meia-idade de Robert, quando ele escolhia vícios com o cuidado com que escolheria gravatas numa loja de Paris, cochilando sob o sol vespertino e acordando da poltrona ao rangido da morte. A cidade grande da juventude, o campo da velhice. Mas o espaço intermediário, onde Less está vivendo — essa existência na periferia? Como ele nunca aprendeu a viver aqui?

— Acho que você devia deixar a barba crescer — murmura o rapaz, mais tarde. — Eu acho que ficaria muito bonito.

Por isso ele deixa.

Uma verdade precisa ser dita: Arthur Less não é nenhum grande acontecimento na cama.

Seria de se imaginar, vendo Bastian com os olhos fixos na janela de Less toda noite, aguardando que a porta se abra, que é o sexo que o traz aqui. Mas não é exatamente o sexo. Deve-se acreditar no narrador ao dizer que Arthur Less não é — tecnicamente — um amante habilidoso.

Antes de mais nada, faltam-lhe os atributos físicos: ele é mediano em todos os sentidos. Um homem claramente americano, sorrindo e piscando com os cílios claros. Um rosto bonito, mas comum. Também sofre, desde o começo da juventude, de uma ansiedade que às vezes o deixa ávido demais durante o ato sexual, às vezes não ávido o bastante. Tecnicamente: ruim de cama. E, no entanto, assim como a ave que não voa desenvolve outras táticas de sobrevivência, Arthur Less desenvolveu outras habilidades. Assim como a ave, ele não sabe disso.

Arthur Less beija... Como posso explicar? Como alguém apaixonado. Como quem não tem nada a perder. Como alguém que acabou de aprender uma língua estrangeira e só sabe usar o presente do indicativo e a segunda pessoa do discurso. Só agora, só você. Existem homens que nunca foram beijados assim. Existem homens que descobrem, depois de Arthur Less, que nunca voltarão a ser beijados assim.

Ainda mais místico: o toque dele lança um feitiço curioso. Não há outra palavra. Talvez por ser "uma pessoa sem pele", Less às vezes toca a pessoa e envia uma centelha do seu próprio sistema nervoso para o sistema nervoso dela. Foi algo que Robert logo notou.

— Você é um bruxo, Arthur Less — decretou.

Outros, menos suscetíveis, não prestaram atenção, concentrados demais nas próprias necessidades complicadas ("Mais pra cima; não, *mais pra cima*; não, MAIS PRA CIMA!"). Mas Freddy também sentiu. Um leve sobressalto, falta de ar, um breve desmaio talvez, então reencontra o rosto inocente de Less, banhado em suor. Será que é a irradiação, a emanação dessa inocência, dessa ingenuidade, em estado incandescente? Bastian não é imune. Certa noite, depois de se beijarem feito adolescentes no corredor, eles tentam despir um ao outro, mas, vencidos pelos sistemas estrangeiros de botões e zíperes, acabam despindo a si próprios. Arthur volta para a cama, onde Bastian o aguarda, nu e bronzeado. Quando sobe na cama, Less bota a mão no peito de Bastian. Bastian geme. Ele se contorce; a respiração acelera e, depois de alguns instantes, ele sussurra:

— Was tust du mir an? ["O que você está fazendo comigo?"]
Less não faz a menor ideia.

Less deduz, na quarta semana, que seu monitor está sofrendo de amor. Com seu jeito já sério, Hans se mostra sem dúvida taciturno durante a aula, com as mãos apoiando a cabeça, que parece pesar feito bronze. Decerto um problema com uma garota, uma daquelas alemãs bissexuais lindas e inteligentes, fumantes inveteradas, de roupas americanas vintage e cabelo loiro alisado; ou então alguma estrangeira, uma bela italiana de pulseiras de cobre que vai voltar para Roma, para morar com os pais e ser curadora de uma galeria de arte moderna. Pobre Hans! Less só descobre a verdade enquanto desenha a estrutura de Ford Madox Ford no quadro-negro quando, ao se virar, depara com Hans desmaiado na carteira. Pela respiração e palidez, Less reconhece a febre.

Ele pede aos alunos que levem o pobre do rapaz para o *Gesundheitszentrum* e se dirige ao moderno escritório do dr. Balk. São necessárias três repetições para que o dr. Balk, tentando decifrar o alemão gaguejado e soltando por fim um "Ah", compreenda que Less precisa de um novo monitor.

No dia seguinte, Less fica sabendo que o dr. Balk está acamado com uma doença misteriosa. Na sala de aula, duas moças desmaiam silenciosamente em suas carteiras; quando elas caem, os rabos de cavalo idênticos se levantam feito a cauda de um cervo assustado. Less está começando a identificar um padrão.

— Eu acho que eu estou um pouco espalhando — confidencia-se com Bastian, durante o jantar, em seu *Kiez*.

No início, Less achou o cardápio tão desconcertante — dividido em Amigos Menores, Amigos Comidos com Pão e Amigos Maiores — que pediu o schnitzel em vez de a salada de batata, com uma reluzente cerveja grande.

— Arthur, você não está fazendo o menor sentido — argumenta Bastian, pegando um pedaço do schnitzel de Less. — Espalhando?

— Eu acho que eu estou um pouco espalhando doença.

De boca cheia, Bastian balança a cabeça.

— Acho que não. Você não ficou doente.

— Mas *todo mundo* está doente!

A garçonete se aproxima com mais pão e *Schmalz*.

— Sabe, é uma doença estranha — assentiu Bastian. — Eu estava me sentindo bem. Você estava conversando comigo, e, de repente, eu fiquei tonto e comecei a arder de febre. Foi horrível. Mas só durou um dia. Acho que o suco de couve-de-bruxelas ajudou.

Less passa manteiga numa fatia de pão preto.

— Eu não dei suco de couve-de-bruxelas.

— Não, mas eu sonhei que você me deu. O sonho ajudou.

Um olhar perplexo do nosso escritor. Ele muda de assunto:

— Semana que vem eu tenho um evento.

— É, você me disse — diz Bastian, tomando um gole da cerveja de Less; ele terminou a própria. — Você vai fazer uma leitura. Não sei se vou conseguir aparecer lá. Leituras geralmente são tão entediantes!

— Não, não, não, eu não sou nunca entediante. E semana que vem uma amiga minha se casa.

Os olhos do alemão perambulam até a televisão, que exibe uma partida de futebol. Distraído, ele pergunta:

— Uma amiga próxima? Ela está chateada porque você não vai comparecer?

— Sim, amiga próxima. Mas é um homem... Eu não sei a palavra em alemão. Mais que um amigo, mas no passado. — Um Amigo Comido com Pão?

Bastian encara Less, aparentemente assustado. Inclina-se para a frente, segurando a mão dele, com um sorriso de quem está se divertindo.

— Arthur, você está tentando me deixar com ciúme?

— Não, não. Isso é um passado antigo. — Less aperta a mão de Bastian antes de soltá-la. Inclina a cabeça, de modo que a luminária ilumina seu rosto. — O que você acha da minha barba?

— Eu acho que ela precisa de mais tempo — responde Bastian, depois de alguma consideração. Ele pega outra garfada da comida de Less e o encara de novo. Acena e diz, muito sério, antes de se virar outra vez para a televisão: — Você tem razão, Arthur. Você nunca é entediante.

Uma ligação, traduzida do alemão:

— Boa tarde, Editora Pegasus. Petra falando.

— Bom dia. Aqui é o sr. Arthur Less. Eu tenho preocupação a respeito da noite de hoje.

— Ah, olá, sr. Less! Sim, nós já nos falamos. Garanto ao senhor que vai correr tudo bem.

— Mas só para conferir o horário...

— Pois não, continua marcado para as vinte e três horas.

— Certo. Vinte e três horas. Para estar garantido, isso é onze horas da noite.

— Exatamente. É um evento tarde. Vai ser ótimo!

— Mas isso é doença mental! Quem vem para mim às onze horas da noite?

— Ah, confie em nós, sr. Less. Aqui não são os Estados Unidos. É Berlim.

Organizada pela Pegasus Verlag, em parceria com a Universidade Liberada e o Instituto Americano de Literatura, bem como com a embaixada dos Estados Unidos, a leitura não vai acontecer numa biblioteca, como Less imaginava, nem num teatro, como Less desejava, mas numa boate. Isso também lhe parece "doença mental". A entrada fica embaixo dos trilhos da linha do U-Bahn, em Kreuzberg, e deve ter sido uma espécie de túnel ou rota de fuga da Alemanha Oriental, porque, quando Less passa pelo segurança ("Eu estou aqui o autor", diz, com a certeza de que tudo não passa de um equívoco), ele se descobre num imenso corredor abobadado, revestido de azulejos brancos que brilham com a luz refletida. Afora isso, o lugar é escuro, cheio de fumaça de cigarro. Numa extremidade, um balcão espelhado reluz com copos e garrafas; dois homens de gravata trabalham atrás dele. Um deles parece portar uma arma num coldre de ombro. Na outra extremidade: o DJ, usando um enorme gorro de pele. A batida alta do techno minimalista toma conta do ambiente, e na pista de dança as pessoas se agitam sob as luzes branca e rosa. De gravata, de sobretudo, de fedora. Um homem carrega uma pasta algemada ao pulso. Berlim é Berlim, deduz Less. Uma mulher de vestido chinês, o cabelo ruivo preso com hashis, se aproxima dele com um sorriso. Ela tem o rosto pálido, cheio de pó compacto, uma pinta artificial e lábios num tom fosco de vermelho. Fala com ele em inglês:

— O senhor deve ser Arthur Less! Bem-vindo ao Clube Espião! Meu nome é Frieda.

Less a cumprimenta com dois beijos, mas ela se aproxima para o terceiro. Dois na Itália. Quatro no norte da França. Três na Alemanha? Ele nunca vai acertar. Em alemão, responde:

— Eu estou surpreso e talvez encantado!

Um olhar intrigado, riso.

— O senhor fala alemão! Que incrível!

— Amigo diz que eu falo como criança.

Ela ri outra vez.

— Vamos entrar. O senhor conhece o Clube Espião? Nós fazemos essa festa uma vez por mês, sempre em algum lugar secreto. E as pessoas vêm fantasiadas! Agentes da CIA ou da KGB. E temos música temática, e eventos temáticos, como o senhor.

Ele volta a olhar para as pessoas que estão dançando, para as pessoas reunidas perto do balcão. De gorro de pele e broche com uma foice e um martelo; de fedora e sobretudo; alguns parecem estar armados.

— Entendo — responde. — Quem você está vestindo para ser?

— Ah, eu sou uma agente dupla. — Ela se afasta um pouco para que ele admire o figurino (Sra. Chiang Kai-shek? Birmanesa sedutora? Adepta do nazismo?) e dá um sorriso triunfante. — Eu trouxe isso aqui para o senhor. Nosso americano. Essa gravata-borboleta de bolinhas é perfeita. — Ela tira da bolsa um broche, que prende na lapela do paletó dele. — Vem comigo. Vou pegar uma bebida para o senhor e apresentá-lo ao seu equivalente soviético.

Less puxa a lapela para ler o que está escrito:

VOCÊ ESTÁ ENTRANDO
NO SETOR AMERICANO

Less fica sabendo que, à meia-noite, a música vai parar e um canhão de luz se acenderá sobre o palco, onde ele e seu "equivalente soviético" (na verdade, um russo exilado, de barba e *ochki*, usando alegremente uma camiseta de Stálin por baixo do terno justo) estarão esperando, então vão apresentar suas obras à plateia do Clube Espião. Serão quatro segmentos de quinze minutos, alternando nacionalidades. Para Less, parece impossível que as pessoas na festa fiquem paradas pela literatura. Parece impossível que passem uma hora em silêncio. Parece impossível que ele esteja aqui, em Berlim, neste momento, aguardando, na penumbra, enquanto o suor começa a escurecer seu peito como uma ferida de bala. Estão armando para ele uma daquelas humilhações. Uma daquelas humilhações planejadas pelo universo para sugar escritores pouco importantes como ele até os ossos. Outra noite com Arthur Less.

É hoje à noite, afinal de contas, que, do outro lado do mundo, seu antigo *Freund* se casa. Freddy Pelu está se casando com Tom Dennis, numa cerimônia à tarde, em algum lugar ao norte de São Francisco. Less não sabe onde: o convite só dizia "Autoestrada Shoreline, 1.142", o que poderia significar qualquer coisa, de uma mansão numa encosta a uma birosca de beira de estrada. Mas os convidados devem chegar para uma cerimônia às duas e meia da tarde, e, considerando a diferença de fuso horário, ele imagina que seja... *agora*.

Aqui, na noite gelada de Berlim, com o vento soprando da Polônia e barraquinhas montadas nas praças para vender gorros de pele, luvas de pele e revestimento de lã para botas, e uma montanha de neve erguida na Potsdamer Platz, onde as crianças podem descer de trenó até depois da meia-noite, enquanto os pais bebem *Glühwein* perto da fogueira, nesta noite escura e gelada, por volta dessa hora, ele imagina Freddy percorrendo a nave. Enquanto a neve cintila sobre o Palácio de Charlottenburg, Freddy aguarda ao lado de Tom Dennis, sob o sol californiano, pois sem dúvida se trata de um daqueles casamentos de terno de linho branco, com um pórtico de rosas brancas, pelicanos voando e a compreensiva ex-namorada da época da faculdade de alguém tocando Joni Mitchell no violão. Freddy ouve a música, com um leve sorriso no rosto, olhando nos olhos de Tom. Enquanto turcos tremem de frio, andando de um lado para o outro no ponto de ônibus, como os bonecos do relógio de uma prefeitura prontos para anunciar a meia-noite. Pois é quase meia-noite. Quando a ex-namorada termina a música e algum amigo famoso lê um poema famoso, a neve fica mais cerrada. Quando Freddy segura a mão do rapaz e lê os votos que escreveu num papel, os sincelos crescem. E deve ser, enquanto Freddy recua para deixar o padre falar, enquanto as pessoas da primeira fila sorriem e ele se inclina para beijar o noivo, enquanto a lua lança seu brilho gelado sobre Berlim... deve ser agora.

A música para. O canhão de luz se acende; Less pisca os olhos (a dolorosa dispersão das mariposas retinianas). Alguém tosse na plateia.

— *Kalipso* — começa ele. — "Não tenho o direito de contar essa história..."

E o público ouve. Ele não consegue ver as pessoas, mas, durante todo o tempo, a escuridão permanece silenciosa. Volta e meia surgem cigarros acesos: vaga-lumes de boate prontos para o amor. As pessoas não dão um pio. Ele lê a tradução alemã do romance, o russo faz o mesmo. Parece ser sobre uma viagem ao Afeganistão, mas Less tem dificuldade de acompanhar. Está confuso demais com o mundo alienígena onde está vivendo: um mundo onde escritores *importam*. Está distraído demais com o pensamento de Freddy no altar. Na metade da sua segunda leitura, ouve um gemido e uma agitação no público. Ele para de ler quando percebe que alguém desmaiou.

Então outra pessoa desmaia.

Três pessoas vão abaixo antes que as luzes da boate se acendam. Less vê o público, com sua *nostalgie* da Guerra Fria, a indumentária de Bond girls e do dr. Fantástico, surpreendida sob aquela luz forte, como numa antiga batida da Stasi. Surgem homens correndo com lanternas. De repente, todos passam a conversar, inquietos, e a boate parece estéril com seus azulejos brancos — uma casa de banho municipal, que, na verdade, é o que ela é.

— O que a gente faz? — Less ouve alguém perguntar às suas costas, num sotaque cirílico.

O escritor russo junta as sobrancelhas grossas como se fossem um sofá modular. Less volta os olhos para Frieda, que se aproxima com passos afetados.

— Está tudo bem — garante ela, botando a mão na manga do paletó de Less enquanto olha para o russo. — Deve ser desidratação; acontece muito aqui, só que em geral bem mais tarde. Mas o *senhor* começou a ler, e de repente...

Frieda continua falando, mas ele não ouve. O "senhor" é Less. O público se dispersou, formando grupos politicamente improváveis junto ao balcão. As luzes nos azulejos causam a impressão incômoda de fim de noite, embora não seja nem uma da manhã. Less sente a ficha cair. "Mas o *senhor* começou a ler..."

Ele está matando as pessoas de tédio.

Primeiro Bastian, depois Hans, o dr. Balk, os alunos, o público da leitura. Ouvindo a conversa enfadonha, suas aulas, o que ele escreve. Seu *alemão hediondo*. A confusão entre *dann* e *denn*, entre *für* e *vor*, entre *wollen* e *weden*. Como todos foram simpáticos de sorrir e acenar para as suas frases, os olhos arregalados, como se estivessem ouvindo um detetive anunciar o assassino antes de, por fim, dizer o verbo errado! Como essa gente é paciente e generosa. E, no entanto, *ele* é o assassino. Um por um, trocando *blau sein* por *traurig sein* ("Estou bêbado" por "Estou triste"), *das Gift* por *das Geschenk* ("veneno" por "presente"), ele vem cometendo pequenos assassinatos. Suas palavras, suas banalidades, sua risada de trás para a frente. Ele se sente bêbado e triste. Sim, seu presente para eles é um *Gift*. Como Cláudio com o pai de Hamlet, ele está despejando veneno no ouvido dos berlinenses.

Só quando ouve o eco no teto azulejado e vê as pessoas se virando para ele, Less se dá conta de que suspirou alto no microfone. Ele se afasta.

E ali, nos fundos da boate, sozinho, com seu raro sorriso: Poderia ser Freddy? Depois de ter fugido do casamento?

Não, não. É apenas Bastian.

* * *

É depois que recomeça o techno minimalista, essa música que lembra a Less os apartamentos antigos de Nova York, com seus estalos dos canos e a pulsação dos seus próprios corações partidos — ou talvez seja depois de a organizadora lhe entregar o segundo Long Island —, que Bastian se aproxima dele com uma pílula e diz: "Engole isso." É um mar difuso de corpos. Ele se lembra de dançar com o escritor russo e Frieda (duas batatas juntas, e elas são terríveis) enquanto os atendentes do bar agitam as armas de plástico no alto, e ele se lembra de receber um envelope com um cheque, como se lhe entregassem uma pasta na ponte de Potsdam, mas então, de alguma forma, ele está num táxi e, depois, numa espécie de navio naufragado, onde dançarinos com variados níveis de habilidade e jovens berlinenses conversando estão sentados numa nuvem de fumaça de cigarro. Do lado de fora, no deque de madeira, algumas pessoas balançam as pernas sobre o imundo Spree. Berlim está por todo lado, a Fernsehturm se ergue a leste, como a bola da Times Square no ano-novo, as luzes do Palácio de Charlottenburg brilhando a oeste e, por todo lado, o glorioso ferro--velho da cidade: armazéns abandonados e lofts sofisticados e novos e barcos enfeitados com pisca-piscas, prédios residenciais de concreto, erguidos na era Honecker, imitando construções do século XIX, os parques escuros que escondem memoriais de guerra soviéticos, as pequenas velas que alguém acende toda noite diante das portas das casas das quais judeus foram arrancados. Os antigos salões de baile, onde casais mais velhos, ainda usando o bege das suas vidas comunistas, ainda contando segredos no sussurro que aprenderam depois de uma existência inteira de escutas telefônicas, dançam a polca tocada ao vivo, em meio a cortinas prateadas da Mylar. Os porões onde drag queens americanas vendem ingressos para ingleses expatriados ouvirem DJs franceses, em salas onde escorre água pelas paredes e há velhos galões de gasolina pendurados no teto, iluminados por dentro. As barraquinhas de *Currywurst*, onde turcos peneiram pó de espirro nos cachorros-quentes fritos, as padarias subterrâneas onde os mesmos cachorros-quentes são assados e viram croissants, as barraquinhas de raclette onde tiroleses derramam queijo derretido no pão com presunto, decorando-o com picles. As feiras já se armando nas praças, para vender meias baratas, bicicletas roubadas e luminárias de plástico. Os antros de sexo com placas indicando quais peças de roupa devem ser retiradas, os calabouços de homens usando fantasia de super-herói em vinil preto, com seus nomes bordados, os becos e os dark rooms onde tudo que é possível acontece. E boates por toda parte, apenas começando, onde mesmo homens casados de meia-idade cheiram carreiras de quetamina nos azulejos pretos do banheiro e adolescentes batizam as bebidas uns dos outros. Na boate, ele depois se lembra, uma mulher se dirige à pista de dança e arrasa durante uma música da Madonna, dominando a pista, e as pessoas aplaudem, gritam, ela está enlouquecida, e seus amigos gritam seu nome: "Peter Pan! Peter Pan!" Na verdade, não é uma mulher; é Arthur Less. Sim, até mesmo escritores americanos velhos dançam como se ainda fossem os anos oitenta em São Francisco, como se a revolução sexual tivesse vencido, como se a guerra tivesse acabado e Berlim tivesse se libertado, como se as próprias pessoas tivessem se libertado; e como se o que o rapaz bávaro nos seus braços está sussurrando fosse verdade e todo mundo, todo mundo — até mesmo Arthur Less — fosse amado.

Quase sessenta anos antes, logo depois da meia-noite, a poucos metros do rio onde eles dançaram, ocorreu um milagre da engenharia moderna: da noite para o dia, o Muro de Berlim se ergueu. Foi na madrugada de 15 de agosto de 1961. Os berlinenses acordaram no dia 16 com aquela estrutura assombrosa, no começo mais para uma cerca, estacas de concreto levadas para a rua engrinaldadas com arame farpado. Eles sabiam que alguma desgraça estava para acontecer, mas esperavam que fosse em etapas. A vida muitas vezes chega de repente. E quem sabe de que lado se vai se descobrir?

Da mesma forma, Less acorda no fim da sua estadia e depara com um muro erguido entre as cinco semanas em Berlim e a realidade.

— Você vai embora hoje — diz Bastian, os olhos ainda fechados enquanto repousa sonolento no travesseiro. Faces ruborizadas de uma longa noitada de despedida, o beijo de batom de alguém ainda estampado ali, mas, do contrário, sem nenhuma marca dos excessos, como apenas os jovens conseguem. O peito, marrom feito um kiwi, sobe e desce devagar. — É nosso adeus.

— Sim — responde Less, endireitando-se. Seu cérebro parece estar numa balsa. — Em duas horas. Eu devo colocar roupas na bagagem.

— Seu alemão está piorando — observa Bastian, afastando-se de Less.

É início da manhã, e o sol brilha no lençol. Chega uma música lá de fora: batidas de Berlim, uma cidade que não para.

— Você ainda dormir.

Um gemido de Bastian. Less se debruça para beijar seu ombro, mas o rapaz já adormeceu.

Quando se levanta para enfrentar a tarefa de fazer a mala outra vez, Less resiste ao vaivém da balsa. Ele pode pegar todas as camisas, estendendo-as em camadas, feito massa folhada, e dobrar o restante das roupas, como aprendeu em Paris. Pode pegar tudo que está no banheiro e na cozinha, a bagunça na sua mesa de cabeceira da meia-idade. Pode caçar todos os objetos perdidos, para localizar o passaporte, a carteira e o celular. Alguma coisa vai ser esquecida; ele espera que seja apenas uma agulha de costura, e não uma passagem de avião. Mas as chances são as mesmas.

Por que ele não disse que sim? A voz de Freddy, no passado: "Você quer que eu fique aqui com você para sempre?" Por que ele não disse que sim?

Ele olha para Bastian, dormindo de bruços, os braços estendidos como os Ampelmännchen que indicam aos berlinenses orientais: ande ou não ande. A curva da coluna dele, o brilho da pele, com algumas espinhas nos ombros. Na grande cama de ferro preta dessas últimas horas. Less vai para a cozinha e coloca a água do café para ferver.

Porque teria sido impossível.

Ele pega os trabalhos dos alunos para corrigir no avião, guardando-os com cuidado num compartimento especial da mochila preta. Pega os paletós, as camisas; faz a pequena trouxa que um andarilho penduraria no ombro. Em outro lugar especial, guarda os comprimidos (o Cabeça tinha razão; funcionam mesmo). Passaporte, carteira, celular. Enlaçar os cintos na trouxa. Enlaçar as gravatas nos cintos. Enfiar as meias nos sapatos. As famosas faixas elásticas lessianas. Os artigos ainda não utilizados: bronzeador, cortador de unha, kit de costura. As peças de roupa ainda não usadas: a calça de algodão marrom, a camiseta azul, as meias coloridas. Guardadas na mala vermelha, bem fechada. Tudo isso vai dar a volta ao mundo à toa, como muitos viajantes.

De volta à cozinha, ele joga o que resta do café (muito) na prensa francesa e a enche com a água fervendo. Com um hashi, mexe o conteúdo, então encaixa o êmbolo. Aguarda a infusão e, enquanto aguarda, toca o rosto; leva um susto com a barba, como alguém que tivesse se esquecido de que está de máscara.

Porque ele teve medo.

E agora acabou. Freddy Pelu está casado.

Less baixa o êmbolo como se fosse uma caixa de TNT de desenho animado, e explode café por toda Berlim.

Uma ligação, traduzida do alemão:
— Alô?
— Bom dia, sr. Less. Aqui é Petra, da Pegasus!
— Bom dia, Petra.
— Estou ligando só para saber se o senhor fez o check-out direitinho.
— Eu estou no aeroporto.

— Maravilha! Eu queria dizer que a noite de ontem foi um sucesso e que os seus alunos estão muito contentes com o cursinho.

— Cada um ficou um doente.

— Todos se recuperaram, inclusive o seu monitor. Ele disse que o senhor é brilhante.

— Cada um foi um muito gentil.

— E, caso o senhor descubra que deixou para trás alguma coisa de que vai precisar, avise, que enviamos para o senhor.

— Não, eu não tenho nenhum arrependimento. Nenhum arrependimento.

— Arrependimento?

[Anúncio de embarque]

— Eu não deixo nada atrás de mim.

— Então adeus! Até seu próximo livro fabuloso, sr. Less!

— Isso nós não sabemos. Adeus. Sigo agora com direção para o Marrocos.

Mas ele não segue agora com direção para o Marrocos.

LESS FRANCÊS

Chegou afinal a temida viagem: a viagem em que ele completa 50 anos. Todas as outras viagens da sua vida parecem ter levado, como na caminhada de um homem cego, a esta. O hotel na Itália com Robert. O passeio pela França com Freddy. A alucinada travessia do país até São Francisco depois da faculdade para ficar na casa de um tal de Lewis. E as viagens da infância — as viagens para acampar às quais o pai o levou tantas vezes, sobretudo para campos de batalha da Guerra Civil. Less se lembra muito bem de vasculhar aqueles campos à procura de projéteis e de um dia encontrar — que milagre! — uma ponta de flecha (o tempo revelou a possibilidade de o pai ter adulterado a área). As brincadeiras de atirar uma faca, tentando cravá-la no chão, nas quais confiavam ao jovem e desajeitado Less um canivete, que ele largava cheio de medo, como se fosse uma cobra venenosa, e com o qual, certa vez, conseguiu empalar uma *cobra de verdade* (não venenosa, já morta). Uma batata envolta em papel-alumínio, cozinhando na fogueira. Uma história de terror, envolvendo um braço de ouro. O deleite do pai sob a luz das chamas. Como Less gostava de acalentar essas lembranças! (Mais tarde, ele descobriria um livro, na biblioteca do pai, chamado *Crescendo heterossexual*, que aconselhava maior

contato do pai com o filho mariquinhas e cujas atividades sugeridas
— campos de batalha, brincadeiras de atirar faca, fogueiras, histórias
de terror — estavam todas sublinhadas com caneta Bic azul, mas, de
algum modo, essa descoberta tardia não contaminou a felicidade da
sua infância.) Na época, essas viagens pareciam tão casuais quanto
as estrelas do céu; só agora ele vê o zodíaco girando sobre sua vida.
Ali, assomando, vem Escorpião.

Less acredita que está indo agora de Berlim para o Marrocos, com
breve escala em Paris. Ele não tem nenhum arrependimento. Não
deixou nada para trás. Os últimos grãos de areia da sua ampulheta
serão grãos de areia do deserto do Saara.

Mas ele não segue agora com direção para o Marrocos.

Em Paris: um problema. Durante toda a sua vida, Arthur Less teve
dificuldade em entender o sistema de imposto sobre o valor agrega-
do. Como cidadão americano, cabe a ele o reembolso dos impostos
pagos em algumas compras no estrangeiro, e nas lojas, quando lhe
entregam um envelope especial, os formulários todos preenchidos,
parece muito simples: encontre o guichê da alfândega no aeroporto
para receber um selo e obter o reembolso. Mas Less conhece esse
golpe. Guichês da alfândega fechados, em obra, funcionários infle-
xíveis que fazem questão de ver as compras que estão nas malas já
despachadas. É mais fácil conseguir um visto para Myanmar. Quantos
anos faz que a moça do balcão de informações do Charles de Gaulle
não queria dizer a ele onde ficava o guichê? Ou quando ele recebeu
o selo, mas botou o envelope numa lixeira de aparência enganosa?
Várias e várias vezes, passaram a perna nele. Mas não dessa vez. Less
assume como missão obter o reembolso. Tendo esbanjado dinheiro
sem o menor cuidado depois do prêmio em Turim (uma camisa de
cambraia azul-clara, com uma listra horizontal larga, feito a parte
inferior de uma polaroide), ele deu a si mesmo uma hora extra no
aeroporto de Milão, encontrou o guichê, com a camisa na mão, e

foi informado de que, infelizmente, é preciso estar de saída da União Europeia — o que vai acontecer quando ele concluir a escala em Paris, com destino ao continente africano. Less não se deixa abalar. Em Berlim, tentou a mesma tática, com o mesmo resultado (mulher de cabelo ruivo e espetado, num alemão severo). Less continua não se deixando abalar. Mas, na escala de Paris, encontra alguém igualmente inabalável: uma inusitada alemã de cabelo ruivo e espetado e óculos fundo de garrafa. Ou é irmã gêmea da mulher de Berlim, ou esse é o turno de fim de semana dela.

— Não aceitamos da Irlanda — informa a funcionária, com seu inglês gélido.

O envelope do IVA dele, por causa de alguma reviravolta inesperada, é da Irlanda; os recibos, entretanto, são da Itália.

— É italiano! — protesta ele, enquanto ela balança a cabeça. — Italiano! Italiano!

Less tem razão, mas, ao levantar a voz, ele a perdeu; sente a velha ansiedade fervilhar por dentro. Com certeza a mulher também sente.

— O senhor agora precisa postar o envelope ainda na Europa — avisa.

Ele tenta se acalmar e pergunta onde fica o correio do aeroporto. Os olhos ampliados da funcionária mal se erguem, nenhuma sombra de sorriso em seu rosto ao proferir suas deliciosas palavras:

— Não tem correio no aeroporto.

Arthur cambaleia quando se afasta do guichê, completamente derrotado, e se dirige ao portão de embarque num estado de pânico entorpecente; com que inveja observa os ocupantes da área de fumantes, rindo no seu zoológico de vidro! A injustiça disso tudo pesa sobre Less. Que horror toda a meada de iniquidades da sua vida lhe ocorrer agora, esse rosário inútil, para que possa desfiar cada memória: o telefone de brinquedo que a sua irmã ganhou enquanto ele não recebeu nada, o B em química porque a sua letra era ruim, o idiota riquinho que entrou em Yale em vez dele, os homens que escolhiam os canalhas e os idiotas em vez de o inocente Less, tudo isso até a recusa educada do editor do seu último romance e sua exclusão de todas as listas de melhores escritores com menos de 30 anos, com menos de 40, com menos de 50 — não fazem listas acima disso. O arrependimento de Robert. A agonia de Freddy. Seu cérebro se põe mais uma vez diante da caixa registradora, cobrando antigas vergonhas como se ele já não as tivesse pago. Tenta se desvencilhar, mas não consegue. Não é pelo dinheiro, diz a si mesmo, mas pelo princípio. Fez tudo direito, e novamente passaram a perna nele. Não é pelo dinheiro. Então, depois de passar pela Vuitton, pela Prada e por marcas de roupa relacionadas a cigarros e bebidas, admite afinal para si mesmo: é, sim, pelo dinheiro. Claro que é pelo dinheiro. E seu cérebro decide que não está preparado para os 50 anos. Por isso, quando chega ao lotado portão de embarque, nervoso, suando, cansado da vida, ele ouve com atenção o anúncio da companhia aérea: "Passageiros para Marrakech, esse voo está lotado e estamos procurando voluntários que aceitem viajar hoje à noite, com um voucher de dinheiro para..."

— Eu!

O destino, esse glockenspiel, muda a todo momento. Há pouquíssimo tempo, Less estava perdido no saguão de um aeroporto, falido, roubado, derrotado — e agora aqui está ele! Andando pela rue des Rosiers com o bolso cheio de dinheiro! A bagagem ficou guardada no aeroporto, e ele tem várias horas livres na cidade. E já havia ligado para um velho amigo.

— Arthur! Arthurzinho Less!

No telefone: Alexander Leighton, da Escola do Rio Russian. Poeta, dramaturgo, acadêmico, um homem negro e gay que trocou o racismo escancarado dos Estados Unidos pelo racismo *soigné* da França. Less se lembra de Alex em sua época mais obstinada, quando ele usava um afro exuberante e declamava poesia à mesa de jantar;

na última vez que os dois se viram, Alex estava careca feito aquelas bolinhas de chocolate.

— Ouvi dizer que você estava viajando! Você devia ter me ligado antes!

— Não era nem para eu estar aqui — explica Less, deleitado por discorrer sobre sua liberdade condicional de aniversário, sabendo que suas palavras fazem pouco sentido. Ele saiu do Métro em algum lugar perto do Marais e não consegue se localizar. — Eu estava dando um curso na Alemanha, antes disso estava na Itália. Me ofereci para pegar um voo noturno.

— Que sorte a minha!

— Pensei que talvez a gente pudesse sair para comer ou beber alguma coisa.

— Carlos conseguiu entrar em contato com você?

— Quem? Carlos? O quê? — Aparentemente, Less também não consegue se localizar nesse assunto.

— Bem, ele vai ligar. Ele queria comprar as minhas antigas cartas, as minhas anotações, os meus apontamentos. Não sei o que ele está tramando.

— Carlos?

— Eu já vendi tudo para a Sorbonne. Ele vai procurar você.

Less imagina seus "papéis" na Sorbonne: *Cartas reunidas de Arthur Less*. Teria o mesmo público de "Uma noite..."

Alexander continua falando:

— ... me disse que você vai para a Índia!

Less fica admirado com a rapidez com que as notícias correm o mundo.

— É, foi sugestão dele. Escuta...

— Aliás, feliz aniversário.

— Não, não, meu aniversário é só...

— Olha, eu preciso sair, mas vou a um jantar na casa de uns amigos hoje à noite. São aristocratas; eles adoram americanos, adoram artistas e adorariam que você fosse. Eu adoraria que você fosse. Vamos?

— Jantar na casa de amigos? Eu não sei se...

E aí vem o tipo de problema matemático que Less nunca acertou: "Se um escritor pouco importante tem um voo marcado para meia-noite, mas quer comparecer a um jantar às oito..."

— É a burguesia boêmia de Paris... Eles adoram uma surpresinha. E a gente pode conversar sobre o casamento. Que lindo! E que *escândalo*!

Less, desorientado, apenas balbucia:

— Ah, isso, ha ha...

— Então você ficou sabendo. A gente tem muita coisa para conversar. Até mais!

Ele passa para Less um endereço disparatado na rue du Bac, com dois tipos de código de entrada, e se despede com um *au revoir* apressado. Less é deixado ofegante, tendo diante de si uma casa antiga coberta de hera. Um grupo de meninas de uniforme escolar passa por ele em duas filas retas.

Agora com certeza ele vai ao jantar, nem que seja porque não saberia agir de outra forma. Um lindo casamento. A promessa radiante de algo — como a carta que o mágico nos mostra antes de fazê-la desaparecer; mais cedo ou mais tarde, ela ressurgirá atrás da nossa orelha. Portanto, Less vai colocar o envelope do IVA no correio, comparecer ao jantar, ficar por dentro de todos os podres e embarcar no voo de meia-noite para o Marrocos. Mas, antes disso, vai caminhar por Paris.

À volta dele, a cidade abre suas asas de pombo. Less havia atravessado a place des Vosges, as fileiras de árvores podadas oferecendo proteção tanto do chuvisco quanto do Coro Infantil de Utah, todo usando camiseta amarela, cantando sucessos do soft-rock dos anos oitenta. Num banco, talvez inspirado pela música da sua juventude, um casal de meia-idade se beija apaixonadamente, alheio a tudo ao seu redor, seus sobretudos salpicados de gotículas. Less observa enquanto, ao som de "All Out of Love", o homem enfia a mão por baixo da blusa da mulher. Nas colunatas ao redor, adolescentes usando capas de chuva transparentes param junto à casa de Victor Hugo, para contemplar a chuva; as bolsas cheias de bugigangas mostram que visitaram o Quasimodo. Numa confeitaria, nem mesmo o francês incompreensível de Less impede o sucesso: logo em suas mãos há um croissant de amêndoas, coberto de granulado colorido. No Musée Carnavalet, ele admira a decoração restaurada de palácios destruídos, cômodo por cômodo, e avalia uma estranha *groupe en biscuit* de Benjamin Franklin assinando um acordo com a França, fascina-se com as camas altíssimas do passado, fica maravilhado diante do quarto preto e dourado de Proust (as paredes de cortiça dão um toque mais de boudoir que de manicômio), e se emociona ao ver um retrato de Proust mais velho pendurado na parede. Less está no arco da boutique Fouquet quando, a uma da tarde, ouve por toda parte o repicar de sinos: ao contrário do saguão de certo hotel em Nova York, algum funcionário diligente deu corda em todos os relógios. Mas, contando o número de repiques, Less percebe que os relógios estão uma hora atrasados. Hora napoleônica.

Ainda falta muito tempo para encontrar Alexander no tal endereço. Ele desce a rue des Archives, passando pela pequena entrada do antigo bairro judeu. Os turistas mais jovens fazem fila nas barraquinhas de falafel, os mais velhos sentados nos cafés, com cardápios imensos e expressão de angústia. Parisienses elegantes vestidas de preto e cinza bebem drinques americanos espalhafatosos que nem mesmo uma integrante de uma fraternidade pediria. Ele se lembra de outra viagem, quando Freddy o encontrou no seu quarto de hotel, em Paris, e eles passaram uma longa semana de indulgência aqui: à noite, museus, restaurantes e caminhadas embriagadas pelo Marais, de braços dados, e os dias passados no quarto, tanto se divertindo quanto se recuperando, quando um deles pegou um resfriado. Um amigo dele, Lewis, havia lhe falado de uma loja sofisticada de roupas masculinas no fim da rua. Freddy de paletó preto, olhando seu reflexo no espelho, transformado de estudioso em glamoroso.

— Esse sou eu mesmo?

O olhar esperançoso de Freddy; Less precisava comprar o paletó para ele, embora custasse tanto quanto a viagem. Mais tarde, a confissão para Lewis da sua irresponsabilidade, e a resposta dele:

— É isso que você quer na sua lápide? "Foi a Paris e não cometeu nenhuma extravagância"?

Depois, Less se perguntaria se a extravagância era o paletó ou Freddy.

Ele encontra a fachada preta, sem letreiro, com a campainha dourada, cujo mamilo toca de leve antes de apertar. E ganha acesso à loja.

Duas horas depois: Arthur Less está diante do espelho. À esquerda, no sofá de couro branco: um espresso terminado e uma taça de champanhe. À direita: Enrico, o feiticeiro barbado, baixinho, que o recebeu e lhe ofereceu um lugar para se sentar enquanto trazia "algumas coisinhas especiais". Que diferença do alfaiate de Piemonte (bigode de lontra-marinha) que, sem proferir uma única palavra, tirou as medidas dele para a segunda parte do prêmio italiano — um terno sob medida — e então, quando Arthur descobriu, para seu deleite, um tecido no tom exato do seu azul, protestou:

— Jovem demais. Claro demais. O senhor use cinza.

Quando Less insistiu, o homem encolheu os ombros:

— Vamos ver.

Less informou o endereço do hotel de Kyoto onde estaria hospedado em quatro meses, e partiu para Berlim sentindo-se enganado.

Mas aqui é Paris: um provador cheio de tesouros. E no espelho: um novo Less.

De Enrico:

— Eu... não tenho palavras...

É uma falácia dizer que se deve fazer compras no exterior. Aqueles camisões de linho branco, tão elegantes na Grécia, saem da mala transformados em farrapos hippie; as lindas camisetas listradas de Roma ficam confinadas ao guarda-roupa; e os batiques de Bali viram primeiro roupa de cruzeiro, depois cortina, depois sinal de loucura impeditiva. Mas, então, Paris.

Less está usando um par de brogues de couro, um leve tom esverdeado no bico, calça de linho preta e justa com costura sinuosa, camiseta cinza pelo avesso e uma jaqueta com capuz cujo couro havia sido eriçado suavemente com o cotoco macio de uma borracha velha. Ele parece um supervilão rapper de Fire Island. Quase 50 anos, quase 50 anos. Mas neste país, nesta cidade, neste bairro, neste cômodo — cheio de excentricidades de pele e couro, requintes de costuras e botões ocultos, cores no tom dos clássicos do cinema noir, com a clarabóia molhada de chuva e o piso de madeira de pinheiro natural, as poucas lâmpadas quentes acesas feito anjos pendurados nos caibros, e Enrico evidentemente um tanto apaixonado por esse americano charmoso —, Less parece transformado. Mais bonito, mais seguro. A beleza da sua juventude de algum modo arrancada do depósito de inverno e devolvida a ele na meia-idade. *Esse sou eu mesmo?*

O jantar é na rue du Bac, num sótão que antigamente servia de quarto de empregada cujos pé-direito baixo e corredores estreitos parecem mais apropriados a um mistério de assassinato que a um banquete, e, assim, conforme é apresentado a um aristocrata sorridente atrás do outro, Less se pega pensando neles nos termos de um romance policial vagabundo: *Ah, a filha artista, boêmia*, pensa, quando uma jovem loira e desleixada, de macacão verde e olhos ligados de cocaína lhe dá um aperto de mão. Ou quando uma senhora de camisão de seda o cumprimenta: *Aqui está a mãe que perdeu todas as joias no cassino.* O primo vagabundo de Amsterdã num terno risca de giz. O filho gay vestindo, *à l'Américain*, um blazer azul-marinho e calça cáqui, ainda tonto dos excessos de Ecstasy no fim de semana. O velho italiano enfadonho de blazer cor de framboesa, segurando um copo de uísque: *ex-collaborateur*. O espanhol bonito de camisa branca engomada num canto: chantageando todos. A anfitriã com seu penteado rococó e queixo cubista: gastou o último centavo no laquê. E quem vai ser assassinado? Ora, ele vai ser assassinado! Arthur Less, o convidado de última hora, um joão-ninguém, o alvo perfeito! Less volta os olhos para seu champanhe envenenado (segunda taça, no mínimo) e sorri. Procura mais uma vez Alexander Leighton pela sala, mas ele ou está escondido ou se atrasou. Então Less nota, perto da estante, um homem baixinho, magro, de óculos de lentes coloridas. A enguia do pânico percorre seu corpo enquanto ele vasculha a sala à procura de alguma saída, mas a vida não tem saída. Por isso toma outro gole e se aproxima, dizendo seu nome.

— Arthur — cumprimenta-o Finley Dwyer, com um sorriso. — Em Paris, de novo!

Por que velhos conhecidos nunca são esquecidos?

Arthur Less e Finley Dwyer se conheceram, de fato, depois dos Louros Literários Wilde e Stein. Foi na França, antes de Freddy chegar, quando Less estava numa viagem organizada pelo governo francês. A ideia era que escritores americanos passassem um mês visitando bibliotecas de cidadezinhas do interior, espalhando cultura pelo país; o convite era do Ministério da Cultura. Aos convidados americanos, porém, parecia impossível que um país quisesse importar autores estrangeiros; ainda mais impossível era a ideia de um Ministério da Cultura. Quando Less chegou a Paris, exausto por causa do jet lag (ele ainda não tinha sido apresentado ao truque do sonífero de Freddy), deu uma olhada confusa na lista de embaixadores como ele e suspirou. Lá na lista, um nome conhecido.

— Olá, meu nome é Finley Dwyer — apresentou-se Finley Dwyer.
— A gente não se conhece, mas eu já li a sua obra. Bem-vindo à minha cidade; eu moro aqui agora, sabe?

Less respondeu que estava animado para viajar com todos, e Finley lhe informou que ele não havia entendido direito. Não viajariam todos juntos; eles seriam divididos em pares.

— Como mórmons — concluiu, com um sorriso.

Less conteve o alívio até ficar sabendo que não, ele não estava escalado para viajar com Finley. Na verdade, não estava escalado para viajar com ninguém; uma escritora mais velha tinha ficado doente demais para fazer o voo. Isso não diminuiu a alegria de Less; pelo contrário, parecia um milagre que ele agora fosse passar um mês, sozinho, na França. Tempo para escrever, fazer anotações, aproveitar o país. A mulher de dourado estava sentada à cabeceira da mesa e anunciava para onde eles iriam: Marselha, Córsega, Paris, Nice. Arthur Less... ela conferiu o papel... Mulhouse.

— Onde?

Mulhouse.

Acabou que ficava perto da fronteira com a Alemanha, não muito longe de Estrasburgo. Mulhouse tinha uma festa da colheita maravilhosa, que já havia acabado, e uma feira de Natal espetacular, que Less perderia. Novembro era a época intermediária: a filha do meio sem graça. Ele chegou à noite, de trem, e a cidade parecia escura e atarracada, e foi conduzido ao hotel, convenientemente localizado na própria estação. O quarto e sua mobília datavam dos anos setenta, e Less travou uma batalha com a cômoda de plástico amarela antes de admitir a derrota. Algum encanador cego havia trocado as torneiras quente e fria. A vista da janela era uma praça redonda de tijolos, semelhante a uma pizza de pepperoni, que o vento uivante não parava de temperar com folhas secas. Pelo menos, ele se consolou, Freddy chegaria no fim da viagem, para uma semana extra em Paris.

Sua acompanhante, Amélie, uma garota esguia e bonita de ascendência argelina, falava pouquíssimo inglês; ele se perguntava como ela havia conseguido se qualificar para o trabalho. Mas ela o encontrava todas as manhãs no hotel, sorrindo, usando casacos de lã maravilhosos, entregava-o à biblioteca da cidade, ficava sentada no banco de trás durante os trajetos de carro e o entregava em casa à noite. Onde ela própria morava era um mistério. O seu propósito era outro. Ele devia dormir com ela? Se fosse esse o caso, haviam traduzido mal seus livros. O bibliotecário da cidade falava melhor inglês, mas parecia assolado por tristezas insondáveis; na chuva fina do fim de outono, a cabeça calva e pálida parecia erodir em direção ao nada. Ele era responsável pela programação diária de Less, que, em geral, consistia em visitar uma escola durante o dia e uma biblioteca durante a noite, às vezes com um mosteiro no caminho. Less jamais havia parado para se perguntar o que era servido no refeitório de uma escola de ensino médio francesa; será que devia ter se surpreendido com o fato de que era aspic e picles? Alunos lindos faziam perguntas incríveis num inglês medonho, pronunciando os agás feito os cockneys; Less respondia cheio de elegância, e as meninas davam risadinhas. Pediam seu autógrafo, como se ele fosse uma celebridade. O jantar geralmente era na biblioteca, muitas vezes no único lugar com mesas e cadeiras: a seção infantil. Imagine o altíssimo Arthur Less curvado numa cadeirinha minúscula, de frente para uma mesinha minúscula, vendo o bibliotecário tirar o plástico-filme do patê. Numa das bibliotecas visitadas, haviam preparado "sobremesas americanas", que, na verdade, eram bolinhos de farelo de aveia. Depois: ele fez uma leitura para mineradores de carvão, que o ouviam atentamente. De onde haviam tirado essa ideia? Trazer um homossexual desconhecido para ler para mineradores franceses? Ele imaginou Finley Dwyer se apresentando num teatro com cortina de veludo na Riviera Francesa. Aqui: céus carregados e destinos carregadas. Não é de admirar que Arthur Less tenha caído em depressão. Os dias ficaram cada vez mais cinzentos, os mineradores mais severos, seu espírito mais sisudo. Mesmo a descoberta de um bar gay em Mulhouse — o Jet Sept — só fez agravar sua melancolia; era um cômodo escuro e triste, com alguns personagens de *Os bebedores de absinto* e, ainda por cima, era um péssimo jogo de palavras. Quando a missão de Less chegou ao fim e depois de ter enriquecido a vida de todos os mineradores de carvão da França, ele voltou de trem para Paris e encontrou Freddy adormecido, ainda vestido, na cama do hotel; ele tinha acabado de chegar de Nova York. Less o abraçou e se pôs a verter lágrimas ridículas.

— Ah, oi — murmurou o rapaz, sonolento. — O que aconteceu com você?

Finley está usando um terno cor de ameixa e uma gravata preta

— Quanto tempo faz isso? A gente viajou junto?

— A gente não chegou a viajar junto, lembra?

— Faz pelo menos dois anos! E você tinha... um namorado muito bonito, eu acho.

— Ah, sim, eu...

Um garçom se aproxima com uma bandeja de champanhe, e tanto Less quanto Finley aceitam. Finley segura a taça sem muita firmeza, então sorri para o garçom; ocorre a Less que o homem está bêbado.

— A gente mal viu o rapaz. Eu lembro... — E aqui a voz de Finley assume o floreio de um filme antigo: — Óculos vermelhos! Cabelo cacheado! Ele está com você?

— Não. A gente nem estava junto na época. Mas ele sempre quis conhecer Paris...

Finley não diz nada, mas sustenta o sorrisinho torto. Então volta os olhos para a roupa de Less, e começa a franzir a testa.

— Onde você...?

— Para onde mandaram você? Não lembro — diz Less. — Para Marselha?

— Não, Córsega! Estava tão quente e tão ensolarado! As pessoas foram acolhedoras, e, claro, o fato de eu falar francês ajudou. Só comi frutos do mar. Para onde mandaram você?

— Eu assumi a linha Maginot.

Finley toma um gole de champanhe e pergunta:

— E o que traz você a Paris agora?

Por que estão todos tão curiosos sobre Arthurzinho Less? Quando já lhe dispensaram qualquer atenção? Ele sempre se sentiu insignificante para esses homens, supérfluo feito o "a" extra de "quaalude".

— Estou só viajando. Vou dar a volta ao mundo.

— Le tour du monde en quatre-vingts jours — murmura Finley, olhando para o teto. — Você tem um Passepartout?

— Não. Estou sozinho. Eu estou viajando sozinho — responde Less.

Ele volta os olhos para a própria taça e vê que está vazia. Ocorre-lhe que ele próprio, talvez, esteja bêbado.

Mas não há dúvida de que Finley Dwyer esteja. Apoiando-se na estante de livros, o homem fita Less e comenta:

— Eu li o seu último livro.

— Ah, que bom!

Ele abaixa a cabeça, e agora Less consegue ver seus olhos por cima dos óculos.

— Que sorte encontrar você aqui! Arthur, eu queria dizer uma coisa para você. Posso dizer uma coisa?

Less se prepara como alguém se prepararia para a aproximação de um vagalhão.

— Você já se perguntou por que não ganha nenhum prêmio? — indaga Finley.

— Uma questão de momento e sorte?

— Por que a imprensa gay não faz resenhas dos seus livros?

— Ela não faz resenhas?

— Não, Arthur. Não finja que não notou. Você não faz parte do cânone.

— Que cânone? — é tudo o que Less consegue balbuciar.

— O cânone gay. O cânone ensinado nas universidades, Arthur. — Finley está claramente irritado. — Wilde e Stein e, bem, francamente, eu.

— Como é fazer parte do cânone? — Less ainda está tentando assimilar a palavra. Decide cortar Finley: — Talvez eu seja um péssimo escritor.

Finley agita a mão, recusando aquela ideia, ou talvez recusando os croquetes de salmão que o garçom oferece.

— Não. Você é um excelente escritor. *Kalipso* era uma obra-prima. Tão lindo, Arthur. Eu gostei demais.

Agora Less está confuso. Ele sonda seus pontos fracos. Grandiloquente demais? Meloso demais?

— Velho demais? — arrisca.

— Todos já passamos dos 50, Arthur. A questão não é que você é.

— Espera, eu ainda estou com...

— ... um péssimo escritor. — Finley faz uma pausa dramática. — A questão é que você é um péssimo gay.

Less não consegue pensar em nenhuma resposta; esse ataque foi num flanco sem defesa.

— É nossa obrigação mostrar a beleza do nosso mundo. O mundo gay. Mas, nos seus livros, você faz os personagens sofrerem sem nenhuma recompensa. Se eu não soubesse, acharia que você é republicano. *Kalipso* era lindo. Tão profundo! Mas tão autodepreciativo! Um homem naufragado vai parar numa ilha e passa anos vivendo um relacionamento gay. Mas depois vai embora para procurar a esposa! Você precisa melhorar. Por nós. Nos inspire, Arthur. Tenha mais ambição. Eu lamento falar assim com você, mas era necessário.

Por fim, Less consegue falar:

— Um péssimo *gay*?

Finley mexe num livro da estante.

— Não sou só eu que penso assim. Isso já foi tema de discussão.

— Mas... mas... mas é Odisseu — objeta Less. — Voltando para Penélope. A história é essa.

— Não se esqueça de onde você veio, Arthur.

— Camden, Delaware.

Finley toca o braço de Less, e a sensação é de um choque elétrico.

— Você escreve o que se sente impelido a escrever. Como todos nós.

— Eu estou sendo boicotado pela comunidade gay?

— Eu vi você parado ali e precisei aproveitar a oportunidade de avisar a você, porque ninguém mais tinha sido gentil o suficiente. — Ele sorri antes de continuar: — Gentil o suficiente para dizer alguma coisa para você, como eu disse agora.

E Less a sente crescer dentro de si, a palavra que não quer proferir; e, no entanto, por algum motivo, pela lógica cruel da conversa, se vê coagido a proferir:

— Obrigado.

Finley pega o livro da estante e desaparece em meio às pessoas, abrindo-o na página da dedicatória. Talvez seja dedicado a ele. Um lustre de cerâmica com querubins azuis paira acima de todos e lança mais sombra que luz. Less está debaixo dele, experimentando aquela sensação do País das Maravilhas de ter sido encolhido, por Finley Dwyer, transformando-se numa versão diminuta de si mesmo; ele agora poderia passar pela mais ínfima porta, mas para que jardim? O Jardim dos Péssimos Gays. Quem poderia imaginar que uma coisa dessas existisse? Durante todo esse tempo, Less achou que fosse apenas um péssimo escritor. Um péssimo amante, um péssimo amigo, um péssimo filho. Aparentemente, a situação é mais grave; ele é péssimo em ser quem ele é. *Pelo menos*, pensa, voltando os olhos para o outro lado da sala, onde Finley diverte a anfitriã, *eu não sou baixo.*

* * *

Houve alguns percalços, em retrospecto, no tempo que se seguiu a Mulhouse. É difícil saber como as pessoas são como companheiros de viagem, e Freddy e Less, no começo, tiveram seus conflitos. Embora pareça uma barata-d'água nas nossas aventuras, viajando Less sempre foi um caranguejo-ermitão numa concha emprestada: gostava de conhecer uma rua, um café, um restaurante, e de ser chamado pelo nome pelos garçons, pelo proprietário, pela menina da chapelaria, de modo que, quando fosse embora, poderia pensar no lugar afetuosamente como uma segunda casa. Freddy era o contrário. Ele queria ver tudo. Na manhã seguinte ao reencontro noturno — quando o mal-estar de Mulhouse e o jet lag de Nova York renderam um sexo entorpecido, mas satisfatório —, Freddy sugeriu que eles pegassem um ônibus para ver os pontos turísticos de Paris! Less estremeceu, horrorizado. Freddy se sentou na cama, usando um moletom; ele parecia irremediavelmente americano.

— Não, é ótimo, a gente vê a Notre Dame, a Torre Eiffel, o Louvre, o Pompidou, aquele arco da Champs-Ély... Ély...

Less cortou a ideia; algum medo irracional lhe dizia que amigos o veriam naquela multidão de turistas, seguindo uma bandeira dourada gigante.

— E *daí?* — perguntou Freddy.

Mas Less não quis nem considerar a possibilidade. Obrigou-os a ver tudo de Métro ou a pé. Eles tiveram de comer nas barraquinhas, em vez de nos restaurantes. A mãe dizia que ele havia herdado isso do pai. No fim de cada dia, os dois estavam irritados, exaustos, os bolsos cheios de *billets* de metrô usados; precisavam se esforçar para sair do papel de general e soldado de infantaria e cogitar dividir a mesma cama. Mas Freddy teve sorte: Less ficou resfriado.

Em Berlim, cuidando de Bastian — o homem doente do qual havia se lembrado era ele próprio.

Evidentemente, é tudo muito vago. Longos dias proustianos encarando o retângulo dourado no chão, o único raio de sol que escapava das cortinas fechadas. Longas noites hugoanas ouvindo as risadas que ecoavam na torre do sino do seu crânio. Tudo isso misturado à fisionomia preocupada de Freddy, a mão preocupada na sua testa, na sua bochecha; um ou outro médico tentando se comunicar em francês, e Freddy sem conseguir entender, porque o único tradutor disponível estava no seu leito de morte, gemendo. Freddy trazendo torrada e chá. Freddy de cachecol e blazer, subitamente parisiense, despedindo-se antes de sair; Freddy desmaiado, com cheiro de vinho, ao seu lado. Less fitando o ventilador de teto, se perguntando se o quarto estava girando debaixo de um ventilador parado ou o contrário, como um homem medieval se perguntando se era o céu que se movia ou a terra. E o papel de parede, com seus papagaios furtivos escondidos na árvore. A árvore — Less alegremente a identificou como a imensa acácia-de-constantinopla da sua infância. Sentado naquela árvore, em Delaware, e olhando o quintal, usando o lenço laranja da mãe. Less se deixou ser abraçado pelos galhos, pelo cheiro das flores rosadas seussianas. Ele estava num lugar muito alto para um menino de 3 ou 4 anos, e a mãe chamava seu nome. Jamais ocorreu a ela que ele estivesse lá em cima, portanto estava sozinho, orgulhoso de si mesmo e com um pouco de medo. As folhas em formato de foice caíam. Elas iam descansar nos seus bracinhos brancos enquanto sua mãe chamava o seu nome, seu nome, seu nome. Arthur Less avançava pelo galho, sentindo a casca escorregadia nos dedos...

— Arthur! Você acordou! Sua aparência está muito melhor! — Era Freddy acima dele, de roupão. — Como você está se sentindo?

Contrito, sobretudo. Por ter sido primeiro um general, depois um soldado ferido. Para seu deleite, haviam se passado apenas três dias. Ainda havia tempo...

— Já vi a maior parte dos pontos turísticos.

— Já?

— Eu voltaria de bom grado ao Louvre, se você quiser.

— Não, não, está ótimo. Eu quero ir a uma loja sobre a qual Lewis comentou. Eu acho que você merece um presente...

Esta festa, na rue du Bac, vai de mal a pior. Depois de ter sido abordado por Finley Dwyer e informado dos seus crimes literários, Less ainda não conseguiu localizar Alexander; e, ou a mousse está estragada, ou é o estômago dele. Claramente é hora de ir embora; seu estômago está fraco demais para ele ouvir algo sobre o casamento. O voo é daqui a cinco horas, de qualquer forma. Less corre os olhos pela sala à procura da anfitriã — é difícil identificá-la nesse mar de vestidos pretos — e descobre alguém ao seu lado. Um rosto espanhol, sorrindo em meio a um bronzeado intenso. O chantagista.

— Você é amigo de Alexander? Eu me chamo Javier — diz o homem.

Ele segura um prato de salmão e cuscuz marroquino. Olhos verde-dourados. Cabelo preto e liso, partido ao meio, comprido o suficiente para prender atrás das orelhas.

Less não diz nada; de repente sente calor e sabe que enrubesceu. Talvez seja a bebida.

— E você é americano! — acrescenta o homem.

Aturdido, Less adquire um tom mais intenso de vermelho.

— Como... Como você sabe?

O homem corre os olhos pelo corpo dele, de cima a baixo.

— Você está vestido como um americano.

Less volta os olhos para a calça de linho, a jaqueta de couro eriçado. Compreende que se deixou seduzir pelo vendedor, como muitos americanos já se deixaram; gastou uma pequena fortuna para se vestir mais como parisienses poderiam se vestir do que como se vestem. Devia ter usado o terno azul. Diz:

— Meu nome é Arthur. Arthur Less. Eu sou amigo de Alexander, ele me convidou. Mas parece que ele não vai aparecer.

O homem se aproxima, mas precisa olhar para cima; ele é bem mais baixo que Less.

— Ele sempre convida, Arthur. E nunca aparece.

— Na verdade, eu já estava de saída. Não conheço ninguém aqui.

— Não, não vai embora!

Javier parece se dar conta de que disse isso alto demais.

— Eu tenho um voo agora à noite.

— Arthur, fica mais um pouco. Eu também não conheço ninguém aqui. Está vendo aqueles dois ali? — Ele indica uma mulher de vestido preto com decote nas costas, seu chinó loiro iluminado por um abajur próximo, e um homem de cinza com a cabeça grande, como Humphrey Bogart. Os dois estão lado a lado, examinando um desenho. Javier abre um sorriso conspiratório; uma mecha do cabelo se soltou e pende na testa. — Eu estava conversando com eles. A gente tinha acabado de se conhecer, mas logo... senti... que não me queriam por perto. Foi por isso que eu vim para cá. — Javier ajeita o cabelo que havia se soltado. — Eles vão passar a noite juntos.

Less dá uma risada e diz que eles certamente não falaram isso.

— Não, mas... Olha a linguagem corporal. Os braços se tocando. E ele sempre se aproxima quando fala. Não está barulhento aqui. Ele se aproxima só para ficar perto dela. Eles não queriam a minha presença.

Nesse momento, Humphrey Bogart põe a mão no ombro da mulher e aponta para o desenho, dizendo alguma coisa. Sua boca está tão próxima do ouvido dela que a respiração sopra os fios soltos. Agora está bastante claro; eles vão passar a noite juntos.

Less se vira para Javier, que encolhe os ombros: *O que se pode fazer?* Less pergunta:

— E foi por isso que você veio para cá?

Javier continua olhando para Less.

— Foi parte do motivo por que vim para cá.

Less se deixa inundar pelo calor dessa lisonja. A expressão de Javier permanece inalterada. Por um instante, os dois se mantêm em silêncio; o tempo se expande levemente, respirando fundo. Less compreende que cabe a ele avançar. Lembra-se de quando, ainda menino, um amigo o desafiava a encostar a mão em alguma coisa quente. O silêncio é quebrado apenas pelo barulho de uma taça, também se quebrando, derrubada no piso de ardósia por Finley Dwyer.

— Então você está voltando para os Estados Unidos? — pergunta Javier.

— Não. Eu vou para o Marrocos.

— Ah! Minha mãe era marroquina. Você vai para Marrakech, para o Saara e depois para Fez, certo? É a visita padrão.

Javier acabou de dar uma piscadela?

— Parece que eu sou o turista padrão. Isso mesmo. É meio injusto que você tenha me decifrado, enquanto você continua um mistério

Outra piscadela.

— Eu não sou mistério nenhum.

— Eu só sei que a sua mãe era marroquina.

Incessantes piscadelas sensuais.

— Me desculpa — pede Javier, franzindo o rosto.

— É bom ser misterioso. — Less tenta dizer isso da maneira mais sedutora possível.

— Me desculpa, tem alguma coisa no meu olho.

O olho direito de Javier agora pisca rápido: um pássaro apavorado Do canto, começa a descer um rio de lágrimas.

— Você está bem?

Javier cerra os dentes e pisca e esfrega o olho.

— Que vergonha. Essas lentes são novas e estão me irritando São francesas.

Less não pega a deixa para fazer uma piada. Ele fica observando Javier, preocupado. Leu uma vez num romance sobre uma técnica para tirar o cisco do olho de outra pessoa: usa-se a ponta da língua.

Mas parece algo tão íntimo, mais íntimo que um beijo, que ele não consegue nem mencioná-lo. E, vindo de um romance, talvez seja uma invenção.

— Saiu! — brada Javier, afinal, depois de uma agitação derradeira de cílios. — Estou livre.

— Ou você se acostumou com as francesas.

O rosto de Javier está com manchas vermelhas, lágrimas reluzem na sua bochecha direita, e seus cílios estão empapados e grudados. Ele sorri com bravura. Está um pouco ofegante. Ele parece, para Less, alguém que correu muito para chegar aqui.

— E lá se vai o mistério! — brinca Javier, apoiando a mão na mesa e fingindo dar uma risada.

Less quer beijá-lo; ele quer abraçá-lo e protegê-lo. Em vez disso, sem pensar, põe a mão sobre a mão de Javier. Ela ainda está molhada de lágrimas.

Javier o encara com seus olhos verde-dourados. Está tão próximo que Less sente o cheiro de laranja da pomada de cabelo. Os dois ficam parados por um tempo, perfeitamente imóveis, um *groupe en biscuit*. Sua mão na mão de Javier, seus olhos nos olhos dele. É possível que esse momento fique para sempre na memória. Então eles se separam. Arthur Less está mais vermelho que um pimentão. Javier respira fundo, então desvia o olhar.

— Será que — começa Less, se esforçando para dizer qualquer coisa — você teria alguma dica sobre o IVA...

A sala, à qual eles permanecem alheios, é revestida por um papel de parede com listras verdes e tem pendurados os desenhos preliminares, ou "esboços", de uma obra de arte maior: aqui a mão, ali a mão segurando uma caneta, acolá o rosto erguido de uma mulher. Acima do consolo da lareira, a pintura propriamente dita: uma mulher refletindo enquanto escreve uma carta. As estantes de livros chegam ao teto, e, se olhasse para elas, Less encontraria, ao lado de um exemplar da série do Peabody, de H. H. H. Mandern, uma coletânea de contos americanos que — surpresa! — inclui um dos seus textos. A anfitriã não leu o livro; ela o manteve por conta de um caso que teve há muito tempo, com outro escritor que fazia parte da coletânea. Ela leu os dois livros de poesia, duas prateleiras acima, de Robert, mas não sabe da existência de qualquer relação dele com um dos seus convidados. Por outro lado, aqui, outra vez, os amantes se encontram. A esta altura, o sol já se pôs, e Less descobriu uma maneira de burlar o sistema tributário europeu.

Sua encantadora risada de trás para a frente: AH ah ah!

— Antes de vir para a festa — diz ele, sentindo o champanhe tomar conta da sua língua — fui ao Musée d'Orsay.

— É maravilhoso.

— Eu fiquei emocionado com as esculturas de madeira de Gauguin. Mas de repente, do nada, surgiu o Van Gogh. Três autorretratos. Eu me aproximei de um deles; estava protegido por um vidro. Consegui ver o meu reflexo. E pensei: *Ah, meu Deus.* — Less balança a cabeça, e seus olhos se arregalam enquanto revive aquele momento. — *Eu estou a cara do Van Gogh.*

Javier ri, a mão no sorriso.

— Antes da orelha, imagino.

— Pensei: *Eu enlouqueci* — continua Less. — Mas... eu já vivi uma década a mais que ele!

Javier inclina a cabeça, um cocker-espanhol.

— Arthur, quantos anos você tem?

Respira fundo.

— Eu tenho 49.

Javier se aproxima para perscrutá-lo; ele tem cheiro de cigarro e baunilha, como a avó de Less.

— Que engraçado! Eu também tenho 49.

— Não — comenta Less, desnorteado. Não há uma única ruga no rosto de Javier. — Eu achei que você tivesse 30 e poucos.

— Isso é mentira. Mas é uma mentira simpática. E você não parece estar perto dos 50.

Less sorri.

— Meu aniversário é daqui a uma semana.

— É estranho ter quase 50, né? Parece que eu acabei de descobrir como ser jovem.

— Pois é! É como o último dia num país estrangeiro. Finalmente se descobre onde tomar café, onde beber e comer um bom filé. E aí é preciso ir embora. Para nunca mais voltar.

— Muito bem colocado.

— Eu sou escritor. Eu coloco as coisas direitinho. Mas já disseram que eu sou "meloso".

— Meloso como?

— Tolo. Coração mole.

Javier parece encantado.

— Essa é uma bela expressão, *coração mole*. Coração mole. — Ele respira fundo, como se reunisse coragem. — Acho que eu sou assim.

Javier exibe certo ar de tristeza ao dizer isso. Então volta os olhos para a bebida. O céu lá fora baixa seus últimos véus transparentes, exibindo Vênus, brilhante e nua. Less observa as mechas grisalhas no cabelo preto de Javier, a ponte do nariz proeminente e avermelhada, a cabeça inclinada sobre a camisa branca, dois botões abertos revelando a pele manchada pelo tempo, salpicada de pelos, levando à escuridão. Muitos pelos são brancos. Ele imagina Javier nu. Os olhos verde-dourados, o homem fitando-o de uma cama branca. Imagina-se tocando aquela pele quente. Essa noite é inesperada. Esse homem é inesperado. Less se lembra de quando comprou uma carteira num brechó e encontrou dentro dela uma nota de cem dólares.

— Preciso de um cigarro — anuncia Javier, com a expressão envergonhada de uma criança.

— Eu acompanho você — diz Less, e juntos eles saem pela porta de vidro aberta que dá para um balcão de pedra estreito, onde outros europeus fumantes olham de relance para o americano como se encarassem um membro da polícia secreta. Na quina do apartamento, a varanda faz uma curva, com vista para telhados e chaminés. Aqui eles estão sozinhos, e Javier pega o maço e puxa seu conteúdo, fazendo emergir duas presas brancas. Less sacode a cabeça. — Na verdade, eu não fumo.

Eles riem.

— Acho que eu estou meio bêbado, Arthur — avisa Javier.

— Acho que eu também.

O sorriso de Less está em sua intensidade máxima, aqui sozinho com Javier. É o champanhe que o faz dar um suspiro audível? Eles estão lado a lado, no parapeito. As chaminés parecem vasos de flores.

Contemplando a vista, Javier diz:

— Está aí uma coisa estranha em relação a envelhecer.

— O quê?

— Quando eu conheço as pessoas, elas já estão carecas ou de cabelo grisalho. E eu não sei qual era a cor do cabelo delas.

— Eu nunca pensei nisso.

Javier se vira para Less; ele deve ser do tipo que se vira e fica nos olhando enquanto dirige.

— Um amigo meu, que conheço tem cinco anos, ele deve ter quase 60 anos. E uma vez eu perguntei e fiquei surpreso de saber que ele era ruivo!

Less assente em concordância.

— Um dia desses eu estava na rua. Em Nova York. E um velho veio falar comigo e me abraçou. Eu não fazia ideia de quem era ele. Era um ex-amante.

— Dios mío! — exclama Javier, tomando um gole de champanhe. Less sente o braço encostado no braço de Javier, e mesmo através das camadas de tecido sua pele se acende. Ele quer desesperadamente tocar esse homem. Javier diz: — Comigo aconteceu de eu estar num jantar, e tinha um velho do meu lado. Tão chato! Falando do mercado imobiliário. Pensei: *Meu Deus, não me deixa ser igual a esse cara quando eu ficar velho.* Depois descobri que ele era um ano mais novo que eu.

Less deixa a taça de lado e, intrépido, põe mais uma vez a mão sobre a mão de Javier. Javier se vira para ele.

— E também — diz Less, sugestivo — ser o único homem solteiro nessa idade.

Javier não diz nada, mas abre um sorriso triste.

Less pisca os olhos, retira a mão e se afasta um pouco do parapeito. Agora, no novo espaço entre ele e o espanhol, pode-se divisar o milagre arquitetônico da Torre Eiffel.

Less pergunta:

— Você não é solteiro, é?

Escapa fumaça da boca de Javier quando ele balança de leve a cabeça.

— A gente está junto há dezoito anos. Ele está em Madri, eu estou aqui.

— Casado.

Javier leva um bom tempo para responder:

— É, casado.

— Viu, eu estava certo.

— Em relação a ser o único homem solteiro?

Less fecha os olhos.

— Em relação a ser um tolo.

Há um piano tocando na sala; puseram o filho para tocar, e qualquer ressaca que ele esteja sentindo não transparece na grinalda de notas que se derrama pela porta, no balcão. Os outros fumantes entram para ouvir. O céu agora não é nada além de noite.

— Não, você não é tolo. — Javier bota a mão na manga do casaco ridículo de Less. — Eu gostaria de ser solteiro.

Less abre um sorriso amargo para o futuro do pretérito, mas não afasta o braço.

— Isso não é verdade. Senão você seria.

— Não é tão simples assim, Arthur.

Less faz uma pausa.

— Mas é uma pena.

Javier sobe a mão até o cotovelo de Less.

— É uma pena mesmo. Você vai embora quando?

Ele consulta o relógio.

— Eu saio para o aeroporto daqui a uma hora.

— Ah. — Uma repentina aflição nos olhos verde-dourados. — Eu nunca mais vou ver você, não é?

Ele deve ter sido esguio na juventude, com o cabelo comprido e preto, azulado dependendo da luz, como nas revistas em quadrinho antigas. Ele deve ter nadado no mar com uma sunga laranja e se apaixonado pelo homem que sorria na praia. Ele deve ter pulado de namoro ruim em namoro ruim até conhecer um homem confiável num museu de arte, apenas cinco anos mais velho, já ficando careca, com uma barriguinha, mas com um comportamento tranquilo que prometia uma fuga do sofrimento, em Madri, aquela cidade palaciana reluzindo ao calor. Com certeza, passou-se uma década ou mais antes que se casassem. Quantos jantares tarde da noite compostos de presunto e anchovas em conserva? Quantas brigas por causa da gaveta de meias — pretas misturadas com as azul-marinho — até ficar decidido que cada um deveria ter sua própria gaveta? Seu próprio edredom, como na Alemanha. Sua própria marca de chá e de café. Suas próprias férias — o marido na Grécia (totalmente careca, mas a barriga sob controle), e ele no México. Sozinho numa praia, mais uma vez de sunga laranja, agora já não esguio. O lixo dos cruzeiros se acumulando na praia, e a vista das luzes dançantes de Cuba. Ele deve ter passado muito tempo sozinho para fazer uma pergunta dessas a Arthur. Num balcão de Paris, de terno preto e camisa branca. Qualquer narrador sentiria inveja desse amor possível, nessa noite possível.

Less está lá com seu casaco de couro eriçado contra a noite da cidade. Com o rosto triste, três quartos virado para Javier, a camisa cinza, o cachecol listrado, os olhos azuis e a barba acobreada, Less não parece ele próprio. Parece o Van Gogh.

Um bando de estorninhos sai em revoada atrás dele, em direção à igreja.

— A gente está velho demais para achar que vai voltar a se ver — responde Less.

Javier põe a mão na cintura dele e se aproxima um passo. Cigarro e baunilha.

"Passageiros do voo para Marrakech..."

Arthur Less está sentado na posição lessiana — pernas cruzadas na altura do joelho, o pé livre balançando —, e, como sempre, suas pernas compridas ficam no caminho de um passageiro atrás do outro, com suas malas com rodinha tão grandes que ele não consegue imaginar o que estão levando para o Marrocos. O trânsito de pessoas é tão intenso que ele se vê obrigado a descruzar as pernas e se recostar na cadeira. Ainda está usando as roupas novas parisienses, o linho da calça cedeu depois do dia de uso, o casaco sufocante de tão quente. Está cansado e bêbado da festa, o rosto afogueado de álcool, dúvida e excitação. Contudo, tinha conseguido postar o formulário de reembolso e, por isso, traz (depois de passar pela sua inimiga, a Mulher do Guichê) o sorriso presunçoso de um criminoso que acabou de realizar seu último assalto. Javier prometeu postá-lo pela manhã; o envelope está no bolso interno daquele terno preto, junto àquele peito ibérico, firme. Portanto não foi em vão. Não é mesmo?

Ele fecha os olhos. Em sua "juventude longínqua", sempre controlava a ansiedade com imagens de capas de livros, fotos do autor, recortes de jornal. Agora consegue trazer essas coisas à mente com facilidade; elas não oferecem consolo. Em vez disso, o fotógrafo do seu cérebro estende uma folha de contato de imagens idênticas: Javier imprensando-o na parede de pedra e beijando-o.

"Este voo está lotado e estamos procurando voluntários..."

Lotado de novo. Mas Arthur Less ou não ouve o que ela diz ou não pode considerar protelar a ida uma segunda vez, um segundo dia de possibilidades antes de completar 50 anos. Talvez seja demais. Ou talvez simplesmente o bastante.

A música do piano chega ao fim, e os convidados aplaudem. Do outro lado dos telhados vem o eco do aplauso, ou o aplauso de outra festa. Um dos olhos de Javier capta um triângulo de luz âmbar e brilha feito vidro. E tudo que passa pela cabeça de Less é um único pensamento: *Me peça.* Com o homem casado sorrindo e tocando sua barba ruiva — *Me peça* —, beijando-o talvez meia hora além do que deveria, e temos aqui outro homem seduzido pelo beijo de Less, imprensando-o na parede, abrindo seu casaco, tocando-o apaixonadamente e sussurrando coisas bonitas, mas não as palavras que mudariam tudo, pois ainda é possível mudar tudo, até Less anunciar afinal que está na hora de ir. Javier assente e o acompanha de volta à sala com listras verdes, se mantém ao seu lado enquanto ele se despede da anfitriã e dos outros suspeitos de assassinato, com seu francês terrível — *Me peça* —, leva-o à porta e o conduz pela escada até a rua, tudo realizado em aquarelas azuis, borrado pela névoa da chuva, os pórticos de pedra e as ruas de cetim molhado — *Me peça* —, e o pobre do espanhol oferece seu guarda-chuva (recusado) antes de abrir um sorriso triste — "É uma pena que você esteja indo embora" — e acenar em despedida.

Me peça, e eu fico.

Há uma ligação no celular de Less, mas ele está distraído: já dentro do avião, acena a cabeça para o comissário de bordo loiro de nariz adunco que o saúda, como sempre saúdam, na língua não do passageiro, nem do comissário ou do aeroporto, mas do avião ("Buonasera", pois o avião é italiano), avança aos trancos e barrancos pelo corredor, ajuda uma mulher minúscula com sua bagagem enorme acima da cabeça, e encontra seu lugar preferido: janela da direita, última fileira. Nenhuma criança chutando o encosto. Travesseiro de penitenciária, manta de penitenciária. Ele tira os sapatos franceses apertados e os desliza para baixo do assento. Do outro lado da janela: o Charles de Gaulle à noite, fogos-fátuos e homens brandindo varinhas luminosas. Ele fecha a janela, então fecha os olhos. Ouve o vizinho se sentar sem o menor cuidado, falando italiano, e quase compreende. Breve lembrança de nadar numa piscina num resort de golfe. Breve lembrança falsa do dr. Ess. Breve lembrança genuína de telhados e baunilha.

"... *bem-vindos ao nosso voo de Paris a Marrakech...*"

As chaminés pareciam vasos de flores.

Há uma segunda ligação no celular, dessa vez de um número desconhecido, mas jamais saberemos do que se trata, porque não deixam mensagem e o destinatário da ligação já está dormindo, bem acima do continente europeu, a apenas sete dias dos 50 anos, e agora finalmente segue com direção para o Marrocos.

LESS MARROQUINO

Do que um camelo gosta? Eu chutaria que de nada. Nem da areia em que pisa, nem do sol que o castiga, nem da água que bebe feito um abstêmio. Nem de se sentar, nem de piscar os olhos com seus cílios longos feito uma estrela do cinema. Nem de se levantar, gemendo de raiva e indignação ao administrar seus membros adolescentes. Nem dos outros camelos, pelos quais exibe o desdém de uma herdeira obrigada a viajar de classe econômica. Nem dos seres humanos que o escravizaram. Nem da monotonia oceânica das dunas. Nem da grama sem gosto que ele mastiga e mastiga e mastiga, numa luta digestiva taciturna. Nem do dia infernal. Nem da noite paradisíaca. Nem do ocaso. Nem da alvorada. Nem do sol, nem da lua, nem das estrelas. E muito menos do americano pesado, alguns quilos acima do ideal, mas não tão terrível assim para a idade, mais alto que a maioria e desengonçado, balançando de um lado para o outro enquanto carrega esse humano, esse Arthur Less, sem a menor necessidade pelo deserto do Saara.

Diante do animal: Mohammed, um homem de jelaba branco e cheche azul na cabeça, conduzindo-o com uma corda. Atrás do animal: os outros oito camelos da caravana, porque nove pessoas se inscreveram para viajar até o acampamento, embora apenas quatro camelos tenham passageiros. Eles perderam cinco pessoas desde Marrakech. Logo vão perder mais uma.

Montado no animal: Arthur Less, com seu próprio cheche azul, admirando as dunas, os pequenos redemoinhos de vento nos cumes, o tom turquesa e dourado do pôr do sol, pensando que, pelo menos, não vai passar o aniversário sozinho.

Alguns dias antes — despertando do voo de Paris no continente africano: Arthur Less com cara de sono. Com o corpo ainda formigando por causa do champanhe, das carícias de Javier e da poltrona um tanto desconfortável do avião, ele caminha cambaleante pela pista de pouso sob um céu noturno tingido de índigo, até a inacreditável fila da imigração. Os franceses, tão cheios de pompa em seu país, parecem ter enlouquecido de imediato no solo da ex-colônia; é como a loucura redobrada de se ver um namorado a quem se fez mal; eles ignoram a fila, afastando as cordas dos pedestais organizadores cuidadosamente dispostos, e viram um bando atacando Marrakech. As autoridades marroquinas, vestindo o verde e o vermelho das azeitonas de coquetel, permanecem calmas; passaportes são examinados e carimbados. Less imagina que isso aconteça o dia inteiro, todo dia. Pega-se gritando "Madame! Madame!" para uma francesa que avança em meio às pessoas. Ela encolhe os ombros (*C'est la vie!*) e segue em frente. Será que houve alguma invasão da qual ele não ficou sabendo? Será que esse foi o último avião a sair da França? E, sendo esse o caso: onde está Ingrid Bergman?

Portanto, há tempo suficiente, enquanto ele arrasta os pés junto da multidão (na qual, embora entre europeus, ainda é o mais alto), para entrar em pânico.

Ele poderia ter ficado em Paris, ou pelo menos ter aceitado mais um atraso (e seiscentos euros); poderia ter trocado essa aventura absurda por outra ainda mais absurda. *Arthur Less deveria ir para o*

Marrocos, mas conheceu um espanhol em Paris e, desde então, não se sabe mais dele! Um rumor que chegasse aos ouvidos de Freddy. Mas, se existe uma coisa que se pode afirmar sobre Arthur Less, é que ele é um homem que segue o planejado. E, portanto, aqui está. Pelo menos, não vai ficar sozinho.

— Arthur! Você está de barba!

Seu velho amigo Lewis, depois da alfândega, alegre como sempre. Cabelo grisalho e sem brilho acima das orelhas e pelos brancos florando no queixo; rosto rechonchudo e bem-vestido, de linho e algodão cinza; vasos capilares se espalhando num delta pelo nariz; sinais de que Lewis Delacroix está, com quase 60 anos, um passo à frente de Arthur Less.

Less abre um sorriso cauteloso e toca a barba.

— Eu achei... achei que eu precisava dar uma mudada.

Lewis se afasta para avaliá-lo.

— Ficou sexy. Vamos para um lugar com ar-condicionado. Está tendo uma onda de calor, e mesmo as noites de Marrakech têm sido um inferno. Lamento muito por seu voo ter atrasado; que pesadelo ter que esperar um dia inteiro! Deu para se apaixonar nas catorze horas em Paris?

Less se sobressalta e diz que ligou para Alexander. Fala da festa e da ausência de Alex. Não menciona Javier.

Lewis se vira para ele e pergunta:

— Você quer falar do Freddy? Ou você quer *não* falar do Freddy?

— Não falar.

O amigo assente. Lewis, que ele conheceu naquela longa viagem depois da faculdade, que ofereceu seu apartamento barato na Valencia Street, em cima da livraria comunista, que o apresentou ao ácido e à música eletrônica. O belo Lewis Delacroix, que parecia tão adulto, tão seguro; ele tinha 30 anos. Na época, uma geração de diferença; agora essencialmente contemporâneos. E, no entanto, Lewis sempre pareceu muito mais equilibrado; com o mesmo namorado há vinte anos, é o modelo de sucesso no amor. E glamoroso: essa viagem, por exemplo, é o tipo de luxo que rende a Lewis histórias fascinantes. É uma viagem de aniversário — não para Arthur Less. Para uma mulher chamada Zohra, que também está fazendo 50 anos e que Less não conhecia.

— Acho que a gente devia dormir — sugere Lewis, quando os dois encontram um táxi —, mas ninguém no hotel está dormindo. Está todo mundo bebendo desde o meio-dia. E quem sabe o que mais estão fazendo? A culpa é de Zohra; bem, você vai conhecer Zohra.

A atriz é a primeira. Talvez seja o vinho rosé marroquino, servido taça após taça durante o jantar (no terraço da casa alugada, a *riad*, com vista para aquela mãozinha erguida de aluno na sala de aula: o minarete da mesquita Cutubia); ou talvez os gins-tônicas que ela pede depois do jantar, quando tira a roupa (os dois empregados da riad, ambos chamados Mustafá, não dizem nada) e entra na piscina do pátio, onde tartarugas encaram seu corpo pálido, desejando ainda ser dinossauros, a água se agitando com seu nado de costas enquanto os outros continuam se apresentando (Less está aqui em algum lugar, tentando abrir uma garrafa de vinho no meio das pernas); ou talvez a tequila que ela encontra mais tarde, depois que o gim acaba, quando alguém encontra um violão e outro alguém encontra uma flauta típica com som estridente, e ela começa uma dança improvisada com um lampião na cabeça, até que a tiram da piscina; ou talvez o uísque que passa de mão em mão; ou o haxixe; ou os cigarros; ou as três palmas da vizinha da riad, uma princesa: o sinal de que está tarde demais para Marrakech — mas como se poderia saber o que foi de fato? Só se sabe que, pela manhã, a atriz não consegue se levantar da cama; nua, ela pede algo para beber e, quando lhe trazem água, joga o copo longe e diz: "Eu estava falando de vodca!" E, como ela não pretende se levantar, e como o ônibus para o deserto do Saara parte ao meio-dia, e como seus dois últimos filmes eram de gosto duvidoso, e como ninguém além da aniversariante a conhece, é sob os cuidados dos dois Mustafás que a deixam.

— Ela vai ficar bem? — pergunta Less.

— Estou bastante surpreso de ver que ela é fraca para bebida — responde Lewis, virando-se para ele com seus imensos óculos de sol, que o deixam parecido com um primata noturno. Os dois estão sentados num micro-ônibus; a onda de calor atípica faz o mundo exterior tremeluzir feito uma wok. Os outros passageiros estão encostados nas janelas, esgotados. — Achei que atores fossem feitos de aço.

— Por favor a todos! — chama o guia pelo microfone; este é Mohammed, o guia marroquino, de camisa polo vermelha e calça jeans. — Estamos passando pela cordilheira do Atlas. Nós dizemos que as montanhas são como uma cobra. Mais tarde, chegamos a [*nome distorcido pelo microfone*], onde passamos a noite. Amanhã é o vale das palmeiras.

— Achei que amanhã fosse o deserto — interrompe um homem com um sotaque inglês que Less reconhece, da noite anterior, como o do gênio da tecnologia que se aposentou aos 40 anos e agora tem uma boate em Xangai.

— Ah, sim, eu prometo o deserto! — Mohammed é baixinho, tem cabelo comprido e cacheado, provavelmente com uns 40 anos. Sorri com facilidade, mas seu inglês sai com dificuldade. — Lamento a surpresa desagradável do calor.

Do fundo do ônibus, uma voz feminina, coreana: a violinista.

— Dá para aumentar o ar?

Algumas palavras em árabe, e as ventoinhas sopram ar quente no ônibus.

— Meu amigo disse que estava no superior. — Mohammed abre um sorriso. — Mas nós agora sabemos que não estava no superior.

O ar-condicionado não ajuda em nada para refrescá-los. Ao lado deles, na estrada que sai de Marrakech, há grupos de crianças de uniforme escolar voltando para casa, para almoçar; elas seguram camisas ou livros acima do rosto para se proteger do sol inclemente. Quilômetros de muro de adobe e, de vez em quando, o oásis de um café, de onde alguns homens encaram o ônibus. Aqui há uma pizzaria fuleira. Ali, um posto de gasolina inacabado: AFRIQUA. Alguém amarrou um burro num poste de telefone no meio do nada e o deixou ali. O motorista liga a música: o inusitadamente sedutor canto dos guinauas. Lewis parece ter dormido; com aqueles óculos, Less não tem como saber.

Taiti.

— Eu sempre quis conhecer o Taiti — confessou Freddy a ele, certo dia, numa reuniãozinha de tarde com seus amigos jovens, num terraço.

Havia alguns outros homens mais velhos no grupo, entreolhando-se como um bando de predadores; Less não sabia como sinalizar que, naquele bando de gazelas, ele era vegetariano. *Meu último namorado*, ele queria dizer, *está agora com 60 anos*. Será que algum daqueles indivíduos, assim como ele, preferia homens de meia-idade? Jamais descobriu isso; eles o evitavam como se fossem magneticamente repelidos. Em algum momento, nessas festas, Freddy acabava se aproximando com uma expressão cansada, e eles passavam as últimas horas sozinhos, conversando. E, dessa vez — talvez tenham sido a tequila e o pôr do sol —, Freddy mencionou o Taiti.

— Deve ser ótimo — respondeu Less. — Mas para mim parece um lugar de resorts. Como se fosse impossível conhecer a população local. Eu quero ir para a Índia.

Freddy encolheu os ombros.

— Sem dúvida, você conheceria a população local na Índia. Ouvi dizer que não tem nada além da população local. Mas lembra quando a gente foi para Paris? O Musée d'Orsay? Ah, é verdade, você estava doente. Enfim. Tinha uma sala de esculturas de madeira do Gauguin. E uma delas dizia: "Seja misterioso." Outra dizia: "Apaixone-se/você vai ser feliz." Em francês, é claro. Essas obras me emocionaram muito, mais que as pinturas. Ele fez esse mesmo trabalho na casa dele, no Taiti. Eu sei que sou estranho. Eu devia querer ir por causa das praias. Mas quero ver a casa dele.

Less estava prestes a dizer alguma coisa — mas naquele momento o sol, escondido atrás do Buena Vista, glorificava um trecho de neblina, e Freddy foi até o parapeito para ver. Eles nunca mais falaram do Taiti, por isso Less nunca mais pensou no assunto. Mas, evidentemente, Freddy pensou.

Porque é onde ele deve estar agora. Na lua de mel com Tom.

"Apaixone-se/você vai ser feliz."

Taiti.

Não demora muito para que outras pessoas fiquem para trás. O ônibus chega a Ait-ben-Hadu (com uma parada para almoço num restaurante de beira de estrada com azulejos alucinógenos), onde eles são conduzidos para fora do veículo. À frente de Less, há um casal, ambos correspondentes de guerra. Na noite passada, eles lhe contaram algumas histórias da Beirute dos anos oitenta, como a do bar com uma cacatua que sabia imitar o barulho das bombas. Uma francesa sofisticada de cabelo curto e branco e calça de algodão clara; um alemão alto e bigodudo, usando colete de fotojornalista; os dois vieram do Afeganistão para rir, fumar e aprender um novo dialeto árabe. O mundo parece lhes pertencer; nada pode abalá-los. Zohra, a aniversariante, se aproxima para caminhar ao lado dele.

— Arthur, fico muito feliz que você tenha vindo.

Baixinha, mas sem dúvida sedutora, usando um vestido de manga comprida amarelo, que deixa as pernas à mostra, ela tem um tipo singular de beleza, com o nariz longo, reluzente, os olhos exagerados, como num retrato bizantino da Virgem Maria. Todos os seus movimentos — tocar o encosto de uma cadeira, afastar o cabelo do rosto, sorrir para os amigos — são intencionais, e seu olhar é franco, perspicaz. Seria impossível identificar o sotaque — inglês? mauriciano? basco? húngaro? — se Lewis já não tivesse dito a Less que ela nasceu aqui no Marrocos, mas se mudou para a Inglaterra ainda na infância. Esta é a primeira viagem de volta para casa em uma década. Ele a observou com os amigos; Zohra está sempre rindo, sempre sorrindo, mas, quando se afasta dos outros, nota uma ponta de tristeza. Glamorosa, inteligente, resiliente, com uma sinceridade revigorante e dada a obscenidades, parece o tipo de mulher que conduziria uma rede de espionagem internacional. Até onde Less sabe, isso é exatamente o que ela faz.

Sobretudo: não parece estar nem perto dos 50 anos, ou mesmo dos 40. Ninguém seria capaz de dizer que ela bebe e fala palavrão feito um marinheiro, e que fuma um cigarro mentolado atrás do outro. Sem dúvida, parece mais jovem que o enrugado e cansado, velho e falido e sem amor Arthur Less.

Zohra crava nele os olhos deslumbrantes.

— Sabe, eu sou muito fã dos seus livros.

— Ah! — exclama ele.

Os dois caminham junto a um muro baixo de tijolos antigos, e, abaixo, há uma série de casas caiadas à margem de um rio.

— Eu adorei *Kalipso*. Muito, muito. Seu puto, você me fez chorar no final.

— Acho que fico feliz em saber disso.

— É tão triste, Arthur. Triste pra caralho. Qual vai ser o seu próximo livro?

Ela joga o cabelo sobre o ombro, um longo movimento fluido.

Less se pega cerrando os dentes. Lá embaixo, dois meninos a cavalo sobem o rio pelos bancos de areia.

Zohra franze a testa.

— Estou assustando você. Eu não devia ter perguntado porra nenhuma. Não é da minha conta.

— Não, não — tranquiliza-a Arthur. — Não tem problema. Eu escrevi um novo romance, e o meu editor odiou.

— Como assim?

— Bem, recusaram. Não vão publicar. Eu me lembro de quando vendi o meu primeiro livro, o diretor da editora pediu que eu me sentasse na sala dele e fez um longo discurso sobre como ele sabia que não pagavam muito, mas que eram uma família, e que eu fazia parte dela agora, estavam investindo em mim, não por aquele livro, mas pela minha carreira. Isso tem só quinze anos. E, de repente: bum! Eu estou fora. Que família!

— Parece a minha. Sobre o que era o seu novo romance? — Ao notar a expressão dele, Zohra rapidamente acrescenta: — Arthur, espero que você saiba que pode mandar eu me foder.

Ele tem uma regra, que é jamais contar o enredo dos seus livros antes de eles serem publicados. As pessoas não têm o menor cuidado com o que dizem, e mesmo uma expressão cética pode soar como alguém falando do nosso novo amor: "Não vai me dizer que é com *ele* que você está namorando!" Mas, por algum motivo, Less confia nela.

— Era... — começa, tropeçando numa pedra do caminho, então recomeça: — Era sobre um homem gay de meia-idade caminhando por São Francisco. E... as tristezas dele...

O rosto dela começa a se dobrar para dentro numa expressão hesitante, e ele percebe que sua voz está sumindo. À frente do grupo, os jornalistas gritam em árabe.

Zohra pergunta:

— É um homem branco de meia-idade?

— É.

— Um homem americano branco de meia-idade caminhando com suas tristezas americanas de meia-idade?

— É, acho que sim.

— Arthur. Me desculpa por dizer isso. É um pouco difícil sentir pena de um cara assim.

— Mesmo ele sendo gay?

— Mesmo ele sendo gay.

— Vai se foder. — Ele não sabia que diria isso.

Ela para de andar, aponta para o peito de Less e abre um sorriso largo.

— Muito bem.

Então Less nota, diante deles, um castelo com ameias num morro. O castelo parece ser feito de terra. Parece impossível. Por que ele não esperava deparar com algo assim? Por que não esperava Jericó?

— Essa — anuncia Mohammed — é a antiga cidade murada da tribo de Hadu. *Ait* significa uma tribo berbere, *ben* significa "de", e *Hadu* é a família. Por isso, Ait-ben-Hadu. Existem oito famílias ainda morando dentro dos muros da cidade.

Por que ele não esperava Nínive, Sídon, Tiro?

— Com licença — pede o dono de boate gênio da tecnologia. — Você disse que existem oito famílias? Ou famílias Ait?*

— Famílias Ait.

— O número oito?

— Já foi uma cidade, mas agora sobraram poucas famílias. Oito. Babilônia? Ur?

— De novo. O número oito? Ou o nome Ait?

— É. Famílias Ait. Ait-ben-Hadu.

É nesse momento que a correspondente de guerra se debruça sobre o muro antigo e começa a vomitar. O milagre diante deles é imediatamente esquecido; o marido corre até a esposa e segura seu lindo cabelo. O sol poente lança sombras azuladas no cenário de adobe, e, de algum modo, Less se lembra da combinação de cores da casa da sua infância, quando sua mãe ficou louca pelo rústico. Do outro lado do rio, vem um grito, feito uma sirene de ataque aéreo: o chamado noturno para a reza. O castelo, ou *ksar*, de Ait-ben-Hadu

---

* Em inglês: "*Eight families? Or Ait families?*" (N. do T.)

se assoma, indiferente, diante deles. O marido arrisca primeiro um diálogo alucinado em alemão com o guia, depois em árabe com o motorista, seguido de francês, terminando numa diatribe incompreensível dirigida apenas aos deuses. Seu domínio de palavrões ingleses continua um mistério. A esposa segura a cabeça e tenta se levantar, mas desaba nos braços do motorista, e todos são levados de volta ao ônibus.

— Enxaqueca — sussurra Lewis para ele. — Bebida, a altitude. Aposto que foi nocauteada.

Less dá uma última olhada no castelo antigo de terra e palha, reconstruído mais ou menos uma vez por ano, conforme suas paredes sofrem a erosão das chuvas, revestido com reboco de novo e de novo até não sobrar nada do antigo ksar a não ser o modelo anterior. Uma espécie de criatura viva da qual não resta nenhuma célula original. Uma espécie de Arthur Less. E qual é o plano? Vão simplesmente continuar reconstruindo-o para sempre? Ou um dia alguém vai dizer: "Ei, chega, deixa isso cair, vai se foder." E então será o fim de Ait-ben-Hadu. Less se sente à beira de uma epifania sobre a vida, a morte e a passagem do tempo, uma epifania antiga e óbvia, quando uma voz britânica o interrompe:

— Tudo bem, desculpe o incômodo, mas só quero ter certeza. De novo. São oito...

— Rezar é melhor que dormir — anuncia o grito matutino que vem da mesquita.

Mas viajar é melhor que rezar, porque, quando o muezim os conclama, eles já estão no ônibus, aguardando o retorno do guia com os correspondentes de guerra. O hotel — à noite, um labirinto escuro de pedra — se revela, ao amanhecer, um palácio num vale de palmeiras luxuriantes. À entrada, dois meninos riem por causa de um pintinho que seguram. De um laranja intenso (artificial ou sobrenatural), o pintinho pia sem parar, furioso, indignado, mas os dois apenas riem e mostram o animal para Arthur Less, sobrecarregado com a bagagem. No ônibus, ele se senta ao lado da violinista coreana e do seu namorado modelo. O rapaz lança para Less um olhar vazio. Do que um modelo masculino gosta? Lewis e Zohra estão sentados juntos, rindo. O guia retorna; os correspondentes de guerra ainda estão se recuperando, relata ele, e vão alcançá-los num camelo posterior. Então o motor do ônibus ganha vida com uma gargalhada. Bom saber que sempre há um camelo posterior.

O resto é um pesadelo de Dramin: um caminho de bêbado montanha acima, em toda curva o brilho milagroso de geodos à venda, um menino que se levanta à aproximação do ônibus, correndo para a beira da estrada, estendendo o geodo violeta, só para ser coberto por uma nuvem de poeira quando eles partem. Volta e meia, há uma casbá com muros de argila e uma grande porta de madeira verde (a porta dos burros, explica Mohammed), com uma portinha pequena nela (a porta das pessoas), mas nunca há nenhum sinal seja de burros ou de pessoas. Apenas a encosta cor de acácia. Os passageiros dormem ou olham pela janela, conversando baixinho. A violinista e o modelo cochicham sem parar, portanto Less vai para o fundo do ônibus, onde encontra Zohra olhando pela janela. Ela gesticula, chamando-o, e ele se senta ao seu lado.

— Sabe o que eu decidi — anuncia ela, a voz severa, como se pedisse ordem numa reunião — em relação a fazer 50 anos? Duas coisas. A primeira: foda-se o amor.

— Eu não sei o que isso quer dizer.

— Desistir. Ligar o foda-se. Eu já parei de fumar, posso parar de amar. — Ele volta os olhos para o maço de cigarros mentolados na bolsa dela. — O que foi? Eu já parei várias vezes! Não é seguro viver um romance na nossa idade.

— Então Lewis falou para você que eu também estou fazendo 50 anos?

— Falou! Feliz aniversário, querido! Vamos afundar na merda juntos. — Ela está verdadeiramente encantada com o fato de seu aniversário ser um dia antes do aniversário dele.

— Tudo bem, nada de romance na nossa idade. Na verdade, isso é um grande alívio. Posso escrever mais. Qual é a segunda coisa?

— Tem relação com a primeira.

— Tudo bem.

— Engordar.

— Hum.

— Foda-se o amor e só engordar. Como Lewis.

Lewis vira a cabeça.

— Quem, eu?

— Você! — confirma Zohra. — Olha como você engordou!

— Zohra! — repreende-a Less.

Mas Lewis apenas dá uma risadinha. Com as duas mãos, acaricia a montanha que é a sua barriga.

— Sabe de uma coisa? Eu acho muito engraçado! Olho no espelho todo dia e morro de rir. Eu! O magricela Lewis Delacroix!

— Então, o plano é esse, Arthur. Topa? — pergunta Zohra.

— Mas eu não quero engordar — protesta Less. — Eu sei que é uma vaidade boba, mas não quero.

Lewis se inclina para perto dele.

— Arthur, você vai precisar se decidir. A gente vê esses homens de mais de 50 anos, esses homens magrinhos de bigode. Imagina toda a dieta, todo o exercício, o empenho necessário para caber nas roupas de quando eles tinham 30 anos! E para quê? Eles continuam sendo velhos enrugados. Que se dane. Clark sempre diz que podemos ser magros ou felizes, e, Arthur, eu já experimentei ser magro.

O marido dele, Clark. Sim, eles são Lewis e Clark. Eles ainda acham isso hilário. Hilário!

Zohra se inclina para a frente e põe a mão no braço dele.

— Vamos lá, Arthur. Aceita. Engorda com a gente. O melhor ainda está por vir.

Há uma movimentação na frente do ônibus: a violinista conversa aos sussurros com Mohammed. De uma das poltronas da janela, eles agora ouvem os gemidos do modelo.

— Ai, outro, não — resmunga Zohra.

— Quer saber? Eu achei que ele ia cair antes — comenta Lewis.

Portanto, há apenas quatro camelos carregados pelo Saara. O modelo, passando muito mal, foi largado com o ônibus em M'Hamid, última cidade antes do deserto, e a violinista ficou com ele.

— Os dois vão nos alcançar num camelo posterior — garante Mohammed, enquanto eles sobem nos camelos, inclinando-se feito um bule quando os animais se esforçam para se levantar: quatro com seres humanos, cinco sem, todos enfileirados, formando sombras na areia, e, olhando essas criaturas com sua cabeça de marionete e seu corpo de fardo de feno, as perninhas esqueléticas, Less pensa: *Olha só! Quem poderia acreditar em Deus?* Faltam três dias para o aniversário dele; dois para o de Zohra.

— Isso não é um aniversário — grita Less para Lewis enquanto sacoleja em direção ao pôr do sol. — É um livro da Agatha Christie!

— Vamos apostar quem é o próximo a ficar para trás! Eu estou apostando em mim, nesse momento. Nesse camelo.

— Eu aposto no Josh. — O gênio da tecnologia.

Lewis pergunta:

— Você quer falar do Freddy agora?

— De verdade? Não. Fiquei sabendo que o casamento foi muito bonito.

— Eu fiquei sabendo que na noite anterior o Freddy...

A voz de Zohra irrompe de seu camelo:

— Calem a porra da boca! Aproveitem a porra do pôr do sol e a porra dos seus camelos! Meu Deus!

É, afinal de contas, quase um milagre eles estarem aqui. Não por terem sobrevivido à bebida, ao haxixe e às enxaquecas. Nada disso. Mas por terem sobrevivido a tudo na vida, humilhações, decepções, dores de cotovelo e oportunidades perdidas, pais ruins, trabalhos ruins, sexo ruim e drogas ruins, todas as viagens, os erros, as quedas de cara no chão proporcionadas pela vida, chegar aos 50 anos e chegar aqui: a esta paisagem que parece glacê, essas montanhas de ouro, a mesinha que eles agora veem na duna, com azeitonas, pão pita, taças e vinho no gelo, o sol aguardando a chegada deles com mais paciência que um camelo. Portanto, sim. Como na maioria dos pores do sol, mas principalmente neste: calem a porra da boca.

O silêncio dura o tempo necessário para os camelos subirem a duna. Lewis comenta que hoje é seu vigésimo aniversário de casamento, mas é claro que o celular não funciona aqui, de modo que ele vai ter de ligar para Clark quando chegar a Fez.

Mohammed se vira para trás e diz:

— Ah, mas tem Wi-Fi no deserto.

— Tem? — pergunta Lewis.

— Ah, é claro, em qualquer lugar — responde Mohammed, assentindo.

— Ah, que bom!

Mohammed ergue um dedo.

— O problema é a senha.

Os beduínos à frente e atrás dão uma risadinha.

— É a segunda vez que eu caio nessa — lamuria-se Lewis, então se vira para Less e aponta.

Na duna, ao lado da mesa, um dos garotos que cuidam dos camelos abraça o outro, e os dois ficam sentados assim enquanto contemplam o sol. As dunas estão ficando da mesma cor do adobe e da luz azul-piscina das construções de Marrakech. Dois meninos abraçados. Para Less, isso é muito estranho. Deixa-o triste. Em seu mundo, ele nunca vê homens héteros fazendo isso. Assim como casais gays não podem andar de mãos dadas nas ruas de Marrakech, pensa ele, dois homens héteros, amigos, não podem andar de mãos dadas nas ruas de Chicago. Não podem se sentar numa duna como esses adolescentes, contemplando o pôr do sol abraçados. Esse amor de Tom Sawyer por Huck Finn.

O acampamento é um sonho. A começar pelo meio: uma fogueira cavada no chão cheia de ramos de acácia retorcidos, cercada de almofadas, de onde oito tapetes levam a oito tendas de lona, cada qual — de fora, nada além de uma barraquinha — abrindo-se para um país das maravilhas: cama de bronze cuja colcha tem espelhinhos minúsculos bordados, criados-mudos e luminárias de metal forjado, um lavatório e um vaso sanitário recatado atrás de um biombo entalhado, e uma cômoda e um espelho de corpo inteiro. Ao entrar, Less não consegue deixar de se perguntar: quem lustrou o espelho? Quem encheu o lavatório e limpou o vaso sanitário? E, já que começamos: quem trouxe essas camas de bronze para criaturas mimadas feito ele? Quem trouxe as almofadas e os tapetes? Quem disse: "É provável que eles gostem de colchas com espelhinhos"? No criado-mudo: uns dez livros em inglês, inclusive um do Peabody e obras de três escritores americanos terríveis que, como numa festa exclusiva em que se pode encontrar conhecidos banais, comprometendo a ideia de elegância não apenas da festa como da própria pessoa, parecem se virar para Less e dizer: "Ah, deixaram você entrar também?" E entre eles: o último de Finley Dwyer. Aqui no deserto do Saara, ao lado da cama de bronze. Obrigado, vida!

Do norte: um camelo blatera injúrias ao crepúsculo.

Do sul: Lewis grita que tem um escorpião na sua cama.

Do oeste: o tilintar de talheres conforme os beduínos põem a mesa do jantar.

Outra vez do sul: Lewis grita que ninguém se preocupe, era só um clipe de papel.

Do leste: o inglês gênio da tecnologia/dono de boate diz: "Pessoal, eu não estou me sentindo muito bem."

Quem sobrou? Apenas quatro pessoas no jantar: Less, Lewis, Zohra e Mohammed. Eles terminam o vinho branco junto à fogueira e se entreolham através das chamas; Mohammed fuma um cigarro, tranquilamente. É um cigarro mesmo? Zohra se levanta e avisa que vai se deitar, para ficar bonita no seu aniversário, boa noite, gente, e olhem essas estrelas! Mohammed desaparece na escuridão, e sobram apenas Lewis e Less.

— Arthur — diz Lewis no silêncio crepitante, recostando-se na almofada. — Fico feliz que você tenha vindo.

Less suspira e respira a noite. Acima deles, a Via Láctea paira sobre uma nuvem de fumaça. Ele se vira para o amigo.

— Feliz aniversário de casamento, Lewis.

— Obrigado. Clark e eu estamos nos divorciando.

Less se empertiga na almofada.

— *O quê?*

Lewis encolhe os ombros.

— Faz uns meses que a gente decidiu isso. Eu estava esperando para te contar.

— Espera, espera, espera, *o quê?* O que aconteceu?

— Shh, você vai acordar Zohra. E o outro fulano. — Ele se aproxima de Less, pegando a taça de vinho. — Você sabe quando eu conheci Clark. Em Nova York, na galeria de arte. A gente passou um tempo nesse namoro de ponte aérea, e eu finalmente pedi que ele morasse comigo em São Francisco. A gente estava no salão dos fundos do Art Bar, lembra, que usavam para comprar cocaína, a gente estava no sofá, e Clark disse: "Tudo bem, eu vou morar com você em São Francisco. Mas só por dez anos. Depois de dez anos, eu vou te deixar."

Less corre os olhos em volta, mas, é claro, não há ninguém com quem dividir sua perplexidade.

— Você nunca me contou isso!

— Pois é, ele disse: "Depois de dez anos, eu vou te deixar." E eu disse: "Ah, dez anos, isso parece bastante!" A conversa se limitou a isso. Ele pediu demissão do trabalho e deixou o apartamento que alugava sem a menor preocupação, ele não me importunou para decidirmos as panelas de quem a gente manteria e as de quem jogaria fora. Clark apenas foi morar comigo e adaptou a vida dele. Simples assim.

— Eu não sabia nada disso. Achei que vocês estavam juntos para sempre.

— É claro que você achou isso. Quero dizer, sinceramente, eu também achava.

— Desculpa, eu só estou surpreso.

— Depois de dez anos ele disse: "Vamos para Nova York." Por isso a gente foi para Nova York. Eu tinha esquecido complemente o acordo. Estava tudo tão bem, estávamos felizes juntos. A gente ficou num hotel no SoHo, em cima de uma loja de luminárias chinesas. E ele disse: "Vamos para o Art Bar." Por isso a gente pegou um táxi e se sentou no salão dos fundos, pediu uma bebida, e ele disse: "Bem, já se passaram dez anos, Lewis."

— Clark disse isso?! Conferindo a data de validade do casamento?

— Eu sei, ele não tem jeito. Ele beberia leite vencido se pudesse. Mas é verdade. Ele disse que tinham se passado dez anos. E eu disse: "Você está falando sério? Você vai me deixar, Clark?" E ele disse que não. Ele queria continuar.

— Ainda bem.

— Por mais dez anos.

— Que loucura, Lewis! É como um timer. Como se ele estivesse conferindo para ver se o tempo acabou. Você devia ter dado um soco na cara dele. Ou ele estava de brincadeira? Vocês estavam doidões?

— Não, não, talvez você nunca tenha visto esse lado de Clark. Ele é muito relapso, eu sei, deixa a cueca no banheiro, no lugar onde tirou. Mas Clark tem um lado muito prático. Foi ele que instalou os painéis de energia solar de casa.

— Clark me parece tão tranquilo. E isso é... isso é neurótico.

— Ele diria que é prático. Ou objetivo. Enfim, a gente estava no Art Bar, e eu disse: "Tudo bem, eu também te amo, vamos pedir champanhe." E não pensei mais no assunto.

— Até que dez anos depois...

— Alguns meses atrás. A gente estava em Nova York, e ele disse: "Vamos para o Art Bar." Aliás, você sabia que o lugar mudou completamente? Já não tem mais aquele ar sórdido nem nada. Tiraram o antigo mural da Última Ceia, e já não dá nem para conseguir cocaína. Graças a Deus, talvez, certo? E a gente se sentou nos fundos. Pedimos champanhe. E ele disse: "Lewis." Eu sabia o que estava vindo. Eu falei: "Já se passaram dez anos." E ele disse: "O que você acha?" A gente passou muito tempo bebendo. E eu falei: "Querido, acho que chegou a hora."

— Lewis. Lewis.

— E ele disse: "Eu também acho." E a gente se abraçou no sofá do salão dos fundos do Art Bar.

— As coisas não estavam dando certo? Você nunca me disse nada.

— Não, estava tudo ótimo.

— Então por que dizer que chegou a hora? Por que desistir?

— Porque, há alguns anos... Lembra que eu tive um emprego no Texas? Texas, Arthur! Mas pagava bem, e Clark disse: "Você tem todo o meu apoio, é importante, vamos até lá juntos, eu não conheço o Texas." E a gente pegou o carro e dirigiu, eram uns bons quatro dias de estrada, e cada um tinha o direito de estabelecer uma regra para a viagem. A minha era que só dormiríamos em lugares que tivessem letreiro de néon. A dele era que, aonde quer que a gente fosse, teria que comer o prato do dia. Se não tivesse um prato do dia, procuraríamos outro lugar. Ai, Arthur, as coisas que eu comi! Uma vez, o prato do dia era ensopado de caranguejo. No Texas.

— Eu sei, eu sei, você me disse. Essa viagem deve ter sido incrível.

— Acho que foi a melhor viagem de carro que a gente já fez; não parávamos de rir. Procurando letreiros de néon. Aí chegamos ao Texas, ele me deu um beijo de despedida e voltou para casa de avião, e lá estava eu para passar quatro meses. E eu pensei: *Isso foi muito agradável.*

— Eu não entendo. Parece que vocês estavam felizes.

— Estávamos. E eu também fiquei feliz na minha casinha do Texas, saindo para trabalhar. E pensei: *Isso foi muito agradável. Foi um casamento bastante agradável.*

— Mas você terminou com ele. Alguma coisa deu errado.

— Não! Não, Arthur, pelo contrário! Eu estou dizendo que foi um sucesso. Vinte anos de alegria, companheirismo e amizade são um sucesso. Vinte anos de qualquer coisa com outra pessoa são um sucesso. Se uma banda passa vinte anos junta, é um milagre. Se uma dupla de comediantes passa vinte anos junta, é uma vitória. A noite de hoje deu errado porque vai acabar daqui a uma hora? O sol deu errado porque vai acabar daqui a um bilhão de anos? Não, é a porra do *sol*! Por que um casamento não conta? Não faz parte de nós, do ser humano, ficar preso a uma pessoa para sempre. Gêmeos siameses são uma tragédia. Vinte anos e uma última viagem de carro. E pensei: *Isso foi muito agradável. Vamos terminar quando ainda estamos bem.*

— Você não pode fazer isso, Lewis. Vocês são Lewis e Clark. Lewis e a porra do Clark! São a minha única esperança de que um relacionamento gay pode durar.

— Ah, Arthur. Isso *é* durar. Vinte anos *é* durar! E isso não tem nada a ver com você.

— Eu só acho que é um erro. Você vai ficar sozinho e vai descobrir que não existe ninguém como Clark. E ele vai descobrir a mesma coisa.

— Ele vai se casar em junho.

— Ai, caralho.

— A bem da verdade, foi naquela viagem de carro que a gente conheceu um rapaz simpático no Texas. Um pintor de Marfa. Nós o conhecemos juntos, eles mantiveram contato e agora vão se casar. O rapaz é ótimo. É maravilhoso.

— Aparentemente, você vai ao casamento.

— Eu vou ler um poema no casamento.

— Você ficou maluco. Eu lamento que as coisas não tenham dado certo com Clark. Estou arrasado. Mas sei que não se trata de mim. Quero que você seja feliz. Mas você está iludido! Você não pode comparecer a esse casamento! Você não pode achar que está tudo bem, que está tudo ótimo! Você está na fase de negação. Está se divorciando do seu companheiro de vinte anos. E isso é triste. Não tem problema ficar triste, Lewis.

— É verdade que as coisas podem durar até a morte. E as pessoas continuam usando a mesma mesa, embora ela já esteja caindo aos pedaços, depois de ter sido reparada várias e várias vezes, só porque era da avó. É assim que as cidades viram cidades fantasmas. É assim que as casas viram brechós. E acho que é assim que envelhecemos.

— Você conheceu alguém?

— Eu? Eu acho que talvez eu vá viver sozinho. Talvez eu fique melhor sozinho. Talvez tenha sido sempre assim, mas, quando era jovem, eu sentia muito medo, e agora não sinto mais. Eu ainda tenho o Clark. Sempre posso ligar para pedir os conselhos dele.

— Mesmo depois de tudo?

— Mesmo depois de tudo, Arthur.

Eles conversam mais um pouco, e o céu muda acima deles até ficar muito tarde.

— Arthur — diz Lewis, a certa altura —, você ficou sabendo que o Freddy se trancou no banheiro na noite anterior ao casamento?

Mas Less não está ouvindo; está pensando em todas as vezes em que visitava Lewis e Clark, os jantares, as festas de Halloween, as noites que dormia no sofá deles, bêbado demais para voltar para casa.

— Boa noite, Arthur.

Lewis se despede do amigo com uma continência e desaparece na escuridão, então Less é deixado sozinho junto ao fogo minguante. Um pontinho brilhante chama sua atenção: o cigarro de Mohammed enquanto ele passa de tenda em tenda, fechando a abertura das barracas como se pusesse crianças para dormir. Na última tenda, o gênio da tecnologia geme na cama. Em algum lugar, um camelo reclama, seguido da voz de um garoto tranquilizando-o — será que eles dormem com os animais? Será que dormem debaixo desse baldaquino esplêndido, desse teto majestoso, dessa incrível manta espelhada, das estrelas? Veja: há estrelas suficientes para todo mundo hoje, e entre elas brilham os satélites, essas moedas falsas. Ele tenta pegar, mas não consegue, uma estrela cadente. Less, por fim, vai se deitar. Mas não consegue parar de pensar no que Lewis disse. Não a história dos dez anos, mas a ideia de ficar sozinho. Ele se dá conta de que, mesmo depois de Robert, jamais se permitiu, de fato, ficar sozinho. Mesmo aqui, nesta viagem: primeiro Bastian, depois Javier. Por que essa necessidade infinita de um homem como espelho? Para ver Arthur Less refletido nele? Ele está sofrendo, sem dúvida — a perda do amante, da carreira, do livro, da juventude —, então por que não cobrir os espelhos, botar um véu sobre o coração e se permitir viver o luto? Talvez devesse tentar a solidão.

Ele sorri consigo mesmo antes de adormecer. Solidão: impossível imaginar. É um estilo de vida que parece tão apavorante, tão avesso à natureza de Arthur Less quanto o estilo de vida de um náufrago numa ilha deserta.

A tempestade de areia só começa na alvorada.

* * *

Deitado na cama, seu romance aparece na sua mente. *Swift*. Que título. Que porcaria. *Swift*. Onde está a sua editora quando precisa dela? Sua editrix, como costumava chamá-la: Leona Flowers. Trocada há muitos anos no jogo de cartas do mundo editorial, mas Less se lembra de como ela pegava seus primeiros romances, truncados, a prosa grandiloquente, e os transformava em livros. Tão inteligente, tão engenhosa, tão hábil em convencê-lo do que cortar. "Esse parágrafo está tão bonito, tão especial", dizia, entrelaçando as mãos com unhas bem-cuidadas, "que vou guardá-lo para *mim*!" Onde Leona está? No alto de alguma torre, com um novo escritor preferido, usando as mesmas frases antigas: "Acho que a ausência do capítulo vai *ecoar* no romance inteiro." O que ela lhe diria? Mais agradável, tornar o personagem mais agradável. É o que todo mundo está dizendo: ninguém liga para o sofrimento de Swift. Mas como se faz isso? É como tentar se tornar mais agradável. E, aos 50 anos, reflete Less, sonolento, já se é o mais agradável possível.

A tempestade de areia. Tantos meses de planejamento, tanta estrada, tanto gasto, e ei-los aqui: presos enquanto o vento açoita as tendas, como um homem a sua montaria. Eles estão reunidos, os três (Zohra, Lewis e Less), na tenda grande reservada para as refeições, quente feito uma viagem de camelo e tão fétida quanto, com sua porta pesada de crina de cavalo, que se valeria de um banho, e os três visitantes, que se valeriam igualmente. Apenas Mohammed parece estar limpo e animado, embora diga a Less que foi despertado pela tempestade de areia e precisou correr para se abrigar (pois, de fato, dormiu ao ar livre).

— Bem — anuncia Less, por cima do café e do pão pita com mel —, nos foi dada a chance de ter uma experiência diferente da que estávamos esperando.

Zohra recebe o comentário com a faca de manteiga erguida; amanhã é o aniversário dela. Mas eles precisam se render à areia.

Passam o resto do dia bebendo cerveja e jogando cartas, e Zohra depena os dois.

— Eu vou me vingar — ameaça Lewis.

Eles vão para a cama e, pela manhã, descobrem que, tal qual um convidado inconveniente, a tempestade não tem a menor intenção de ir embora, e, para piorar, Lewis se provou profético: ele também está passando mal. Fica deitado na cama espelhada, transpirando, gemendo "Me matem, me matem!" enquanto o vento sacode a tenda. Mohammed aparece, de índigo e violeta, cheio de pesar.

— A tempestade é só nas dunas. Saindo do deserto, não tem nada.

Ele sugere botar Lewis e Josh nos jipes e voltarem todos para M'Hamid, onde pelo menos há um hotel e um bar com televisão, onde os outros, os correspondentes de guerra, a violinista e o modelo, aguardam. Zohra, apenas os olhos visíveis entre as dobras do cheche verde, pisca em silêncio.

— Não — responde afinal, virando-se para Less, arrancando o lenço. — Não, é o meu aniversário, porra! Podem jogar os outros em M'Hamid. Mas *nós* vamos para algum lugar, Arthur! Mohammed, para onde você pode nos levar que seja um lugar inacreditável?

Não é inacreditável que o Marrocos tenha uma estação de esqui suíça? Pois é para lá que Mohammed os leva, fugindo da tempestade de areia, atravessando cânions profundos, onde há hotéis encravados nos rochedos, e os alemães, ignorando os hotéis, acampam na beira do rio, em Westfalias caindo aos pedaços; depois de cidades que, como numa lenda do folclore, parecem habitadas apenas por ovelhas; depois de cachoeiras e açudes, madraçais e mesquitas, casbás e ksars, e uma cidadezinha (parada para o almoço) onde o vizinho marceneiro recebe a visita de uma mulher toda de azul-petróleo que pega as aparas de madeira para jogá-las na entrada de casa, onde, aparentemente, o gato dela urinou, e onde os meninos se reúnem no que primeiro parece ser uma escola ao ar livre e depois (quando começa o fuzuê) revela-se uma partida de futebol televisionada; passando por platôs calcários; subindo as estradinhas sinuosas do Médio Atlas, até a vegetação mudar, de árvores frondosas para pinheiros, onde, ao passar por uma floresta, Mohammed diz "Fiquem de olho nos animais!", e no começo eles não veem nada, até Zohra dar um grito, apontando para onde se encontram, num estrado de madeira e encarando-os como se tivessem sido interrompidos no meio do chá (ou *déjeuner sur l'herbe*), um grupo impassível de macacos-de-gibraltar ou, como ela chama: "Miquinhos!" O resto do grupo está longe agora, em M'Hamid, e Less e Zohra estão sozinhos, sentados no bar escuro do resort alpino, em poltronas de couro, com taças do brandy da região, debaixo de um imenso lustre de cristal, diante de um cenário de cristal. Eles comeram torta de pombo. Mohammed está sentado junto ao balcão, tomando uma bebida energética. A roupa de deserto se foi; ele agora está mais uma vez de camisa polo e calça jeans. É aniversário de Zohra. Vai ser o aniversário de Less à meia-noite, daqui a mais ou menos duas horas. A satisfação chegou, afinal, num camelo posterior.

— E tudo isso — pergunta Zohra, afastando o cabelo do rosto —, toda essa viagem, Arthur, só para não comparecer ao casamento do seu namorado?

— Ele não era um namorado. E foi mais para evitar confusão — responde Less, sentindo-se enrubescer.

Eles são os únicos hóspedes no bar. Os barmen — dois homens de colete de vaudeville listrado — parecem decidir sobre o intervalo para fumar com uma conversa fiada sussurrada e frenética digna de um número de comédia. Less estava contando a Zohra sobre a viagem, e de alguma forma a bebida soltou a sua língua.

Zohra usa um terninho dourado e brincos de diamante; eles fizeram o check-in no hotel, tomaram banho, trocaram de roupa, e ela exala perfume. Com certeza, quando fez a mala para a viagem de aniversário, escolheu esses artigos para outra pessoa que não Less. Mas foi ele que lhe coube. Less está usando, é claro, o terno azul.

— Sabe de uma coisa? — diz Zohra, estendendo o copo e encarando-o. — Essa bebida me lembra da minha avó na Geórgia. O país, não o estado americano. Ela preparava uma coisa exatamente assim.

— Só me pareceu melhor — continua Less, ainda sobre Freddy — fugir. E dar uma nova vida a esse livro.

Zohra toma um gole do brandy e contempla a vista noturna.

— Meu amor também me deixou — confidencia.

Less fica em silêncio por um momento, então diz de súbito:

— Ah! Ah, não, ele não me deixou...

— Era para Janet estar aqui. — Zohra fecha os olhos. — Arthur, você está aqui porque surgiu uma vaga e Lewis disse que tinha um amigo; é por isso que você está aqui. É maravilhoso que você tenha vindo. Quero dizer, só sobrou você. O resto do grupo é fraco *pra caralho*. O que aconteceu com todo mundo? Fico feliz que você esteja aqui. Mas vou ser sincera com você. Eu preferia que fosse ela.

Por algum motivo, jamais ocorreu a Less que ela fosse lésbica. Talvez ele seja mesmo um péssimo gay.

— O que aconteceu? — pergunta.

— O que mais pode ter acontecido? — lamenta Zohra, tomando um gole da sua tacinha. — Ela se apaixonou. Ela ficou louca.

Less murmura algo solidário, mas Zohra está perdida em si mesma. No balcão, o homem mais alto parece ter ganhado e se dirige a passos largos até a varanda. O homem mais baixo, careca senão por um pequeno oásis, observa o amigo com uma ânsia evidente. Lá fora: a vista talvez de Gstaad ou de St. Moritz. A extensa floresta escura de macacos adormecidos, o campanário românico de um rinque de patinação no gelo, o céu negro e gelado.

— Ela me disse que encontrou o amor da vida dela — desabafa Zohra afinal, ainda olhando para a janela. — A gente lê poemas sobre isso, ouve histórias, ouve os sicilianos falando de terem sido atingidos por um raio. Sabemos que não existe o amor da nossa vida. O amor não é assustador assim. É levar a porra do cachorro para passear, para que a outra pessoa possa continuar dormindo, é fazer a declaração do imposto de renda, é limpar o banheiro sem ressentimento. É ter um aliado na vida. Não é nenhum incêndio, nenhum raio. É o que ela sempre teve comigo. Não é? Mas e se ela estiver certa, Arthur? E se os sicilianos estiverem certos? Que é mesmo esse negócio que faz a terra tremer? Algo que eu nunca senti. Você já sentiu?

Less começa a respirar de forma irregular.

Ela se vira para ele:

— E se um dia você conhecer alguém, Arthur, e a sensação for de que jamais poderia ser outra pessoa? Não porque as outras pessoas sejam menos bonitas, ou bebam demais, ou tenham problemas na cama, ou precisem botar todos os livros em ordem alfabética e organizar a merda do lava-louça de um jeito com o qual não dá para conviver. Mas porque elas não são aquela pessoa. Essa mulher que a Janet conheceu. Talvez seja possível passar a vida inteira sem conhecer essa pessoa, achando que o amor é todas aquelas outras coisas, mas, se conhecemos, valha-nos Deus! Porque aí: *bum*! Estamos fodidos. Como a Janet. Ela arruinou a nossa vida por causa disso! Mas e se for real?

Ela agora segura com força o braço da poltrona.

— Zohra, eu sinto muito.

— É assim com esse Freddy?

— Eu... Eu...

— O cérebro está tão errado o tempo todo — continua ela, virando-se outra vez para a paisagem escura. — Errado sobre as horas, e sobre as pessoas, e sobre onde se sente em casa: errado, errado, errado. O cérebro mentiroso.

Essa insanidade, a insanidade da namorada, deixou-a desnorteada, e magoada, e furiosa. E, no entanto, o que ela disse — sobre o cérebro mentiroso — é familiar; aconteceu com ele. Não exatamente assim, não a loucura absoluta, assustadora, mas Less sabe que seu cérebro lhe disse coisas que ele deu a volta ao mundo para esquecer. Sem dúvida, não se pode confiar na mente.

— O que é o amor, Arthur? O quê? — pergunta ela. — É a coisa boa que eu tive com Janet durante oito anos? É essa coisa boa? Ou é o raio? A loucura destrutiva que atingiu a minha mulher?

— Isso não me parece algo muito feliz — é tudo que Less consegue dizer.

Ela balança a cabeça.

— Arthur, a felicidade é uma bobagem. Essa é a sabedoria que transmito para você das minhas vinte e duas horas como cinquentenária. É a sabedoria da minha vida amorosa. Você vai entender tudo à meia-noite. — É evidente que ela está bêbada. Lá fora, o barman, tremendo, fuma com vontade. Ela cheira o copo de brandy e diz: — Minha avó georgiana fazia uma bebida exatamente assim.

Aquilo ressoa nos ouvidos dele: *É a coisa boa? É a coisa boa?*

— É. — Ela sorri com a lembrança e aspira novamente o copo. — Tem mesmo o cheiro do *cha-cha* da minha avó!

É cha-cha demais para a aniversariante, e, às onze e meia, Less e Mohammed a levam para o quarto, onde ela sorri e agradece. Ele a acomoda, alegremente bêbada, na cama. Ela fala em francês com Mohammed, que a consola na mesma língua e depois outra vez em inglês. Enquanto Less ajeita o lençol, ela balbucia:

— Ai, isso foi ridículo, Arthur, me desculpa.

Enquanto fecha a porta, ele se dá conta de que vai passar o aniversário de 50 anos sozinho.

Less se vira; sozinho, não.

— Mohammed, quantas línguas você fala?

— Sete — responde o guia, animado, avançando a passos largos para o elevador. — Eu aprendo da escola. Riem do meu árabe quando vou para a cidade, é ultrapassado, aprendi na escola berbere, por isso preciso me esforçar. E de turistas! Desculpe, ainda aprendendo sua língua. E você, Arthur?

— Sete! Meu Deus! — O elevador é todo espelhado, e, quando a porta se fecha, Less se vê diante de uma visão: infinitos Mohammeds de camisa polo vermelha ao lado de infinitas versões do seu pai aos 50 anos, o que é o mesmo que dizer ele próprio. — Eu... Eu falo inglês e alemão...

— Ich auch! — exclama Mohammed. O que se segue é traduzido do alemão: — Eu morei por dois anos em Berlim. Que música chata!

— Eu tenho vindo de lá! Excelente é seu alemão.

— E o seu é bom. Chegamos, você primeiro, Arthur. Está pronto para o seu aniversário?

— Eu estou medo da velhice.

— Não seja assustado. Cinquenta não é nada. Você é um cara bonito, e saudável, e rico.

Ele quer dizer que não é rico, mas se contém.

— Qual quantidade de ano você tem?

— Eu tenho 53. Está vendo, não é nada. Nadinha de nada. Vamos arrumar uma taça de champanhe para você.

— Eu estou medo da velhice, eu estou medo da solidão.

— Você não tem do que temer.

Mohammed se vira para a mulher que assumiu o lugar atrás do balcão, que é da altura dele com o cabelo preso num rabo de cavalo, e fala com ela no dialeto marroquino do árabe. Talvez esteja pedindo champanhe para o americano que acaba de completar 50 anos. A mulher abre um sorriso para Less, ergue as sobrancelhas e diz alguma coisa. Mohammed dá uma risada; Less apenas os encara com seu sorriso de idiota.

— Feliz aniversário, senhor — deseja ela, em inglês, servindo uma taça de champanhe francês. — Esse é por minha conta.

Less se oferece para pagar uma bebida para Mohammed, mas o guia só toma energético. Não por causa do islã, explica; ele é agnóstico.

— Porque álcool me deixa louco. Louco! Mas eu fumo haxixe. Quer?

— Não, não, hoje não. Haxixe me deixa louco. Mohammed, você é um guia turístico mesmo?

— Eu preciso para sobreviver — responde Mohammed, de súbito acanhado. — Mas, na verdade, eu sou escritor. Igual a você.

Como Less pode se enganar tanto sobre o mundo? De novo e de novo. Onde fica a saída nesses momentos? Onde fica a porta dos burros?

— Mohammed, é uma honra estar com você nessa noite.

— Eu sou grande fã de *Kalipso*. Claro, li não o inglês, mas o francês. É uma honra estar com você. E feliz aniversário, Arthur Less.

Agora provavelmente Tom e Freddy estão fazendo as malas; os dois estão muitas horas à frente, afinal, e no Taiti é meio-dia. Sem dúvida, o sol já esquenta a praia como a forja de um ferreiro. Os noivos dobram as camisas de linho, as calças e os paletós de linho, ou melhor: Freddy os dobra. Less se lembra de que era sempre Freddy que fazia as malas enquanto ele descansava no sofá do hotel.

— Você é rápido e desleixado demais — reclamou Freddy, naquela última manhã em Paris. — E tudo sai amarrotado. Está vendo, olha isso.

Ele estendeu os paletós e as camisas em cima da cama, como se fossem roupas de uma grande boneca de papel, dispôs as calças e os suéteres por cima e dobrou tudo numa trouxa. As mãos nos quadris, abriu um sorriso triunfante (aliás, todos estão completamente nus nessa cena).

— E agora? — perguntou Less.

Freddy encolheu os ombros.

— Agora a gente só bota na mala.

Mas, é claro, esse bolo alimentar era grande demais para a mala engolir, não importa o quanto Freddy insistisse, e, depois de muitas tentativas, ele acabou rearranjando tudo em duas trouxas, que acomodou em duas malas. Vitorioso, dirigiu um olhar presunçoso para Less. Emoldurado pela janela, com aquela silhueta esguia do começo dos 40 anos, a chuva primaveril de Paris pontilhando o vidro, o ex-amante de Freddy assentiu e perguntou:

— Sr. Pelu, você guardou tudo nas malas; agora o que você vai vestir?

Freddy o atacou com furor, e, na meia hora seguinte, eles não vestiram nada.

Sim, com certeza o sr. Pelu está fazendo as malas.

Sem dúvida é por isso que ele não liga para desejar a Less feliz aniversário.

E agora Less está na varanda do hotel suíço, contemplando a cidade congelada. O parapeito tem, de forma absurda, cucos entalhados, todos com o bico pontudo saliente. Na taça: o restinho do champanhe. Agora ele vai para a Índia. Trabalhar no romance, no que deveria ser uma mera lapidada final e agora parece se tratar de destruir o romance inteiro para recomeçá-lo. Trabalhar no enfadonho, egocêntrico, deplorável, risível personagem Swift. O personagem pelo qual ninguém sente pena. Agora ele tem 50 anos.

Todos reconhecemos a dor em momentos que deveriam ser de celebração; é o sal na sobremesa. Os generais romanos não contratavam escravos para marcharem ao seu lado num desfile triunfante e lembrá-los de que eles também morreriam? Mesmo o narrador deste livro, certa manhã, depois do que deveria ter sido uma ocasião feliz, foi encontrado tremendo na beira da cama (cônjuge: "Eu realmente gostaria que você não estivesse chorando agora"). Criancinhas, despertadas certa manhã com um: "Agora você tem 5 anos!"... Elas não gritam desesperadas com a descida do universo ao caos? O sol morre aos poucos, os braços das galáxias espirais se expandem, as moléculas se afastam umas das outras, segundo após segundo, em direção à inevitável morte térmica — não deveríamos todos gritar desesperados para as estrelas?

Mas há quem exagere mesmo. É só um aniversário, afinal.

Existe uma antiga história árabe sobre um homem que descobre que a Morte está vindo buscá-lo, por isso ele foge para Samarra. Mas, quando chega lá, encontra a Morte na feira, e a Morte diz:

— Sabe, eu tirei o dia de folga para vir a Samarra. Ia deixar você para outra hora, mas que sorte você ter vindo também!

E o homem é levado, afinal.

Arthur Less deu meia volta ao mundo numa cama de gato de convites para viagens, trocando de voos e fugindo de uma tempestade de areia na cordilheira do Atlas, como alguém apagando seu rastro ou passando a perna num caçador — e, no entanto, o Tempo sempre o esteve esperando aqui. Num resort alpino nevado. Com cucos. É claro que o Tempo seria suíço. Ele toma o restante do champanhe. E pensa: *É difícil sentir pena de um homem branco de meia-idade.*

De fato: nem Less consegue mais sentir pena de Swift. Como a pessoa que nada no inverno, dormente demais para sentir frio, Arthur Less está triste demais para sentir pena. De Robert, sim, respirando por intermédio de um tubo, em Sonoma. De Marian, cuidando do quadril quebrado, o que pode deixá-la confinada à cama para sempre. De Javier, com seu casamento, e mesmo de Bastian, com seus times trágicos. De Zohra e Janet. Do também escritor Mohammed. Sua compaixão corre o mundo, as asas abertas feito as de um albatroz. Mas ele não consegue mais sentir pena de Swift — que agora se tornou uma górgona do ego masculino caucasiano, com cabelo de serpentes, vagando pelo livro e transformando todas as frases em pedra —, assim como não consegue sentir pena de si mesmo.

Ouve a porta da varanda se abrir e vê o barman baixinho, retornando do intervalo para fumar. O homem aponta para um cuco do parapeito e fala com ele num francês perfeitamente inteligível (se pelo menos Less entendesse francês).

Risível.

Arthur Less — ele de repente fica imóvel, como se fica quando se está prestes a matar um pernilongo. Não deixa escapar. As distrações pedem sua atenção — Robert, Freddy, 50 anos, Taiti, flores, o barman apontando para a manga do paletó —, mas Less não quer ceder. Não deixa escapar. Risível. Sua mente se concentra num ponto de luz. E se não for um livro comovente, melancólico? E se não for a história de um homem de meia-idade angustiado, caminhando pela cidade, lembrando-se do passado e temendo o futuro; um peripatetismo de humilhação e arrependimento; a erosão da alma masculina? E se não for nem sequer triste? Por um instante, o livro inteiro se revela para ele, como aqueles castelos reluzentes que aparecem para os homens que se arrastam no deserto...

E desaparece. A porta da varanda se fecha, a manga do terno azul continua presa no bico de um cuco (o rasgo está a alguns segundos no futuro). Mas Less não percebe; ele está se aferrando ao único pensamento que resta. AH ah ah ah, irrompe a risada lessiana.

Swift não é um herói. Ele é um tolo.

— Ora, ora — murmura, para o ar da noite. — Feliz aniversário, Arthur Less.

Só para constar: a felicidade não é uma bobagem.

LESS INDIANO

Para um menino de 7 anos, o tédio de ficar sentado num aeroporto se equipara apenas ao tédio de ficar deitado convalescente na cama. Esse menino específico, de cuja vida um seis mil avos foi desperdiçado neste aeroporto, já vasculhou todos os compartimentos da bolsa da mãe e não encontrou nada interessante além de um chaveiro feito de cristais de plástico. Ele está considerando a lixeira — a tampa giratória guarda possibilidades — quando nota, do outro lado do vidro, o americano. O menino ainda não tinha visto nenhum hoje. Observa o homem com o mesmo fascínio desprendido, inclemente, com que observou os escorpiões robóticos que contornam o ralo das pias do banheiro do aeroporto. Epicamente alto, brutalmente loiro, o americano se exibe de calça e camisa largas de linho bege, sorrindo para o aviso com instruções para a escada rolante. O aviso, tão minucioso que chega a incluir conselhos sobre a segurança de animais de estimação, é mais comprido que a própria escada rolante. Isso parece divertir o americano. O menino vê o homem apalpar todos os bolsos e assentir, satisfeito. Ele volta os olhos para o painel de voos do aeroporto, acompanhando o romance efêmero de voos e portões, e se dirige a uma fila. Embora todos já tenham passado por, pelo menos, três pontos de controle de segurança, um homem no início da fila pede que as pessoas mostrem o passaporte e a passagem mais uma vez. Essa verificação supérflua também parece divertir o americano. Mas é justificada: pelo menos três indivíduos estão prestes a embarcar no voo errado. O americano é um deles. Quem sabe que aventuras o aguardavam em Hyderabad? Jamais saberemos, pois lhe indicam outro portão: Thiruvananthapuram. Ele fica absorto no notebook. E logo um funcionário está correndo para cutucar o ombro do americano, que se levanta às pressas para correr para o voo que ele está mais uma vez prestes a perder. Os dois desaparecem juntos por um corredorzinho. O menino, já ligado à comédia, apesar da pouca idade, cola o nariz no vidro e aguarda o inevitável. Instantes depois, o americano retorna para pegar a mochila esquecida e desaparece outra vez, agora pra valer. O menino inclina a cabeça, o tédio ressurgindo. A mãe pergunta se ele quer fazer xixi, e ele responde que sim, só para ver os escorpiões de novo.

— Aqui ficam as formigas-pretas; elas são as suas vizinhas. Perto dali fica a Elizabeth, a cobra-rateira-preta, que é amiga do pastor, embora ele tenha dito que a mataria de bom grado, caso você quisesse. Mas aí os ratos vão se proliferar. Não tenha medo do mangusto. Não dê trela para os cachorros de rua; eles não são nossos. Não abra as janelas, porque os morcegos vão querer fazer uma visita, e talvez os macacos. E, se sair à noite, pise com força no chão para assustar outros animais.

Less pergunta que outros animais poderia haver.

Rupali responde, um tanto solene:

— É melhor não saber.

Retiro literário numa colina sobre o mar Arábico, por sugestão de Carlos, seis meses atrás — foi uma longa viagem, mas Less finalmente chegou. O temido aniversário, o temido casamento, tudo isso ficou para trás; à frente, há o livro, e, com uma ideia de como prosseguir, ele enfim vai ter uma chance de consertá-lo. No passado, as inquietações da Europa e do Marrocos; no presente, apenas as inquietações do aeroporto de Déli, do aeroporto de Chennai, do aeroporto de Thiruvananthapuram. Em Thiruvananthapuram, ele foi recebido por uma mulher aparentemente encantada, a gerente Rupali, que com graciosidade o conduziu pelo estacionamento fumegante até um Tata branco, dirigido, mais tarde ele ficaria sabendo, por um parente. O motorista estava orgulhoso ao mostrar uma TV no painel do carro; Less estava alarmado. E assim eles partiram. Rupali, uma mulher magra e elegante, com uma trança preta primorosa e o perfil refinado de um césar numa moeda, tentou conversar com ele sobre política, literatura e arte, mas Less estava enfeitiçado demais com o trajeto.

Não era nada do que Less esperava, o sol flertando com ele entre as árvores e as casas; o motorista correndo por uma estrada cheia de buracos, à beira da qual o lixo se amontoava, como se tivesse sido levado até ali pelo mar (e o que primeiro parecia uma praia junto a um rio revelou-se ser o acúmulo de um milhão de sacos plásticos, como um recife de coral é o acúmulo de um milhão de animaizinhos); a série interminável de lojas, como se fossem feitas de uma única cerca de concreto ininterrupta, pintada com diferentes letreiros, anunciando frangos e remédios, caixões e telefones, peixes ornamentais e cigarros, chá quente e comida caseira, comunismo, colchões, artesanato, comida chinesa, corte de cabelo, halteres e ouro a peso; os templos baixos, quase planos, surgindo a intervalos regulares, como os bolos retangulares e coloridos, com uma elaborada cobertura de glacê, mas intragáveis, expostos na padaria da infância de Less; as mulheres sentadas na beira da estrada com cestos de peixes prateados e cintilantes, arraias aterrorizantes e lulas, com seus olhos de desenho animado; os incontáveis homens nas casas de chá, nas lojas de variedades, nas farmácias, vendo Less passar; o motorista se desviando de bicicletas, motos e caminhões (mas poucos carros), serpenteando freneticamente pelo trânsito, lembrando a Less a ocasião na Disney World em que sua mãe o levou com a irmã a uma atração extravagante baseada em *O vento nos salgueiros* — atração que acabou sendo um tenso poço de trauma. Nada, absolutamente nada aqui é o que ele esperava.

Rupali o conduz por uma trilha de terra vermelha. As pontas da echarpe cor-de-rosa voam no encalço dela.

— Essa — anuncia, indicando uma flor roxa — é a dez horas. Ela abre às dez e fecha às cinco.

— Como o Museu Britânico.

— Também tem uma quatro horas — explica Rupali. — E a sonolenta, que abre ao amanhecer e fecha ao pôr do sol. Aqui as plantas são mais pontuais que as pessoas. O senhor vai ver. E essa planta é dormideira. — Ela encosta seu *chappal* numa pequena samambaia, que imediatamente se encolhe ao toque, dobrando as folhas para dentro. Less fica apavorado. Eles chegam ao local em que há uma brecha entre os coqueiros. — Aqui temos uma vista possivelmente inspiradora.

Sem dúvida é: o penhasco que dá para um mangue em cuja beirada o mar Arábico açoita o litoral com a inclemência de um inquisidor, formando uma espuma branca das ondas na areia pálida e impenitente. Ao lado dele, na encosta do despenhadeiro, os coqueiros emolduram um cenário com aves e insetos, tão repleto de vida quanto as águas de um recife de coral: águias-de-cabeça-branca e abutres-de-cabeça-vermelha planam em duplas bem no alto, e um bando de corvos irritados confabula na copa das árvores, e, ali perto, libélulas biplanas, pretas e amarelas, brigam alvoroçadas na entrada de uma casinha.

— E essa é a sua casinha.

O chalé, assim como as outras construções, é de estilo sul-indiano: todo de tijolos, com telhas sobre uma treliça de madeira que deixa entrar o ar. Mas o chalé é pentagonal e, curiosamente, em vez de manter o espaço livre, os arquitetos o dividiram, como a concha de um náutilo, em "cômodos" cada vez menores, até alcançar o fim da sua engenhosidade numa mesinha minúscula com uma imagem embutida da Última Ceia. Less passa algum tempo a encarando com curiosidade.

Os rastros se perderam, por isso é difícil saber se, na sua pressa, Less deixou escapar alguma informação crucial ou se ela foi delicadamente sonegada por Carlos Pelu, mas, em vez de ser um típico retiro para artistas, providencial para se terminar um livro, um lugar repleto de arte, oferecendo três refeições vegetarianas ao dia, um tapete de ioga e chá ayurvédico, Arthur Less fez reserva num centro de retiro cristão. Ele não tem nada pessoal contra Jesus; embora tenha sido criado unitarista — com sua flagrante omissão de Jesus e um livro de hinos tão heterodoxo que Less demorou alguns anos para entender que "Ressaltar o lado positivo" não fazia parte do Livro de Oração Comum —, Less é, tecnicamente, cristão. Não existe outra palavra para a pessoa que comemora o Natal e a Páscoa, mesmo que em trabalhos escolares. E, mesmo assim, ele fica um tanto decepcionado. Viajar até o outro lado do mundo para encontrar uma marca que ele poderia comprar em casa.

— A missa é na manhã de domingo, é claro — lembra Rupali, indicando a igrejinha cinzenta que, em meio àquelas construções alegres, mostra-se séria feito um inspetor de recreio. Portanto, aqui ele reescreverá o romance. Com a ajuda de Deus. — E chegou uma carta para o senhor.

Um envelope na mesinha em miniatura, abaixo da imagem de Judas. Less abre a carta e a lê: "Arthur, me avise quando chegar, estarei no resort, espero que você tenha chegado inteiro." Papel timbrado, assinado: "Seu amigo, Carlos."

Depois que Rupali se retira, Less pega na mala as famosas faixas elásticas.

— Você já reparou — pergunta Rupali, algumas manhãs depois, durante o café da manhã, na casa principal, uma construção baixa de tijolos, uma espécie de fortaleza sobre o oceano — que a manhã é muito mais melódica que a noite?

Ela está falando dos pássaros, que acordam em harmonia e dormem em discórdia. Mas Less só consegue pensar na algazarra própria à Índia: a competição sonora espiritual.

Tudo parece começar antes da alvorada, com os muçulmanos, quando uma mesquita no fim do mangue anuncia suavemente, numa voz de acalanto, o chamado para a oração matutina. Para não se deixar vencer, os cristãos passam a entoar hinos com uma pegada pop que duram entre uma e três horas. A isso se segue o sopro do que parece um mirlitão, alegre, embora alto demais, do templo hindu, lembrando a Less o caminhão de sorvete da sua infância. Depois vem outro chamado para oração. Então os cristãos decidem tocar sinos de bronze. E por aí vai. Há sermões, e coros, e apresentações ensurdecedoras de tambores. Assim as religiões se alternam ao longo do dia, como num festival de música, cada vez mais alto, até que, durante a cacofonia do pôr do sol, os muçulmanos, que começaram tudo, declaram vitória emitindo não apenas o chamado para a oração noturna como a própria oração, inteira. Depois disso, a selva aquieta. Talvez seja a única contribuição dos budistas. Toda manhã, recomeça.

— Me avise — diz Rupali — sobre o que podemos fazer para ajudar com a sua escrita. Você é o nosso primeiro escritor.

— Seria ótimo se tivesse uma mesa de escritório — sugere Less, na esperança de se libertar de sua concha. — E um alfaiate. Eu rasguei o meu terno no Marrocos e acho que perdi a minha agulha de costura.

— Vamos cuidar dessas coisas. O pastor deve conhecer um bom alfaiate.

O pastor.

— E paz e tranquilidade. Eu preciso disso, acima de tudo.

— Claro, claro, claro — promete ela, balançando a cabeça, e os brincos dourados se agitam de um lado para o outro.

* * *

Retiro literário numa colina sobre o mar Arábico. Aqui, ele vai matar o livro antigo, arrancar dele a carne desejada, remendá-la ao material totalmente novo, eletrocutá-la com inspiração e fazê-la se erguer da tumba e seguir para a Cormorant Publishing. Aqui, neste quartinho. Há tantas coisas para inspirá-lo: o rio verde-acinzentado que corre lá embaixo, entre coqueiros e mangues. Na outra margem, Less vê um touro preto reluzindo ao sol, glorioso, com duas manchas brancas feito meias nas patas traseiras, mais como uma pessoa transformada em touro que um touro de verdade. Um pouco adiante, há a fumaça branca de um incêndio na floresta. Tanta coisa. Ele se lembra (equivocadamente) de algo que Robert lhe disse certa vez: "O tédio é a única desgraça do escritor; tudo o mais é material de escrita." Robert jamais disse nada parecido. O tédio é essencial para o escritor; é a única hora em que ele *escreve*.

Correndo os olhos pelo quarto, à procura de inspiração, Less vê o terno azul rasgado, pendurado no guarda-roupa, e chega à conclusão de que *isso* é a prioridade. O livro é deixado de lado.

O pastor é uma miniatura bronzeada do Groucho Marx numa batina abotoada no ombro, como um uniforme de fast food, simpático e ansioso, como Rupali mencionou, para matar sua amiga cobra. Também possui um talento inventivo que os adultos só têm em livros infantis: uma casa com coletores de chuva e canos de bambu, que levam água para a cisterna comunal, e uma maneira de transformar restos de comida em gás de cozinha, com uma mangueira que vai direto para o fogão. E tem sua filha de 3 anos, que anda por aí sem usar nada além de um colar de diamante falso (quem não andaria, se pudesse?). Ela sabe contar, em inglês, metódica feito um carrinho subindo uma montanha, até o número catorze — e, quando as rodas se soltam: "Vinte e um!", grita, cheia de alegria. "Dezoito! Quarenta e três! Vinte e onze! Onzeno!"

— Senhor Arthur, o senhor é escritor — diz o pastor, quando eles estão em frente à casa. — Quero que o senhor pergunte: "Por quê?" Para tudo que parece estranho aqui, ou burrice, pergunte: "Por quê?" Por exemplo, capacetes de moto.

— Capacetes de moto — repete Less.

— O senhor já deve ter reparado que todo mundo usa; é a lei. Mas ninguém prende a fivela. Certo?

— Não tive a oportunidade de sair muito...

— Ninguém prende a fivela, então de que adianta? Por que usar o capacete se ele vai sair? Burrice, certo? Parece uma coisa tipicamente indiana, tipicamente absurda. Mas pergunte: "Por quê?"

Less não resiste:

— Por quê?

— Porque *existe* um motivo. Não é burrice. É porque não dá para fazer uma ligação se a fivela estiver presa. Durante o trajeto de duas, três horas para casa. E aí o senhor deve estar pensando: por que ligar quando se está dirigindo? Por que não parar no acostamento? Burrice, certo? Sr. Less, olha para a estrada. Olha. — Less vê uma fileira de mulheres, todas usando sáris de cores vibrantes com remate dourado, algumas carregando bolsas, outras carregando latas na cabeça, avançando entre as pedras e o mato junto ao asfalto esfarelado. O pastor abre os braços. — *Não tem acostamento.*

Com o pastor, Less aprende o caminho para o alfaiate, que ele encontra dormindo ao lado da máquina de costura, com o cheiro inconfundível de uísque Signature. Less reflete se deve ou não acordá-lo, mas um cachorro de rua preto e branco aparece, latindo para ambos, e o homem desperta por conta própria. Automaticamente, joga uma pedra no cachorro, que desaparece. *Por quê?* Ele nota a presença de Less. Abre um sorriso para o nosso protagonista. Justifica a barba por fazer, indicando a barba do próprio Less.

— Quando o dinheiro vier, vamos nos barbear.

Less responde que sim, possivelmente, e mostra o terno. O homem agita a mão diante da facilidade do reparo.

— Volte amanhã, a essa hora — pede, e ele e o famoso terno desaparecem na loja.

Less sente a dor súbita da separação, então respira fundo e se vira para descer a colina, em direção à cidade. Pretende vagar por uns quinze minutos e depois voltar direto ao trabalho.

Quando passa outra vez pela loja, duas horas depois, sua camisa está suada e a face avermelhada. O cabelo está mais curto, e a barba se foi. O alfaiate sorri, apontando para o próprio queixo; ele de fato pagou para ir ao barbeiro. Less o cumprimenta e continua subindo a colina. É interrompido várias vezes pelos vizinhos que arriscam seu inglês e oferecem chá, ou uma visita a suas casas, ou uma carona para a igreja. Quando chega de volta ao quarto, lembrando-se de que não há chuveiro, ele enche o balde de plástico vermelho, se despe e se banha na água fria. Ele se seca, se veste e se senta para escrever.

— Olá! — grita alguém, do lado de fora do chalé. — Eu vim medir o senhor para a mesa!

— Para quê? — pergunta Less.

— Medir o senhor para a mesa.

Quando aparece na porta, de roupa úmida, há de fato um homem corpulento e careca, com o bigode ralo de um adolescente, sorrindo e estendendo uma fita métrica de pano. Ele pede a Less que se sente na cadeira de vime da varanda para tirar suas medidas; então se despede com uma reverência. *Por quê?* Em seguida, surge um adolescente com bigode de adulto, que anuncia:

— Eu vou levar a sua cadeira. Em meia hora, tem uma cadeira nova.

Less se pergunta o que está acontecendo aqui; certamente é um mal-entendido, e uma dificuldade para o garoto. Mas não consegue chegar a uma conclusão, por isso sorri e diz: "Claro." O garoto se aproxima da cadeira com o cuidado de um domador de leões, então a agarra e vai embora. Less contempla o mar, encostado num coqueiro. Quando volta os olhos para casa, o cachorro preto e branco está na entrada, agachando-se, prestes a defecar. O animal olha para Less. Ele caga mesmo assim.

— Ei! — grita Less, e o cachorro desaparece.

Sem mesa, ele está, é claro, impossibilitado de trabalhar, por isso assiste ao entretenimento oferecido: o mar. Exatamente meia hora depois, o menino retorna... com uma cadeira idêntica. Ele a deixa na varanda com orgulho, e Less a aceita com perplexidade.

— Cuidado — adverte o garoto, sério. — É uma cadeira nova. Uma cadeira nova.

Less assente, e o menino vai embora. Ele fita a cadeira. Com cuidado, se senta, fazendo-a ranger com seu peso. Parece ótima. Ele vê três pássaros amarelos discutindo num telhado, gorjeando e chilreando, tão envolvidos na briga que, num instante de inusitada comédia-pastelão, caem todos no chão. Less dá uma risada — AH *ah ah!* Ele nunca viu um pássaro cair no chão. Ele se levanta; a cadeira vem junto. Ela é de fato nova, e o verniz, nesse clima, ainda não conseguiu secar.

— ... e, quando eu finalmente me sentei para escrever, imagino que talvez a missa tenha acabado. Porque um monte de gente veio para o jardim da casa. Estenderam cobertores, trouxeram comida, fizeram um verdadeiro piquenique.

Ele está conversando com Rupali. É noite, depois do jantar; a vista da janela é a escuridão absoluta, uma lâmpada fluorescente ilumina o cômodo, e o cheiro de coco e folha de curry ainda adorna o ambiente. Less não menciona que o fuzuê na varanda era insuportável, a festa de frente para sua janela. Ele não conseguiu se concentrar nem um pouco na nova versão do livro. Estava frustrado, furioso, cogitou até se mudar para um hotel. Mas se manteve na casinha de Kerala com vista para o mar e para a Última Ceia, imaginando-se dizendo para

Rupali a frase mais absurda da sua vida: "Eu vou me mudar para um retiro ayurvédico se esse piquenique não parar!"

Rupali ouve a história do piquenique, assentindo.

— É, isso acontece.

Ele se lembra do conselho do pastor.

— Por quê?

— Ah, as pessoas daqui, elas gostam de vir aqui em cima e admirar a vista. É um lugar agradável para as famílias da igreja.

— Mas isso é um retiro... — Ele se contém, então pergunta outra vez: — Por quê?

— Essa vista especial do mar.

— Por quê?

— Esse é... — Ela se interrompe, abaixando a cabeça, envergonhada. — Esse é o único lugar. O único lugar aonde os cristãos podem ir.

Less chegou afinal ao cerne da questão, mas o cerne da questão toca em algo que ele ainda não consegue entender.

— Bem, eu espero que elas tenham se divertido. A comida tinha um cheiro ótimo. E o jantar de hoje estava delicioso.

Less notou que não há geladeira no retiro, portanto tudo foi trazido hoje da feira ou colhido na horta de Rupali; tudo é fresco simplesmente porque precisa ser. Mesmo o coco foi cortado por uma mulher da congregação chamada Mary, uma senhora de sári que sorri para ele todas as manhãs quando lhe traz o chá. "Se esse piquenique não parar!" Que babaca ele é, aonde quer que vá.

Rupali diz:

— Tem uma história engraçada sobre o jantar! Essa é a comida que eu levava para o trabalho quando ensinava francês na cidade. Todo dia, eu pegava o trem, e, sabe, fazia tanto calor! Um dia, não tinha lugar para sentar. Aí o que eu fiz? Me sentei na escada, perto da porta aberta. Ah, era tão refrescante! Por que eu nunca tinha feito isso? Foi quando eu deixei a minha bolsa cair pela porta. — Ela dá uma risada, cobrindo a boca. — Foi horrível! Estava tudo dentro da bolsa, o meu crachá da escola, dinheiro, o almoço. Uma desgraça. É claro que o trem não podia parar, por isso eu saltei na estação seguinte e peguei um riquixá para me levar de volta. A gente passou um tempão vasculhando o trilho! Aí apareceu um policial. E eu expliquei o que tinha acontecido. Ele me pediu para descrever o conteúdo da bolsa. Respondi: "Senhor, o meu crachá, a carteira, o celular, uma blusa limpa." Ele me encarou por um tempo. Depois perguntou: "E peixe ao curry?" Ele me mostrou a bolsa. — Ela dá outra risada, encantada. — A bolsa estava coberta de peixe ao curry!

Sua risada é tão adorável; ele não consegue dizer a ela que esse retiro não é um lugar para escrever. O barulho, os animais, o calor, os empregados, piquenique — vai ser impossível escrever o livro aqui.

— E você, Arthur, teve um bom dia? — pergunta Rupali.

— Ah, tive.

Ele não contou os detalhes sobre a barbearia que visitou, quando o encaminharam para um cômodo sem janela, atrás de uma cortina vermelha, onde um homem baixinho, com uma camisa igual à do pastor, rapidamente o livrou da barba (sem que lhe pedisse) e do cabelo nas laterais da cabeça, deixando apenas a penugem loira do alto, depois perguntou "Massagem?", que consistia numa série de tapas e murros, como se a intenção fosse lhe arrancar segredos militares, terminando com quatro tabefes sonoros no rosto. *Por quê?*

Rupali sorri e pergunta o que mais pode fazer por ele.

— Eu gostaria mesmo é de uma bebida.

O rosto dela se anuvia.

— Ah, é proibido álcool nas dependências da igreja.

— Só estou brincando, Rupali — diz ele. — Onde a gente ia conseguir o gelo?

Jamais saberemos se ela entendeu a piada, pois, neste momento, a luz se apaga.

* * *

O blecaute, como a maioria das despedidas, não é definitivo; a cada poucos minutos, a eletricidade volta, apenas para ser interrompida instantes depois. O que se segue é uma daquelas produções teatrais universitárias nas quais a luz se acende em espasmos, revelando os personagens em vários quadros inusitados: Rupali segurando os braços da poltrona, a boca contraída de preocupação, feito um peixe-cirurgião; Arthur Less prestes a alcançar o nirvana, confundindo a porta com a janela; Rupali com a boca aberta num grito ao tocar um papel caído na sua cabeça, que, sem dúvida, parece um morcego imenso; Arthur Less, depois de conseguir atravessar a passagem certa dessa vez, calçando as sandálias de Rupali; Rupali ajoelhando-se no chão para rezar; Arthur Less sob o céu noturno, divisando um novo horror ao luar: o cachorro preto e branco avançando para o chalé, trazendo na boca um pedaço comprido de tecido azul médio.

— Meu terno! — grita Less, descendo a colina e perdendo as sandálias. — Meu terno!

Ele segue o cachorro colina abaixo, e as luzes se apagam de novo — revelando, aconchegados na grama, uma constelação de vaga-lumes prontos para amar —, de modo que Less apenas tateia seu caminho até o próprio chalé, xingando, pisando descalço e sem o menor cuidado nos azulejos, e é então que encontra a agulha de costura.

Eu me lembro de Arthur Less numa festa, no terraço da casa de alguém, me contando um sonho que ele sempre tinha.

— Na verdade, uma parábola — disse ele, segurando a cerveja junto ao peito. — Eu estou caminhando numa floresta escura, como Dante, quando uma velha se aproxima e diz: "Que sorte a sua, você deixou tudo para trás. Você se aposentou do amor. Pense no tempo que vai ter para coisas mais importantes!" E ela se afasta, e eu continuo andando... Acho que a essa altura eu normalmente estou a cavalo; é um sonho bastante medieval. Você não aparece nele, aliás, caso esteja ficando entediado.

Respondi que eu tinha meus próprios sonhos.

— E eu sigo cavalgando por essa floresta escura e chego a uma grande planície branca, com uma montanha ao longe. E tem um fazendeiro, e ele acena para mim e diz mais ou menos a mesma coisa: "Coisas mais importantes o aguardam daqui para a frente!" E eu subo a montanha. Eu sei que você não está prestando atenção. Vai ficar bom de verdade. Eu subo a montanha, e no alto dela tem uma caverna e um padre, sabe? Tipo num quadrinho. E eu falo que estou pronto. E ele pergunta para quê? E eu digo que para pensar em coisas mais importantes. E ele pergunta: "Mais importantes que o quê?" "Mais importantes que o amor." Ele olha para mim como se eu fosse maluco e diz: "O que pode ser mais importante que o amor?"

Ficamos em silêncio enquanto uma nuvem cobria o sol e lançava um vento frio no terraço. Less olhou por cima do parapeito e fitou a rua lá embaixo.

— Bem, esse é o meu sonho.

Less abre os olhos e depara com uma cena de um filme de guerra. A hélice verde-exército de um avião cortando o ar — não, hélice, não. Ventilador de teto. O murmúrio no canto, porém, é de fato malaiala. Sombras se deslocam pelo teto no teatro de marionete da vida. E agora as pessoas estão falando inglês. Pitadas do seu sonho ainda cintilam na borda de tudo, iluminadas feito orvalho, evaporando. Quarto de hospital.

Ele se lembra do seu grito na noite, e do pastor chegando (usando apenas dhoti e carregando a filha no colo), do homem gentil arranjando um membro da igreja para levá-lo ao hospital de Thiruvananthapuram, da despedida preocupada de Rupali, das longas horas de dor na sala de espera, cujo único consolo era uma máquina de venda automática que dava, de troco, mais do que recebia, do elenco de enfermeiras — das escoladas duronas às novinhas ingênuas —, até Less tirar a radiografia do pé direito (um belo arquipélago de ossos), que confirmou, ai dele!, o tornozelo quebrado e, enterrada fundo na sola do pé, metade de uma agulha, momento em que recebeu o primeiro procedimento — realizado por uma médica com colágeno nos lábios que disse que o ferimento era "ridículo" ("Por que esse homem tem uma agulha de costura?") e que não conseguiu tirar o objeto — e, como isso não deu certo, o pé agora numa tala temporária, Less foi encaminhado a um quarto do hospital, uma câmara dividida com um senhor operário que havia passado vinte anos em Vallejo, na Califórnia, onde aprendera espanhol, mas não inglês, então o prepararam para a cirurgia da manhã seguinte, que exigiu uma série de trocas de maca e injeções anestésicas, até ele finalmente ser conduzido a uma sala de cirurgia imaculada, cujo aparelho de raios X portátil permitiu ao cirurgião (um homem simpático com bigode de Hercule Poirot) tirar para Less, em cinco minutos, e com a ajuda de um ímã de bolso, a fonte do seu suplício (erguida diante dos seus olhos com uma pinça), depois do que o pé foi calçado numa tala parecida com uma bota, e nosso protagonista recebeu um analgésico forte, que quase imediatamente o derrubou num sono de exaustão.

    E agora ele corre os olhos pelo quarto, considerando a situação. Sua camisola de papel é verde feito a Estátua da Liberdade, e a fratura está a salvo na bota de plástico preto. O terno azul está, presume, forrando a toca da família de um cachorro selvagem. Uma enfermeira corpulenta se ocupa da papelada no canto do quarto, os óculos bifocais lhe dando a aparência dos peixes-de-quatro-olhos (*Anableps anableps*), que enxergam tanto acima como abaixo da superfície da água. Ele deve ter feito barulho; ela vira a cabeça, grita alguma coisa em malaiala. Por mais impressionante que seja, o resultado é que o cirurgião de bigode aparece na porta, o jaleco branco esvoaçante, sorrindo e apontando para o pé de Less, como um encanador apontaria para a pia da cozinha consertada.

— Sr. Less, o senhor acordou! Agora o senhor não vai acionar nenhum detector de metal, pi, pi, pi. Estamos todos curiosos — observa o médico, debruçando-se sobre ele. — Por que um homem teria uma agulha de costura?

— Para remendar as coisas. Prender botões que se soltam.

— Isso é um grande perigo na sua profissão?

— Aparentemente, agulha é um perigo maior. — Less percebe que já nem fala como costuma falar. — Quando posso voltar para o retiro, doutor?

— Ah! — exclama o homem, então confere os bolsos e estende um envelope. — O retiro mandou isso para o senhor.

No envelope está escrito: "Lamentamos muito." Less abre o envelope, revelando um pedaço de tecido azul. Perdido para sempre, portanto. Sem o terno, não há Arthur Less.

O médico continua:

— O retiro entrou em contato com uma pessoa próxima ao senhor, que logo vem buscá-lo.

Less pergunta se é Rupali ou, talvez, o pastor.

— Não faço ideia — responde o homem. — Mas o senhor não pode voltar para o retiro, um lugar como aquele! Escadas! Subir morro! Não, não, fique pelo menos três semanas sem colocar o pé no chão. Esse seu amigo tem acomodações para o senhor. Nada daquele jogging americano!

Não pode voltar? Mas... o livro! Uma batida à porta enquanto Less tenta decifrar onde seria esse novo alojamento, mas a resposta é providenciada no momento em que a porta se abre.

É bem possível que Less esteja num daqueles sonhos de boneca russa nos quais a pessoa acorda, boceja, desce do beliche da infância, faz carinho no cachorro há muito morto e deseja bom-dia à mãe há muito morta, quando, então, percebe que ainda se trata de mais uma camada de sonho, mais um pesadelo artificial, e é preciso enfrentar a tarefa heroica de acordar outra vez.

Porque a pessoa parada no vão da porta só pode ser uma imagem de sonho.

— Oi, Arthur. Eu vim cuidar de você.

Ou não, ele deve ter morrido. Está sendo levado desse purgatório verde-opaco para a cova especial que o aguarda. Um chalezinho acima do mar chamejante: a Residência Artística do Inferno. O rosto mantém seu sorriso. E lenta e tristemente, com a crescente aceitação da comédia divina da sua vida, Arthur diz o nome que a essa altura você pode imaginar.

O motorista usa a buzina como um fora da lei numa troca de tiros. Cachorros de rua e cabras saem da rua com uma expressão de culpa, e as pessoas saem com uma expressão inocente. Crianças ficam na beira da rua às dezenas, usando uniforme xadrez vermelho, algumas penduradas nos galhos das figueiras-de-bengala; a aula deve ter acabado agora mesmo. Elas observam a passagem de Less. E, durante todo o tempo, ele ouve o constante berro da buzina, a música pop inglesa escorrendo como melaço das caixas de som e a voz suave de Carlos Pelu:

— ... devia ter me ligado quando chegou, foi sorte terem encontrado a minha carta, e respondi que claro, eu pegaria você...

Arthur Less, arrebatado pelo destino, se pega encarando aquele rosto que tinha passado a conhecer tão bem ao longo dos anos. Aquele nariz que parecia um leme romano, que nas festas não parava de se virar para lá e para cá, como se procurasse sobras de conversa, os olhos voltados para o outro lado do salão, aquelas pessoas saindo para ir a uma festa melhor, o nariz de Carlos Pelu, tão impressionante na juventude, memorável, e aqui no carro ainda resistindo tão bem quanto a carranca entalhada em teca na proa de um navio que, por outro lado, foi reformado. O corpo tinha ido de robusto na juventude para grande, respeitável na meia-idade. Não roliço ou rechonchudo, não gordo como Zohra propôs que eles ficassem gordos, o corpo despreocupado que finalmente pode respirar; não o gordo feliz, sexy do "foda-se o mundo". Mas altivo, poderoso, pantagruelicamente gordo. Um gigante, um colosso: Carlos, o Grande.

Arthur, você sabe que o meu filho nunca foi a pessoa certa para você.

— Nossa, como é bom te ver! — Carlos aperta o braço dele e abre um sorriso cheio de travessura infantil. — Fiquei sabendo que teve um garotão cantando debaixo da sua janela em Berlim.

— Para onde a gente está indo? — pergunta Less.

— E você teve um caso? Com um príncipe? Você fugiu da Itália ao cair da noite? Me diz que você foi o Casanova do Saara!

— Deixa de ser bobo.

— Ou de Turim, onde um garoto cantou debaixo da sua varanda. Irremediavelmente apaixonado por você.

— Ninguém nunca foi irremediavelmente apaixonado por mim.

— Não — responde Carlos. — Você sempre ofereceu um remédio para eles. — A estrutura pesada do carro desaparece por um instante, e eles estão, de repente, segurando taças de vinho branco no jardim de uma casa, jovens outra vez. Querendo dançar com alguém. — Vou dizer para onde a gente está indo. A gente está indo para o resort. Eu disse para você que era perto.

De todos os bares no mundo inteiro...

— É muita gentileza sua, mas talvez seja melhor eu ficar num retiro ayurvédico..

— Não seja ridículo. É um resort todo equipado, cheio de funcionários, completamente vazio. Só vamos inaugurar no mês que vem. Você vai adorar... Tem um elefante!

Arthur imagina que ele esteja se referindo ao resort, mas acompanha o olhar de Carlos, e seu coração para. Ali, diante deles, com tantas manchas da idade e tão coberto de poeira que parece, a princípio, um monte de borracha branca feita a partir das árvores locais, até elas se erguerem, as orelhas, como o desdobrar de penas ou membranas para o voo, e é de fato um elefante, avançando pela rua com alguns bambus verdes na tromba, o rabo balançando, agora se virando para avaliar, com seus olhinhos incomensuráveis, as pessoas que o encaram — Less reconhece o olhar —, como se dissesse: "Eu não sou mais estranho que você."

— Ai, meu Deus!

— Os maiores templos possuem um elefante. A gente pode dar a volta nele — sugere Carlos.

E, buzinando, eles o fazem.

Less se vira para ver a criatura desaparecendo na janela traseira, balançando a cabeça para um lado e para o outro, levando seu fardo, consciente da comoção que provoca e bastante satisfeito com isso. Então um grupo de homens com bandeiras comunistas arriadas saem de um prédio, fumando, e a visão sobrenatural é obstruída.

— Olha, Arthur, eu tive uma ideia... Ah, chegamos — anuncia Carlos, de súbito, e Less sente mais do que vê a descida íngreme em direção ao mar. — Antes de a gente se despedir, eu tenho duas perguntas rápidas. Perguntas fáceis.

Eles passam por um portão; Less não consegue acreditar que o motorista continua buzinando.

— A gente vai se despedir?

— Arthur, deixa de ser tão sentimental. Na nossa idade! Eu volto daqui a algumas semanas, e a gente vai comemorar a sua recuperação. Eu preciso trabalhar. É um milagre podermos passar esse tempo juntos. A primeira pergunta é se você ainda tem as suas cartas de Robert.

— As minhas cartas?

A buzina silencia, e o carro para. Um rapaz de uniforme verde se aproxima pelo lado em que se encontra Less.

— Qual é, Arthur, tem ou não tem? Eu preciso pegar o meu voo.

— Acho que sim.

— Maravilha. A segunda pergunta é se Freddy entrou em contato com você.

Less sente um sopro de ar quente entrar quando a porta do carro se abre. Ele se vira e vê o carregador bonito de pé ali, segurando suas muletas de alumínio. Vira-se de novo para Carlos.

— Por que Freddy entraria em contato comigo?

— Por nada. Se dedica ao livro até eu voltar, Arthur.

— Está tudo bem?

Carlos se despede com um aceno, e Less está do lado de fora observando o grande Ambassador branco seguir morro acima, perdendo-se entre as palmeiras, até não sobrar nada além do berro constante da buzina.

Ele consegue ouvir o mar e a voz do carregador:

— Sr. Less, algumas das suas malas já chegaram. Estão no seu quarto.

Mas ele continua fitando as palmeiras ao vento.

Que estranho! Tudo foi dito de maneira tão casual que Less quase não notou. Sentado no canto do carro e fazendo aquela pergunta banal. Nada transpareceu no rosto dele — Carlos manteve a mesma expressão de plácida impaciência de sempre —, mas Less viu que ele mexia no anel, que girava no dedo o anel com cabeça de leão enquanto os olhos se mantinham cravados no ferido, velho e desamparado Arthur Less. Less entende que toda a conversa foi uma ilusão, maia, quimera, que o verdadeiro objetivo de Carlos era outro. Mas não consegue decifrá-lo. Balança a cabeça e sorri para o carregador, pegando as muletas e avaliando seu novo cárcere branco. Houve alguma coisa na maneira como o velho amigo fez a pergunta, um rastro oculto que apenas um ouvinte atento, ou uma pessoa que o ouvisse há muito tempo, notaria, algo de que ninguém jamais desconfiaria em relação a Carlos: *medo*.

* * *

Para um homem de 50 anos, o tédio de ficar deitado na cama, convalescente, só se equipara ao tédio de ficar sentado numa igreja. Less está na Suíte Rajá, recostado numa cama confortável com vista para o mar, prejudicada apenas pelo mosquiteiro grosso feito o capacete de um apicultor pendurado no teto. O resort é elegante, descolado, bem provido de funcionários e sufocante de tão sem graça. Como Less sente saudade do mangusto! Sente saudade de Rupali e do piquenique, da competição sonora espiritual, do pastor, do alfaiate e da cobra-rateira-preta Elizabeth, sente saudade até de Jesus Cristo nosso Salvador. Sua única relação é com o carregador, Vincent, que todo dia vem conferir como está nosso inválido: um sujeito de barba feita, rosto afunilado e olhos de topázio, o tipo de homem bonito e tímido que não sabe que é bonito, e, sempre que Vincent o visita, Less reza a Jesus Cristo nosso Salvador que acabe com a sua libido; a última coisa que precisa é de uma paixonite na convalescença.

Assim, as semanas se passam no tédio absoluto, que é a situação perfeita para Less finalmente tentar escrever.

É como passar água de um balde velho e furado para um balde tinindo de novo; tão fácil que é quase suspeito. Ele simplesmente pega um acontecimento triste do enredo — digamos, o dono de um armazém morrendo de câncer — e o inverte, fazendo Swift, por pena, aceitar sete tipos de queijos aromáticos, que ele vai ter de carregar por São Francisco, ficando cada vez mais fedorentos, no transcorrer do capítulo. Na sórdida cena em que Swift leva um papelote de cocaína ao banheiro do hotel, esticando uma carreira na pia, Less meramente acrescenta um secador de mão automático e... zzzzum! Uma nevasca de humilhação! Basta um balde lançado pela janela, um bueiro aberto, uma casca de banana. "Nós somos fracassados?", pergunta Swift ao namorado, no fim de uma viagem terrível, e, com alegria, Less escreve a resposta: "Sem dúvida, não somos vencedores." Com um prazer que beira o sadismo, ele despe todas as humilhações para mostrar seu lado cômico. Quanta diversão! Ah, se pudéssemos fazer isso na vida!

Less passa a acordar ao raiar do dia, quando o mar está claro mas o sol ainda se esforça para sair debaixo dos lençóis, e se senta à mesa para açoitar seu protagonista mais algumas vezes com o chicote da escrita. E, de algum modo, começa a aparecer no romance uma ânsia agridoce que jamais houve ali. O livro muda, se torna mais generoso. Less, como se tivesse diante de si um devoto penitente, começa mais uma vez a amar seu súdito e, por fim, certa manhã, depois de uma hora sentado com o queixo na mão, observando os pássaros cruzando a cerração do horizonte, nosso deus benevolente concede ao personagem a breve graça da alegria.

Por fim, certa tarde, Vincent se aproxima e pergunta:
— Como está o seu pé?
Less responde que já consegue andar sem muletas.
— Que bom — diz Vincent. — Agora, Arthur, por favor, prepare-se para um passeio excepcional.
De maneira provocante, Less pergunta para onde eles dois vão juntos. Talvez Vincent enfim vá lhe mostrar um pouco da Índia. Mas não; o rapaz enrubesce e responde:
— Infelizmente, eu não vou junto.
Explica que estão oferecendo esse passeio excepcional por causa da inauguração do resort. Um barulho lá fora; ele olha pela janela e vê uma lancha, pilotada por dois adolescentes de expressão vazia, aproximando-se do ancoradouro. Com a ajuda de Vincent, Less manca até o píer e sobe, trêmulo, na lancha. O motor ganha vida com o rugido de um tigre.

O passeio de barco leva meia hora, durante o qual Less vê golfinhos pulando e peixes-voadores quicando feito pedra na água, assim como a juba flutuante de uma água-viva. Ele se lembra do aquário que visitou na infância, onde, depois de ver uma tartaruga marinha

que nadava feito uma tia velha excêntrica, deparou com uma água-
-viva, um monstro de penhoar, descerebrado, gelatinoso, cor-de-rosa,
pulsante, e pensou com um soluço: *A gente não está nessa junto.*
Eles chegam enfim a uma ilha de areia branca, não maior que um
quarteirão, com dois coqueiros e florezinhas roxas. Less salta na
praia com cuidado e se dirige à sombra. Mais golfinhos pulam no
mar, agora escuro. Um avião sublinha a lua. É sem dúvida o paraíso — até Less ver a lancha partindo. Náufrago. Será que essa é a
última maquinação de Carlos? Deixá-lo cinco semanas aprisionado
num quarto e agora, quando ele está a um capítulo de terminar o
romance, abandoná-lo numa ilha deserta? Isso é destino de charge
da *New Yorker*. Less apela ao sol poente: ele abriu mão de Freddy!
Abriu mão dele de bom grado; sequer compareceu ao casamento.
Já sofreu o bastante, sem a ajuda de ninguém; está manco, aleijado
de uma perna, abandonado e desprovido de seu terno mágico. Não
tem mais nada, nosso Jó gay. Ele cai de joelhos na areia.

Um zumbido insistente atrás dele. Quando se vira, vê outra lancha
se aproximando.

— Arthur, eu tive uma ideia — diz Carlos, depois do jantar.

Os empregados de Carlos improvisaram uma fogueira e grelharam
dois peixes com escamas num padrão quadriculado que pescaram
com arpão no recife, e Less e Carlos estão agora sentados em meio
a almofadas, dividindo uma garrafa de champanhe gelado.

Carlos se recosta numa almofada com lantejoulas; está usando
um cafetã branco.

— Quando você voltar para casa, quero que procure toda a sua
correspondência da Escola do Rio Russian. De todos os homens
que conhecemos. Os importantes, Robert, Ross e Franklin, principalmente.

Sem jeito entre duas almofadas, Less se esforça para endireitar o
corpo e pensa: *Por quê?*

— Quero comprá-las de você.

Acima do som lento de máquina de lavar da arrebentação, irrompe uma série de pancadas que deve ser um peixe. A lua está alta no céu, envolta em névoa, lançando um brilho diáfano sobre tudo e atrapalhando que se vejam as estrelas.

Carlos fita Less, à luz da fogueira.

— Tudo que você tiver. Quantas você acha que tem?

— Eu tenho... Eu não sei. Teria que ver. Dezenas. Mas são pessoais.

— Eu quero que seja pessoal. Estou fazendo uma coletânea. Eles voltaram a ser moda, aquela época toda. Tem curso universitário inteiro sobre isso. E nós os conhecemos. A gente fez parte da história, Arthur.

— Não sei se a gente fez parte da história.

— Eu quero juntar tudo numa coletânea, a Coleção Carlos Pelu. Uma universidade ficou interessada; talvez possa batizar uma sala da biblioteca com o meu nome. Robert escreveu poemas para você?

— A Coleção Carlos Pelu.

— Gostou? Você deixaria a coletânea completa. Um poema de amor de Robert para você.

— Ele não escrevia assim.

— Ou aquele quadro do Woodhouse. Eu sei que você precisa do dinheiro — acrescentou Carlos, num murmúrio.

E, portanto, eis o plano: Carlos levar tudo. Levar o seu orgulho, levar a sua saúde e a sua sanidade, levar Freddy e agora, por fim, levar as suas lembranças, os seus souvenirs. Não vai sobrar nada de Arthur Less.

— Eu estou me virando.

A fogueira, feita de cascas de coco, encontra um pedaço especialmente suculento e se inflama de deleite, iluminando seus rostos. Eles já não são jovens, de jeito nenhum; não sobrou nada dos garotos que costumavam ser. Por que não vender as cartas, os souvenirs, os quadros, os livros? Por que não queimá-los? Por que não abrir mão desse negócio todo que é a vida?

— Você se lembra daquela tarde na praia, quando você ainda estava saindo com aquele italiano... — começa Carlos.

— Marco.

Ele dá uma risada.

— Ai, meu Deus, Marco! Ele tinha medo das rochas e obrigou a gente a se sentar com os héteros. Você lembra?

— Claro que eu lembro. Foi quando conheci Robert.

— Eu penso muito naquele dia. É claro que a gente não sabia que tinha uma tempestade enorme no Pacífico, que era loucura estar na praia! Era perigoso demais. Mas a gente era jovem e estúpido, não era?

— Nisso nós concordamos.

— Às vezes eu penso em todos os homens que a gente conheceu naquela praia.

Pequenas lembranças se acendem agora no cérebro de Less, inclusive Carlos numa pedra, olhando para o céu, o corpo esbelto e musculoso espelhado na poça da maré. O fogo estala, lançando espirais de centelha no ar. Além da fogueira e do mar, não há nenhum outro ruído.

— Eu nunca te odiei, Arthur — murmura Carlos.

Less encara a fogueira.

— Sempre foi inveja. Espero que você entenda.

Um bando de caranguejos-fantasma atravessa a areia, correndo para a água.

— Arthur, eu tenho uma teoria. Me escuta. É que a vida é metade comédia e metade tragédia. E, para algumas pessoas, a primeira *metade inteira* da vida é tragédia, e a segunda, comédia. Eu, por exemplo. Olha a minha juventude de merda. Um garoto pobre que vem para a cidade grande... Talvez você não saiba, mas, meu Deus, foi difícil para mim. Eu só queria chegar a *algum lugar*. Ainda bem que eu conheci o Donald, mas ele ficar doente e morrer... Aí, de repente, eu era responsável por um filho. O trabalho da porra que foi necessário para transformar o negócio de Donald no que eu tenho hoje. Quarenta anos de uma parada séria, muito séria.

"Mas olha para mim agora: comédia! Gordo! Rico! Ridículo! Olha como eu estou vestido: um *cafetã*! Eu fui um jovem com muita raiva, eu tinha muito para provar. Agora é dinheiro e risada. É maravilhoso. Vamos abrir a outra garrafa. Mas você... Você teve comédia na juventude. Você era o sujeito ridículo na época, a pessoa de quem todo mundo ria. Você tropeçava em tudo, como uma pessoa vendada. Eu conheço você há mais tempo que a maioria dos seus amigos e sem dúvida te observei com mais atenção. Eu sou o maior especialista do mundo em Arthur Less. Eu me lembro de quando a gente se conheceu. Você era tão magro, só pele e osso! E inocente. Nós, os outros, estávamos longe de ser inocentes, acho que nem cogitávamos fingir. Você era diferente. Acho que todo mundo queria tocar essa inocência, talvez acabar com ela. Sua maneira de andar pelo mundo, alheio ao perigo. Atrapalhado, ingênuo. É claro que eu sentia inveja. Porque eu jamais poderia ser aquilo; eu tinha deixado de ser assim quando era criança. Se você tivesse me perguntado um ano atrás, seis meses atrás, eu teria respondido que sim, Arthur, que a primeira metade da sua vida foi comédia. Mas que você estava afundado na metade trágica."

Carlos pega a garrafa de champanhe para encher a taça de Less.

— Como assim? — pergunta Less. — A metade trági...

— Mas eu mudei de ideia — prossegue Carlos. — Você sabia que o Freddy faz uma imitação sua? Você nunca viu? Ah, você vai adorar!

Carlos precisa se levantar para mostrar — um movimento elaborado que exige que ele se escore no coqueiro. É possível que esteja bêbado. Mas, mesmo ao fazer isso, mantém a altivez régia de quando andava pela piscina feito uma pantera. E, num único gesto rápido, ele se torna Arthur Less: alto, desajeitado, olhos arregalados, pernas tortas e sorriso apavorado; até o cabelo parece ter sido penteado naquele estilo de personagem coadjuvante de história em quadrinhos que Less sempre adotou. Fala com a voz alta, ligeiramente histérica:

— Eu comprei esse terno no Vietnã! É gabardina. Eu queria linho, mas a moça disse: "Não, amarrota, você quer gabardina." E quer saber? Ela estava certa.

Less fica em silêncio por algum tempo, então dá uma risada, assombrado.

— Nossa! — exclama. — Gabardina. Pelo menos, Freddy estava prestando atenção.

Carlos sorri, abandona a pose e se torna ele próprio outra vez, apoiando-se no coqueiro, e, por um momento, novamente atravessa seu rosto aquela expressão que Less notou no carro. Medo. Desespero. Sobre algo além dessas "cartas".

— Então o que me diz, Arthur? Você vende as cartas para mim?
— Não, Carlos. Não.

Carlos desvia os olhos da fogueira, amaldiçoando o filho.

Less diz:

— Freddy não tem nada a ver com isso.

Carlos fita o reflexo da lua no mar.

— Sabe, Arthur, meu filho não é como eu. Uma vez, perguntei por que ele é tão preguiçoso. Perguntei o que ele queria da vida. Ele não soube responder. Por isso eu decidi por ele.

— Vamos voltar um pouco.

Carlos se vira para Less.

— Você realmente não ficou sabendo?

Deve ser o luar — não pode ser ternura no rosto dele.

— O que você estava falando sobre a metade trágica? — pergunta Less.

Carlos sorri como se tivesse chegado a uma conclusão.

— Arthur, eu mudei de ideia. Você tem a sorte de um comediante. Azar nas coisas que não importam. Sorte nas coisas que importam.

Eu acho, e você provavelmente não vai concordar com isso, mas eu acho que a sua vida inteira é comédia. Não só a primeira parte. A coisa toda. Você é a pessoa mais absurda que eu já conheci. Você sempre foi desajeitado e bobo; sempre entendeu tudo errado, e falou tudo errado, e tropeçou em tudo e em todos no seu caminho, mas você venceu. E nem se dá conta disso.

— Carlos. — Ele não se sente vitorioso; sente-se derrotado. — Minha vida, minha vida no último ano...

— Arthur Less — interrompe-o Carlos, balançando a cabeça. — Você tem uma vida melhor que qualquer pessoa que eu conheço.

Isso é absurdo para Less.

Carlos observa o fogo, então vira o resto do champanhe.

— Eu vou voltar para o litoral; preciso sair amanhã cedo. Não se esqueça de passar para Vincent as informações sobre o seu voo. Para o Japão, não é? Kyoto? A gente quer que você chegue direitinho em casa. Nos vemos pela manhã.

E, com isso, ele atravessa a ilha em direção ao barco, que o aguarda sob o luar.

Mas Less não vê Carlos pela manhã. Seu próprio barco o conduz ao resort, onde ele fica acordado até tarde, olhando as estrelas, lembrando-se do jardim do seu chalé e de como brilhava com os vaga-lumes, e vê uma constelação específica que parece o esquilo de pelúcia chamado Michael que ele tinha na infância e que foi esquecido num quarto de hotel da Flórida. Oi, Michael! Ele vai se deitar muito tarde e, quando se levanta, descobre que Carlos já partiu. Fica se perguntando o que pode ter vencido.

Para um menino de 7 anos, o tédio de ficar sentado numa igreja só se equipara ao tédio de ficar sentado num aeroporto. Esse menino específico está com o livro da aula dominical no colo — uma série de histórias da Bíblia com estilos de ilustração desconexos —, contemplando a imagem do leão de Daniel. Como gostaria que fosse um dragão! Como gostaria que sua mãe não tivesse confiscado sua caneta! É um salão de pedra comprido com teto de madeira branca; talvez duzentas sandálias estejam dispostas do lado de fora, na grama. Todos estão usando suas melhores roupas; a dele é delicadamente quente. Os ventiladores de parede se viram de um lado para o outro, como se assistissem a uma partida de tênis entre Deus e Satanás. O menino ouve o pastor falando; só consegue pensar na filha do pastor, que, embora tenha apenas 3 anos, conquistou seu coração. Ele volta os olhos para ela, que está sentada no colo da mãe; ela retribui o olhar e pisca. Porém, ainda mais interessante é a janela atrás dela, que dá para a rua, onde se encontra um Tata branco parado no trânsito, e ali, visível pela janela aberta do carro: o americano!

Que incrível, ele quer dizer a todos, mas claro que é proibido falar; isso o está levando à loucura, assim como a tentadora filha do pastor. O americano, o do aeroporto, com a mesma roupa de linho bege. Ao redor dele, os vendedores ambulantes vão de carro em carro com comida quente embrulhada em papel, água e refrigerante, e por toda parte as buzinas emitem sua música. Parece um desfile. O americano bota a cabeça para fora da janela, presumivelmente para conferir o trânsito, e, nessa hora, por um breve instante, os olhos deles se cruzam. O que há naqueles olhos azuis, o menino não compreende. São os olhos de um náufrago. Com destino ao Japão. Então o obstáculo invisível é removido, o trânsito volta a fluir, o americano retorna à sombra do carro e desaparece.

LESS AFINAL

A meu ver, a história de Arthur Less não é tão ruim assim. Admito que pareça ruim (o infortúnio está prestes a acontecer). Lembro-me do nosso segundo encontro, quando Less tinha pouco mais de 40 anos. Eu estava numa festa, numa cidade nova, observando a vista, quando tive a sensação de que alguém abria a janela e me virei. Ninguém havia aberto janela nenhuma; uma nova pessoa tinha simplesmente entrado na sala. Ele era alto, com cabelo loiro e ralo, e o perfil de um lorde inglês. Abriu um sorriso triste para o grupo e levantou a mão como algumas pessoas levantam quando (depois de serem apresentadas aos outros com uma anedota) dizem, constrangidas: "Esse sou eu!" Em nenhum lugar do mundo poderiam achar que ele era outra coisa que não americano. Se o reconheci como o homem que havia me ensinado a desenhar naquela cozinha branca quando eu era pequeno? O sujeito que achei que fosse um menino, mas me traiu sendo homem? No começo, não. Sem dúvida, meu primeiro pensamento não foi o de uma criança. Mas aí, sim, olhando melhor, eu o reconheci. Ele havia envelhecido sem ficar velho: maxilar mais forte, pescoço mais grosso, cor esmaecida do cabelo e da pele. Ninguém o confundiria com um menino. E, no entanto, era sem dúvida ele: reconheci a inocência facilmente identificável que carregava. A minha havia desaparecido naquele ínterim; a dele, por mais estranho que fosse, não. Ele já devia saber das coisas a essa altura; já devia ter criado uma armadura divertida, como todas as outras pessoas da sala, rindo; devia ter criado uma pele. Lá parado, como alguém perdido na Grand Central Station.

Assim, quase uma década depois, Arthur Less exibe a mesma expressão no rosto ao sair do avião em Osaka e, sem ter ninguém para recebê-lo, experimenta aquela sensação de areia movediça que todo viajante conhece: *É claro que não tem ninguém para me receber; por que se lembrariam, e o que eu faço agora?* Acima dele, uma mosca ronda uma lâmpada no teto num trajeto trapezoidal, e, na imitação constante da vida, Arthur Less começa a rondar o terminal de desembarque. Less passa por alguns guichês cujos letreiros, embora estejam ostensivamente escritos em inglês, não significam nada para ele (JASPER!, AERONET, GOLD-MAN), lembrando-lhe aquele momento assustador em que, ao lermos um livro sem entender bulhufas, nos damos conta de que, na verdade, estamos sonhando. No último guichê (CHROME), um senhor o chama; Arthur Less, a essa altura fluente na língua de sinais universal, compreende que se trata de uma empresa de ônibus e que a prefeitura de Kyoto lhe deixou uma passagem. O nome na passagem: DR. ESS. Less sente uma breve vertigem maravilhosa. Lá fora, um micro-ônibus o aguarda; claramente é designado apenas para ele. O motorista salta; está usando o quepe e as luvas brancas de um chofer de cinema; assente para Less, que se pega fazendo uma reverência antes de entrar no veículo, escolhe uma poltrona, seca o rosto com um lenço e olha para fora da janela contemplando seu último destino. Agora só falta cruzar um oceano. Ele perdeu tanto ao longo do caminho: o amante, a dignidade, a barba, o terno e a mala.

Esqueci de mencionar que a mala não chegou ao Japão.

Less está aqui para escrever sobre a culinária japonesa para uma revista de bordo, em particular a culinária kaiseki. Ele se ofereceu para o trabalho durante aquela partida de pôquer. Não sabe nada sobre a culinária kaiseki, mas vai comer em quatro estabelecimentos diferentes em dois dias, o último uma antiga hospedaria fora de Kyoto, portanto espera uma ampla variedade. Dois dias, e então tudo estará terminado. Tudo que sabe do Japão é uma lembrança de quando era menino, quando a mãe o levou a Washington, para uma viagem especial, e ele teve de usar camisa de botão e calça social, e foi conduzido a uma grande construção de pedra com colunas e ficou na fila um tempão, debaixo de neve, antes de conseguir entrar numa câmara escura onde havia diversas preciosidades: pergaminhos, arranjos de cabeça e armaduras (que a princípio Less imaginou se tratar de pessoas de verdade).

— Deixaram esses objetos saírem do Japão pela primeira vez, e é provável que nunca mais saiam — sussurrou a mãe, aparentemente se referindo a um espelho, uma joia e uma espada expostos com dois guardas bastante reais e decepcionantes, e, quando um gongo soou e lhes pediram que se retirassem, ela se inclinou para ele e perguntou: — Do que você mais gostou?

Ele respondeu, e ela torceu o rosto, divertindo-se.

— Jardim? Que jardim?

Ele havia se deixado encantar não pelas preciosidades sagradas, mas pela caixa de vidro que continha uma cidade em miniatura, na qual havia uma lente para o visitante contemplar, como um deus, uma cena ou outra, todas feitas com tanto esmero que parecia que ele estava olhando o passado através de um telescópio mágico. E, entre as maravilhas daquela caixa de vidro, a maior de todas era o jardim, com o riozinho que parecia correr lentamente, cheio de carpas com manchas laranja, e pinheiros, e bordos, e uma fontezinha feita com um pedaço de bambu (na verdade, do tamanho de um alfinete!), que oscilava, como se derramasse água no reservatório de pedra. O jardim encantou o pequeno Arthur Less por semanas; ele andava por entre as folhas marrons do quintal de casa, procurando a chavezinha dourada daquele jardim. Ele tinha certeza de que encontraria a porta.

Portanto, tudo isso é surpreendente e novo. Sentado no ônibus, Arthur Less contempla a paisagem industrial florescendo ao longo da estrada. Esperava algo mais bonito, talvez. Mas até Kawabata escreveu sobre a paisagem cambiante de Osaka, e isso foi há sessenta anos. Está cansado; os voos e as conexões foram mais surreais até que a saída entorpecida do aeroporto de Frankfurt. Ele não teve mais notícias de Carlos. Uma espécie de desatino martela seu cérebro: *É por causa de Freddy?* Mas aquela história havia chegado ao fim, assim como essa está quase chegando.

O ônibus segue em direção a Kyoto, que parece uma simples elaboração a partir das cidadezinhas que a antecederam, e, enquanto Less ainda está tentando descobrir se eles estão no centro da cidade — se essa é talvez a rua principal, se aquele é de fato o rio Kamu —, eles chegaram. Um muro baixo de madeira na rua principal. Um rapaz de terno preto faz reverência e encara com curiosidade o lugar onde a mala de Less deveria estar. Uma mulher de meia-idade, usando quimono, se aproxima vindo do átrio de pedra. Está ligeiramente maquiada, o cabelo preso num estilo que Less associa ao início do século XX. Uma Gibson Girl.

— Sr. Arthur — diz ela, com uma mesura.

Ele retribui a mesura.

Atrás dela, na recepção, acontece alguma confusão: uma senhora, também de quimono, conversando ao celular e fazendo anotações num calendário de parede.

— Aquela é só a minha mãe — avisa a proprietária, com um suspiro. — Ela acha que ainda é a chefe. Damos a ela um calendário falso para ela fazer as reservas. O telefone também é falso. O senhor aceita uma xícara de chá? — Ele responde que seria maravilhoso, e ela sorri; então seu rosto se fecha numa tristeza profunda. — E sinto muito, sr. Arthur — lamenta, como se comunicasse a morte de um ente querido. — O senhor chegou cedo demais para ver a florada das cerejeiras.

Depois do chá (que ela prepara manualmente, misturando-o até formar uma espuma verde e amarga — "Por favor, coma o biscoito doce antes do chá"), ele é conduzido ao quarto e é informado de que aquele cômodo era, na verdade, o preferido do escritor Kawabata Yasunari. Há uma mesa laqueada e baixa no piso de tatame, e a mulher abre uma porta de papel, revelando um jardim enluarado, ainda molhado da chuva recente; Kawabata escreveu que esse jardim na chuva era o coração de Kyoto.

— Não um jardim qualquer — frisa ela —, mas esse especificamente.

Ela informa que a banheira já está aquecida e que um funcionário a manterá sempre aquecida, para quando quer que ele precise. Sempre. Há um *yukata* no armário para ele usar. Gostaria de comer no quarto? Ela mesma vai trazer o jantar: primeira das quatro refeições kaiseki sobre as quais ele vai escrever.

A refeição kaiseki, ele descobriu, é uma antiga refeição cerimonial originária tanto dos monastérios quanto da corte real. Tipicamente, são sete pratos, cada qual composto de um tipo específico de alimento (grelhado, cozido, cru) e ingredientes sazonais. Hoje será feijão-manteiga, artemísia e dourada. Less fica admirado tanto com a comida esplêndida quanto com a elegância da apresentação.

— Me perdoe por não estar aqui amanhã para vê-lo; preciso ir a Tóquio.

Ela diz isso como se fosse perder a mais extraordinária das maravilhas: outro dia com Arthur Less. Ele vê, nas rugas em torno de sua boca, a sombra do sorriso que toda viúva traz no íntimo. Ela faz uma reverência e se retira, voltando com a prova de saquê. Less experimenta os três e, quando ela pergunta qual é seu preferido,

ele responde que o Tonni, embora não sinta nenhuma diferença. Ele pergunta qual é o preferido dela. Ela pisca os olhos e responde:
— O Tonni.
Ah, se ele soubesse mentir com tanta compaixão!

O dia seguinte já é o último e parece que vai ser um dia cheio; ele visitará três restaurantes. São onze da manhã, e Arthur Less, ainda usando a roupa do dia anterior, já está a caminho do primeiro, pegando os sapatos no armário numerado onde o funcionário do hotel os guarda, quando cai numa emboscada da mãe da proprietária. Ela está atrás do balcão da recepção, encolhida e sarapintada pela idade, como um estorninho-malhado, talvez com 90 anos e matraqueando como se a cura para a incapacidade dele de falar japonês fosse a aplicação de *mais japonês* (o álcool para curar a ressaca). E, no entanto, depois de tantos meses de viagens e pantomima, sua jornada patética pelo empático e telepático, ele sente que, de fato, compreende. Ela está falando da sua juventude. Está falando de quando era a proprietária. Pega uma foto velha em preto e branco de um casal ocidental sentado — o homem de cabelo grisalho, a mulher elegante de chapéu —, e ele reconhece o cômodo onde tomou chá. Ela está dizendo que a menina servindo o chá é ela, e o homem, um americano famoso. Há uma pausa longa e expectante enquanto o reconhecimento vem feito um mergulhador de águas profundas, devagar, com cautela, até irromper na superfície, e ele exclama:
— Charlie Chaplin!
A senhora fecha os olhos com alegria.
Uma moça de tranças surge na recepção e liga o pequeno televisor atrás do balcão, mudando de canal até encontrar a imagem do imperador do Japão tomando chá com alguns convidados, um dos quais ele reconhece.
— É a proprietária? — pergunta à moça.
— Ah, sim. Ela lamenta não ter se despedido do senhor.

— Ela não disse que era porque tomaria chá com o imperador!

— Ela sente muito, sr. Less. — Há mais pedidos de desculpa. — Eu também lamento que sua mala não tenha chegado. Mas recebemos uma ligação agora de manhã: tem um recado.

Ela lhe entrega um envelope. Dentro, há um papel com o recado escrito em letra de forma, que parece um telegrama antiquado:

ARTHUR NÃO SE PREOCUPE MAS ROBERT TEVE UM
DERRAME EM CASA AGORA POR FAVOR LIGUE PARA
MIM QUANDO PUDER
                                                    MARIAN

— Arthur, até que enfim!

A voz de Marian — quase trinta anos desde a última vez em que os dois se falaram; ele imagina como ela deve tê-lo xingado depois do divórcio. Mas, então, ele se lembra da Cidade do México: *Ela mandou um beijo para você.* Em Sonoma, são sete da noite do dia anterior.

— Marian, o que aconteceu?

— Arthur, não se preocupe, não se preocupe, ele está bem.

— O. Que. Aconteceu.

Aquele suspiro do outro lado do mundo, e, por um instante, ele consegue se esquecer dos seus temores para se maravilhar: *Marian!*

— Ele só estava no apartamento dele, lendo, e caiu no chão. Por sorte, Joan estava lá. — A enfermeira. — Ele ficou com uns hematomas. Está com dificuldade de falar, uma pequena dificuldade com a mão direita. Foi leve. — Ela diz isso muito séria. — Foi um derrame leve.

— O que é um derrame leve? Isso significa que não foi nada ou significa que "graças a Deus não foi mais grave"?

— "Graças a Deus não foi mais grave." E graças a Deus ele não estava numa escada ou coisa parecida. Escuta, Arthur, eu não quero que você se preocupe. Mas achei que eu devia ligar. Você é o primeiro contato de emergência dele. Mas, como não sabiam onde você estava, ligaram para mim. Eu sou o segundo. — Uma breve risada. — Para a sorte deles, eu estou presa em casa há alguns meses.

— Ah, Marian, você quebrou o quadril!

Outra vez, o suspiro.

— Acabou que eu não quebrei. Mas estou toda roxa. O que se pode fazer? As coisas fogem do controle. É uma pena eu não ter podido ir à Cidade do México. Teria sido um reencontro mais agradável.

— É um alento saber que você está com ele, Marian. Eu chego amanhã, preciso ver...

— Não, não, Arthur, não faz isso! Você está na sua lua de mel.

— O quê?

— Robert está bem. Vou passar uma semana aqui, mais ou menos. Vem ver o Robert quando você voltar. Eu não teria incomodado você, mas ele fez questão. Ele sente a sua falta, é claro, num momento como esse.

— Marian, eu não estou em lua de mel. Estou no Japão para escrever um artigo.

Mas não há quem contradiga Marian Brownburn.

— Robert disse que você se casou. Disse que você se casou com Freddy alguma coisa.

— Não, não, não, não — responde Arthur, e percebe que está ficando tonto. — Freddy alguma coisa se casou com outra pessoa. Não importa. Eu estou indo para aí.

— Olha — objeta Marian, em seu tom de voz administrativo. — Arthur. Não pega esse avião. Ele vai ficar furioso.

— Eu não posso ficar aqui, Marian. Você não ficaria. Nós dois amamos Robert, não ficaríamos aqui enquanto ele está sofrendo.

— Tudo bem. Vamos fazer uma dessas videochamadas que vocês, meninos, fazem...

Eles combinam de conversar outra vez dali a dez minutos, durante os quais Less consegue encontrar o computador da hospedaria, que é inusitadamente moderno, considerando a sala antiga em que se encontra. Enquanto aguarda a videochamada, ele admira uma ave-do-paraíso, plantada num vaso próximo à janela. Um derrame leve. Vai se foder, vida.

A vida de Arthur Less com Robert terminou por volta da época em que ele acabou de ler Proust. Foi uma das experiências mais magníficas e tristes da vida de Less — isso é, Marcel Proust —, e as três mil páginas de *Em busca do tempo perdido* o fizeram comprometer cinco verões consecutivos. E, naquele quinto verão, quando estava deitado na cama, na casa de um amigo, em Cape Cod, certa tarde, a um terço do término do último volume, de repente, sem aviso, ele leu a palavra "Fim". Na mão direita, ainda havia umas duzentas páginas — mas não eram Proust; eram o truque cruel de notas e posfácio de algum editor. Ele se sentiu enganado, traído, como se tivessem lhe roubado o prazer para o qual havia passado cinco anos se preparando. Voltou vinte páginas; tentou recriar a sensação. Mas era tarde demais; aquela possível alegria estava perdida para sempre.
    Foi assim que ele se sentiu quando Robert o deixou.
    Ou você presumiu que ele tivesse deixado Robert?
    Assim como com Proust, ele sabia que o fim estava próximo. Quinze anos, e a alegria do amor embotara havia muito, e as traições tinham começado; não apenas as escapulidas de Less com outros homens, mas casos secretos que duravam de um mês a um ano e destruíam tudo ao redor. Estaria ele testando a elasticidade do amor? Seria ele apenas um sujeito que havia, de bom grado, entregado a juventude a um homem de meia-idade e agora, aproximando-se ele próprio da meia-idade, queria de volta a fortuna desperdiçada? Queria sexo, paixão e desatino? As mesmas coisas das quais Robert o salvara tantos anos antes? Em relação às coisas boas, em relação à segurança, ao conforto, ao amor — Less se pegou estraçalhando-as. Talvez não soubesse o que estava fazendo; talvez fosse uma espécie

de loucura. Mas talvez soubesse, sim. Talvez estivesse colocando fogo numa casa na qual já não queria morar.

O fim mesmo chegou quando Robert estava numa das suas viagens de leitura, dessa vez pelo sul do país. Robert ligou diligentemente na noite em que chegou, mas Less não estava em casa, e, nos dias que se seguiram, a secretária eletrônica ficou cheia, primeiro com histórias sobre, por exemplo, a barba-de-velho que pendia dos carvalhos, como vestidos apodrecendo, depois com recados cada vez mais curtos, até, por fim, não haver nenhum. Na verdade, Less estava se preparando para a volta de Robert, quando pretendia ter uma conversa séria. Imaginava seis meses de terapia de casal, imaginava que tudo acabaria com uma despedida dolorosa; talvez todo o processo levasse um ano. Mas precisava começar agora. Seu coração estava apertado, ele treinou a frase como se treina uma frase de uma língua estrangeira antes de chegar à bilheteria: "Eu acho que nós dois sabemos que tem alguma coisa errada, eu acho que nós dois sabemos que tem alguma coisa errada, eu acho que nós dois sabemos que tem alguma coisa errada." Quando, depois de cinco dias de silêncio, o telefone tocou afinal, Less conteve um ataque cardíaco e atendeu:

— Robert! Finalmente a gente conseguiu se falar. Eu estava querendo conversar com você. Eu acho que nós dois sabemos...

Mas seu discurso foi interrompido pela voz grave de Robert:

— Arthur, eu te amo, mas não vou voltar para casa. Mark vai passar aí para pegar algumas coisas minhas. Me desculpe, mas eu não quero conversar agora. Não estou com raiva. Eu te amo. Não estou com raiva. Mas nenhum de nós é o homem que costumava ser. Adeus.

Fim. E tudo o que sobrou na sua mão foram as notas e o posfácio.

— Olha só para você, Arthur.

É Robert. A conexão está ruim, mas é Robert Brownburn, o poeta mundialmente famoso, na tela e ao lado dele (sem dúvida efeito da transmissão), seu eco ectoplásmico. Aí está ele: vivo. Lindamente calvo, com o halo de cabelo de um bebê. Está usando um roupão felpudo azul. O sorriso contém a mesma travessura de sempre, mas hoje pende para a direita. Um derrame. Que merda. Um tubo passa debaixo do nariz dele, feito um bigode falso, a voz sai rascante feito areia, e ao seu lado Less ouve (talvez ampliada pela proximidade do microfone) a respiração alta de uma máquina, trazendo lembranças do "homem de respiração pesada" que às vezes ligava para a casa da família Less, o pequeno Arthur Less ouvindo com fascinação o grito da mãe:

— Ah, é o meu namorado? Avisa que eu já estou indo.

Mas aqui está Robert. Curvado, falando com dificuldade, envergonhado, mas vivo.

Less:

— Como você está?

— Como se tivesse entrado numa briga de bar. Eu estou falando com você do além.

— Você está péssimo. Como ousa fazer isso? — pergunta Less.

— Você precisa ver como ficou o outro cara. — As palavras são balbuciadas e estranhas.

— Você está falando como um escocês — observa Less.

— Nós viramos os nossos pais.

Ou antepassados: seus esses se tornaram efes, como nos velhos manuscritos: *Quando no curfo dos eventos humanos fe torna necefsário...*

Então a médica, uma senhora de óculos pretos, surge na tela. Magra, ossuda, cheia de rugas, como se estivesse há muito tempo amassada num bolso, com uma barbela sob o queixo. Cabelo branco e curto e olhos antárticos.

— Arthur, sou eu, Marian.

Ah, que palhaços!, pensa Less. Eles estão de brincadeira. Tem aquela cena no fim de Proust quando o narrador, depois de muitos anos afastado da sociedade, chega a uma festa furioso porque ninguém lhe avisou que é uma festa a fantasia; todos estão de peruca branca! E então ele compreende. Não é uma festa a fantasia. Eles simplesmente envelheceram. E aqui, olhando seu primeiro amor, a ex-mulher dele... certamente estão de brincadeira! Mas a brincadeira se estende demais. Robert continua com a respiração pesada. Marian não sorri. Ninguém está de brincadeira.

— Marian, você está ótima.

— Arthur, você está adulto — pondera ela.

— Ele tem 50 anos — observa Robert, então faz uma careta de dor. — Feliz aniversário, garoto. Desculpe ter perdido o seu aniversário. — *Defculpe ter perdido o seu aniverfário. Vida, liberdade e a bufca pela felicidade.* — Eu tive um encontro com a Morte.

Marian diz:

— A morte não apareceu. Vou deixar vocês sozinhos um instante. Mas só um instante! Não deixa ele cansado, Arthur. A gente precisa cuidar do nosso Robert.

Trinta anos antes, uma praia em São Francisco.

Ela desaparece; os olhos de Robert acompanham sua saída, então retornam para Less. Uma procissão de sombras, como com Odisseu, e diante dele: Tirésias. O profeta.

— Sabe, é bom Marian estar aqui. Ela me deixa louco. Me dá força para continuar. Nada como fazer palavras cruzadas com a ex-mulher. Onde você está?

— Em Kyoto.

— O quê?

Less se inclina para a frente e grita:

— Em Kyoto, no Japão. Mas vou voltar para ver você.

— Nem fodendo. Eu estou bem. Perdi a coordenação motora fina, não a cabeça. Olha o que me obrigam a fazer. — Com extrema vagareza, ele consegue levantar a mão. Nela, uma bola de uma massa verde. — Eu preciso ficar o dia inteiro apertando isso. Já falei que estou no além. Poetas precisam passar a eternidade amassando pedaços de argila. Estão todos aqui, Walt, e Hart, e Emily, e Frank. A ala americana. Amassando pedaços de argila. Os romancistas precisam... — Ele fecha os olhos, respira fundo e continua, mais fraco: — Os romancistas precisam preparar os nossos drinques. Você escreveu o seu livro na Índia?

— Escrevi. Falta um capítulo. Eu quero ver você.

— Termina a merda do seu livro.

— Robert...

— Não usa o meu derrame como desculpa. Seu covarde! Você está com medo de que eu morra.

Less não tem como retrucar; essa é a verdade. *Bem sei que estou fora da sua vida / Mas no dia em que eu morrer / Sei que você vai chorar.* No silêncio, a máquina continua a respirar. O rosto de Robert se contorce um pouco. *Llorar y llorar, llorar y llorar.*

— Ainda não, Arthur — afirma ele, categórico. — Isso não vai acontecer tão cedo, não precisa ter pressa. Não disseram que você tinha deixado a barba crescer?

— Você disse para Marian que eu me casei com Freddy?

— Vai saber o que eu disse! Parece que eu sei o que estou dizendo? Você se casou?

— Não.

— E agora aqui está você. Nós dois. Você parece estar muito, muito triste, meu garoto.

Sério? Descansado, cheio de conforto, recém-saído do banho? Mas não se esconde nada de Tirésias.

— Você o amava, Arthur?

Arthur não responde. Certa vez — num restaurante italiano ruim, em North Beach, São Francisco, abandonado senão por dois garçons e uma família de turistas alemães cuja matriarca depois caiu no banheiro, bateu a cabeça e fez questão de ir para o hospital (sem ter a exata noção do preço da assistência médica nos Estados

Unidos) —, Robert Brownburn, com apenas 46 anos, pegou a mão de Arthur Less e disse:

— Meu casamento está acabando, ele está acabando tem algum tempo. Marian e eu já quase não dormimos juntos. Eu vou para a cama tarde, ela se levanta cedo. Ela se ressente do fato de a gente nunca ter tido filhos. E, agora que ficou tarde demais, ela se ressente ainda mais. Eu sou egoísta, sou péssimo com dinheiro. Estou muito infeliz. Muito, muito infeliz, Arthur. O que estou dizendo é que eu estou apaixonado por você. Eu já ia me separar de Marian antes de te conhecer. E vou "dançar e cantar para teu deleite em cada manhã de maio", acho que é assim que diz o poema. Tenho dinheiro suficiente para comprar uma casinha de merda em algum lugar. Sei viver com pouco. Eu sei que é absurdo. Mas você é *o que eu quero*. Quem se importa com o que dizem? Você é *o que eu quero*, Arthur, e eu...

Mas não saiu mais nada, porque Robert Brownburn fechou os olhos para conter o anseio que o havia dominado na presença daquele rapaz, segurando a mão dele no restaurante italiano ruim ao qual os dois jamais voltariam. O poeta se encolhendo de dor diante dele, sofrendo, sofrendo por Arthur Less. Less voltará a ser tão amado assim algum dia?

Robert, 75 anos, com a respiração pesada, diz:

— Ah, meu pobrezinho. Muito?

Arthur continua sem responder. E Robert não diz nada; ele sabe que é absurdo pedir a alguém que explique amor ou tristeza. Não dá para apontar para o sentimento. Seria tão inútil quanto apontar para o céu e dizer: "Aquela ali, aquela estrela ali."

— Eu estou velho demais para conhecer alguém, Robert?

Robert se senta mais empertigado, o humor voltando a melhorar.

— Se você está velho demais? Olha só o que você está dizendo. Outro dia, eu estava assistindo a um programa de ciência na televisão. É o tipo de coisa de velhinho gente boa que eu faço agora. Ando muito inofensivo. Era sobre viagem no tempo. E tinha um cientista dizendo que, se fosse possível, teríamos de construir uma máquina do tempo agora. E construir outra daqui a alguns anos. Aí poderíamos viajar. Uma espécie de túnel do tempo. Mas o negócio é o seguinte, Arthur: não poderíamos voltar além da invenção daquela primeira máquina. O que eu considero um golpe na nossa imaginação. Fiquei muito deprimido.

Arthur diz:

— Não poderíamos matar Hitler.

— Mas você sabe que já é assim. Quando se conhece alguém. Nós conhecemos a pessoa, digamos, quando ela tem 30 anos, e não conseguimos imaginar como ela era mais nova. Você viu fotos minhas, Arthur, você me viu aos 20 anos.

— Você era muito bonito.

— Mas, na verdade, você não consegue me imaginar mais jovem que aos 40.

— Claro que consigo.

— Você consegue conceber a ideia. Mas não consegue imaginar. Não dá para voltar além disso. É contra as leis da física.

— Você está ficando muito exaltado.

— Arthur, quando eu olho para você, ainda vejo aquele menino na praia, com as unhas dos pés pintadas de vermelho. Não de cara, mas os meus olhos se ajustam. Vejo aquele menino de 21 anos no México. Vejo aquele rapaz num quarto de hotel, em Roma. Vejo o jovem escritor segurando o primeiro livro. Eu olho para você, e você é jovem. Sempre vai ser assim para mim. Mas para mais ninguém. Arthur, as pessoas que você conhecer agora jamais vão conseguir imaginar você jovem. Jamais vão conseguir voltar além dos 50 anos. Não é de todo mau. Significa que as pessoas vão achar que você sempre foi adulto. Vão levar você a sério. Não sabem que uma vez você passou uma festa inteira falando sobre o Nepal quando se referia ao Tibete.

— Não acredito que você está falando disso de novo.

— Que uma vez você disse que Toronto era a capital do Canadá.
— Vou pedir a Marian que desligue essa máquina.
— Para o primeiro-ministro do Canadá. Eu te amo, Arthur. O que estou querendo dizer é o seguinte... — E, depois dessa arenga, ele aparentemente se cansou, e respira fundo algumas vezes. — O que estou querendo dizer é o seguinte: bem-vindo à porra da vida. Cinquenta anos não são nada. Eu olho para os meus 50 anos e penso: eu estava preocupado com o quê? Olha para mim agora. Eu estou no além. *Divirta-se* — diz Tirésias.

Marian reaparece na tela.
— Muito bem, meninos, já chega. A gente precisar deixar o Robert descansar.

Robert se inclina para a ex-mulher.
— Marian, ele não se casou com o moço.
— Não?
— Parece que eu me enganei. O sujeito se casou com outro.
— Que merda — responde ela, então se vira para a câmera com ar de solidariedade. Cabelo branco para trás preso com prendedores, óculos pretos e redondos refletindo um dia de sol do passado. — Arthur, ele está cansado. Foi muito bom ver você de novo. A gente pode combinar outra conversa para mais tarde.
— Eu vou estar de volta amanhã, vou até aí. Robert, eu te amo.

O velho patife sorri para Arthur e balança a cabeça, os olhos vívidos.
— Eu sempre vou te amar, Arthur Less.

— Nessa sala, nós tiramos as roupas antes da refeição. — A moça se detém à porta e cobre a boca. Os olhos se arregalam, assustados.
— Roupas, não! Sapatos! Tiramos os sapatos!

É o primeiro dos três restaurantes do dia, e, com a ligação para Robert tendo deixado mais apertado o seu cronograma, Less está ávido para começar, mas segue com bravura o rabo de cavalo da moça, até um salão enorme, com uma mesa e assentos rebaixados, onde um senhor todo de vermelho o saúda com uma reverência e diz:

— Esse é o salão de banquetes, e o senhor pode ver que ele se transforma num lugar para as *maiko* dançarem.

Ele aperta um botão, e, como no covil de um vilão do James Bond, a parede dos fundos começa a se inclinar, virando um palco, e canhões de luz no teto se projetam para baixo. Os dois se mostram muito satisfeitos com isso. Less não sabe o que é *maiko*. Ele se senta perto da janela e aguarda, ansioso, a refeição kaiseki. Sete pratos, como antes, o que demora quase três horas. Grelhado, cozido, cru. E — por que ele já não esperava isso? — outra vez feijão-manteiga, artemísia e dourada. Novamente, é delicioso. Mas, assim como um segundo encontro romântico muito perto do primeiro, talvez um pouco familiar demais.

Olha para mim agora, assombra-o a voz de Robert. *Eu estou no além.* Um derrame. Robert nunca tratou bem o corpo; usou-o como um casaco de couro velho lançado ao mar e deixado embolado por aí, e Less via as marcas, as cicatrizes e as dores não como falhas da velhice, mas o contrário: como provas, assim como Raymond Chandler certa vez escreveu, de "uma vida ostentosa". O corpo é apenas o veículo daquela mente incrível, afinal. O estojo da coroa. E Robert cuidou da mente como um tigre protegendo o filhote; abriu mão da bebida e das drogas, manteve um cronograma rígido para dormir. Ele é bom, ele é cuidadoso. E roubar isso — roubar essa mente —, Vida ladra! É como cortar um Rembrandt da moldura.

A segunda refeição do dia acontece num restaurante mais moderno, decorado com aquela austeridade sem adornos sueca, em madeira clara; seu garçom tem o cabelo claro, mas é holandês. Less vê uma árvore solitária salpicada de brotos verdes; é uma cerejeira, mas lhe informam que ele chegou cedo demais para ver a florada.

— É, eu sei — responde ele, com o máximo de graciosidade possível.

Nas três horas seguintes, servem-lhe pratos grelhados, cozidos e crus de feijão-manteiga, artemísia e dourada. Ele recebe cada prato com um sorriso aborrecido, reconhecendo a natureza em espiral da existência, o conceito nietzschiano de eterno retorno. Num murmúrio, diz: *Você de novo.*

Quando ele retorna ao *ryokan* para se recuperar, a velha desapareceu, mas a moça de tranças continua ali, lendo um romance em inglês. Ela o recebe com mais pedidos de desculpa pela bagagem: não chegou nenhuma mala. De algum modo, é mais do que Less consegue suportar, e ele se apoia no balcão.

— Mas, sr. Less — acrescenta a moça, esperançosa —, chegou um pacote para o senhor.

É uma caixa marrom e baixa com um carimbo da Itália, certamente um livro ou algo do festival. Less a leva para o quarto e a deixa sobre a mesa diante do jardim. No banheiro, como numa caverna encantada, a banheira o aguarda pronta, quentinha, e ele ensaboa o corpo cansado enquanto se prepara para a próxima refeição. Fecha os olhos. *Você o amava, Arthur?* Há cheiro de cedro no ar. *Ah, meu pobrezinho. Muito?*

Ele se seca e bota o longo roupão cinza, preparando-se para vestir a mesma roupa de linho enxovalhada que está usando desde a Índia. O pacote o aguarda em cima da mesa; ele está tão cansado que cogita deixá-lo para depois. Mas, suspirando, abre a caixa e, dentro dela, envolto em camadas de papel natalino italiano — como ele pode ter se esquecido de que deu o endereço do Japão? — há uma camisa de linho branco e um terno cinza feito uma nuvem.

Como um desafio final, o último restaurante da viagem fica na encosta de uma montanha, fora de Kyoto, o que requer que Less alugue um carro. Isso transcorre com mais tranquilidade do que Less imaginava; sua carteira de motorista internacional, que para ele parece uma falsificação grosseira, é levada bastante a sério e fotocopiada diversas vezes, como se fosse ser distribuída como recordação. Ele é conduzido a um carro tão pequeno, branco e sem graça quanto uma sobremesa de hospital e, ao entrar no veículo, percebe que não há volante — então é conduzido para o lado do motorista, o tempo todo pensando alegremente: *Ah, acho que aqui eles dirigem do outro lado!* De alguma forma, jamais pensou nisso. Será que deveriam dar uma carteira de motorista internacional para quem jamais pensou nisso? Mas ele esteve na Índia, é tudo uma questão de dirigir no Espelho. Como dispor os tipos para uma impressão tipográfica; basta inverter a mente.

As instruções para chegar ao restaurante são tão misteriosas quanto uma carta de amor ou uma troca de mensagens entre espiões — "Encontro na ponte que Atravessa a Lua" —, mas sua confiança é inabalável; ele segura o volante do que basicamente parece uma torradeira esmaltada e segue as placas bastante claras e diretas de Kyoto em direção ao campo. Less se sente grato pelas placas serem claras, porque o GPS, depois de fornecer coordenadas simples e precisas até a rodovia, fica entorpecido com o próprio poder quando sai dos limites da cidade, depois pira de vez e posiciona Arthur Less no mar do Japão. Igualmente preocupante é a misteriosa caixinha do para-brisa, que revela seu propósito quando a Torradeira se aproxima da cabine do pedágio: ela emite um grito agudo e feminino de censura, nada diferente do grito da sua avó quando ela encontrava um objeto de porcelana quebrado. Less paga diligentemente ao homem do pedágio, imaginando ter feito o que a máquina deseja, e irrompe num campo verde, onde um rio surge magicamente. Mas a paisagem bucólica não dura muito tempo — no pedágio seguinte, a mulher grita de novo. Sem dúvida, está repreendendo-o por ele não ter um passe eletrônico. Mas será que a máquina também não descobriu os outros crimes e falhas de Less? Que ele inventou cerimônias para um trabalho do quinto ano sobre as religiões da Islândia? Que roubou creme para acne durante o ensino médio? Que traiu Robert de forma tão terrível? Que é um "péssimo gay"? E um péssimo escritor? Que deixou Freddy Pelu sair da sua vida? Grito, grito, grito; quase gregos em sua fúria. Uma harpia enviada para, enfim, punir Less.

— Pegue a próxima saída. — O GPS, esse capitão bêbado de rum, acordou e está de volta ao comando.

A névoa se ergue feito vapor de roupas molhadas penduradas perto do fogo; aqui, é o tecido felpudo e escuro das montanhas. Um rio serpenteia pelo bambuzal. A Torradeira passa por uma fábrica de saquê, ou, pelo menos, é o que ele deduz, porque há um barril branco e alegre servindo de propaganda na beira da estrada. Algumas fazendas têm placas em inglês: PLANTIO SUSTENTÁVEL. Less baixa a janela e sente o cheiro verde de grama, chuva e terra. Dobra uma esquina e vê ônibus turísticos brancos estacionados em fileira ao longo do rio, os grandes espelhos retrovisores parecendo antenas de lagartas; diante deles, em linha de formação militar, idosos usando capa de chuva transparente tiram fotos. Espalhadas abaixo das montanhas fumegantes, há talvez quinze casas de telhado de palha coberto de limo. Do outro lado: uma ponte sobre o rio, uma estrutura de pedra e madeira, e Less faz a curva com o carro para atravessá-la, passando por turistas encolhidos por causa da chuva. Ele imagina que um barco os levará rio acima para o restaurante, e, ao alcançar a outra margem e estacionar a Torradeira (do painel irrompe o lembrete estridente da harpia), ele vê algumas pessoas aguardando no cais, e, entre elas — ele a reconhece através da sombrinha transparente — está sua mãe.

Oi, Arthur, meu amor. Pensei em fazer uma viagenzinha, ele a imagina dizendo. *Você está comendo direito?*

A mãe levanta a sombrinha e, livre da membrana que distorce a imagem, é uma mulher japonesa usando o lenço de cabelo da sua mãe. Laranja com desenhos de conchas brancas. Como o lenço pode ter saído da sepultura e vindo parar aqui? Quer dizer, da sepultura, não; do bazar do Exército de Salvação do subúrbio de Delaware, para o qual ele e a irmã fizeram as doações. Foi tudo feito tão às pressas.

O câncer avançou devagar no começo, depois muito rápido, como as coisas sempre acontecem nos pesadelos, e, de repente, ele estava de terno preto conversando com a tia. De onde estava, dava para ver o lenço ainda pendurado no gancho de madeira. Ele estava comendo uma quesadilla; como qualquer sujeito de classe média branco criado numa família protestante, mas não religioso, não sabia o que fazer em relação à morte. Dois mil anos de navios vikings em chamas, rituais celtas, enterros irlandeses, cultos puritanos e cânticos unitaristas, e ele ainda não tem nada que possa usar nessa situação. De alguma forma renunciou a essa herança. Por isso Freddy assumiu o comando, Freddy, que já tinha perdido os pais, Freddy encomendou o banquete mexicano que já estava pronto quando Less chegou do velório, embriagado de lugares-comuns e puro horror. Freddy contratou até alguém para receber a capa de chuva dele. E o próprio Freddy, usando o paletó que Less comprou para ele em Paris, manteve-se atrás de Less o tempo todo, em silêncio, com a mão apoiada em sua escápula esquerda, como se segurasse um papelão contra o vento. Uma pessoa atrás da outra veio dizer que a mãe dele estava em paz. As amigas da mãe: cada qual com seu penteado branco e cacheado ou espetado, como uma exposição de dálias. *Ela está num lugar melhor. Que bom que ela se foi em paz!* E, quando a última pessoa se retirou, ele sentiu o hálito de Freddy em sua orelha enquanto ele sussurrava:

— A maneira como sua mãe morreu foi horrível.

O menino que ele havia conhecido anos antes jamais saberia dizer isso. Less se virou para Freddy e viu, no cabelo rente das têmporas, o primeiro lampejo grisalho.

Less queria especificamente guardar aquele lenço laranja. Mas foi um turbilhão de providências a tomar. De algum modo, o lenço entrou na pilha de doações e desapareceu da sua vida para sempre.

Para sempre, não. A vida o guardou, afinal.

Less salta do carro e é recebido por um rapaz de preto, que abre um guarda-chuva enorme sobre nosso herói; o novo terno cinza de

Less está salpicado de chuva. O lenço da mãe desaparece numa loja. Ele se vira para a vastidão da água, onde o barco escuro e baixo de Caronte está chegando para levá-lo.

O restaurante fica num penedo acima do rio, é muito antigo e manchado de água de um jeito que encantaria um pintor e preocuparia um engenheiro; algumas paredes parecem encurvadas por causa da umidade, e os enfeites de papel têm dobras que Less associa a livros esquecidos na chuva. Permanecem intactos o antigo telhado, suas amplas vigas, as rosáceas entalhadas e as portas de papel de correr da antiga hospedaria que era o local. Uma mulher alta e imponente o recebe na entrada com uma reverência e o saúda pelo nome. No passeio pela antiga hospedaria, eles passam por uma janela que dá para um imenso jardim murado.

— O jardim foi plantado há quatrocentos anos, quando a região era só de álamos.

A mulher faz um gesto indicando os arredores, e Less assente.

— E agora — diz Less — não há viválamos.

Por educação, ela se limita a piscar os olhos por um momento, então o conduz a outra ala, e ele acompanha o balanço do quimono verde e dourado. No portal, ela tira os tamancos de madeira, e ele desamarra e descalça os sapatos. Há areia dentro deles: do Saara ou de Kerala? A mulher gesticula para uma adolescente de quimono azul fungando, que o conduz a outro corredor. Esse corredor é cheio de quadros de caligrafia e tem o efeito de Alice no País das Maravilhas de começar com um vão enorme e terminar numa portinha tão pequena que, quando a desliza de lado para um espaço na parede, a menina é obrigada a se ajoelhar para entrar. É evidente que Less deve fazer o mesmo. Ele imagina que seja para experimentar a humildade; a essa altura, já está bastante familiarizado com a humildade. É a única bagagem que não perdeu. Lá, dentro do cômodo, uma mesinha, uma parede de papel e uma janela de vidro tão antigo que o jardim do outro lado ondula como num sonho à medida que Less atravessa o cômodo. O papel de parede tem grandes flocos de neve prateados e dourados esmaecidos. Explicam a ele que o desenho é do período Edo, quando os microscópios chegaram ao Japão. Antes disso, ninguém tinha visto um floco de neve. Ele se senta numa almofada, ao lado de um biombo dourado. A garota sai pela portinha. Ele a ouve tentando fechá-la, com dificuldade; fica claro que a porta tem sofrido há séculos e está pronta para morrer.

Ele observa o biombo dourado, os flocos de neve estilizados, a íris solitária num vaso sob o desenho de um cervo, o papel de parede. O único ruído é a respiração de um umidificador, mas, apesar da pureza do cômodo, da vista, ninguém se deu ao trabalho de tirar o adesivo QUALIDADE DAINICHI. Diante dele: a vista deformada do jardim. Less leva um susto ao reconhecê-lo. Aqui está.

Devem ter baseado o minijardim da sua infância nesse jardim de quatrocentos anos, porque não é apenas um jardim semelhante; é o próprio jardim: o caminho de pedras cobertas de limo junto aos bambus desalinhados, perdendo-se, como num conto de fadas, entre os pinheiros distantes de uma montanha, onde aguardam mistérios (isso é uma ilusão, porque Less sabe muito bem que o que existe é o sistema HVAC). O movimento na grama que poderia ser um rio, as pedras antigas que poderiam ser os degraus de um templo. A fonte de bambu se enchendo, derramando água no reservatório de pedra — tudo exatamente igual. O vento se agita; os pinheiros se agitam; as folhas dos bambus se agitam; e, como uma bandeira sob o mesmo vento, a lembrança desse jardim se agita dentro de Arthur Less. Ele se lembra de ter, de fato, encontrado a chave (de aço, do barracão onde ficava o cortador de grama), mas jamais a porta. Sempre foi uma fantasia infantil absurda que fosse encontrá-la. Quarenta e cinco anos se passaram, durante os quais ele se esqueceu de tudo isso. Mas aqui está.

Atrás dele, ouve a fungadela da menina; outra vez, ela se esforça para abrir a porta, como se empurrasse a pedra de uma tumba. Ele não ousa olhar para trás. Por fim, ela consegue abri-la e surge ao lado dele com chá verde e uma cestinha marrom envernizada. Saca um cartão gasto e lê em voz alta: inglês, aparentemente, mas faz tanto sentido quanto alguém falando num sonho. Seja como for, ele não precisa de tradução; é seu velho amigo feijão-manteiga. Então ela sorri e se retira. Outra luta com a porta.

Ele faz cuidadosas anotações sobre o que há no prato. Mas não consegue sentir o gosto. Por que essas lembranças lhe ocorreram outra vez, aqui no Japão — o lenço laranja, o jardim —, como um brechó da sua vida? Será que ele enlouqueceu ou é tudo um reflexo? O feijão-manteiga, a artemísia, o lenço, o jardim; será que não é uma janela, mas um espelho? Dois pássaros discutem no chafariz. Novamente, como na sua infância, ele só pode olhar. Less fecha os olhos e começa a chorar.

Ouve a menina mais uma vez brigando com a porta, mas não ouve a porta se abrir. Lá vem a artemísia.

— Sr. Less — irrompe uma voz masculina atrás dele. Na verdade, do outro lado da porta, ele percebe ao se virar. Less se aproxima, e o homem diz: — Sr. Less, nós lamentamos muito.

— É, eu sei! — responde Less em voz alta. — Eu cheguei cedo demais para ver a florada das cerejeiras.

O homem pigarreia.

— Pois é, e também, e também... Nós lamentamos muito. Essa porta tem quatrocentos anos e emperrou. Já tentamos de tudo. — Faz-se um longo silêncio. — É impossível abrir.

— Impossível?

— Lamentamos muito.

— Vamos pensar um pouco...

— Já tentamos tudo.

— Eu não posso ficar preso aqui.

— Sr. Less — vem a voz masculina novamente, abafada pela porta. — Tivemos uma ideia.

— Sou todo ouvidos.

— É o seguinte. — Uma conversa sussurrada em japonês, seguida pelo homem pigarreando de novo. — Que o senhor quebre a parede.

Less volta os olhos arregalados para a parede de papel com treliça de madeira. É como se lhe pedissem que saísse de uma cápsula espacial.

— Não posso.

— É fácil consertar. Por favor, sr. Less. Quebre a parede.

Ele se sente velho; ele se sente sozinho; ele se sente isolado, num lugar sem viválamos. No jardim: passa um bando de passarinhos, como um cardume de peixes incolores, disparando de um lado para o outro diante da janela desse aquário (no qual Less está contido, não os pássaros), desaparecendo afinal num movimento imponente, então — porque a vida é uma comédia — surge um último pássaro, cruzando o céu no esforço de alcançar os colegas.

— Por favor, sr. Less.

A pessoa mais corajosa que conheço diz:

— Não posso.

Era por volta das sete da manhã, não faz muito tempo, que o narrador deste livro teve uma visão de Arthur Less.

Fui acordado por um mosquito que, de forma surpreendente, havia atravessado uma fortaleza de espirais de fumaça, ventiladores e redes com inseticida para se enfiar no meu ouvido. Sempre agradeço a esse mosquito. Se ela (pois humanos são caçados apenas pelas fêmeas) não fosse uma invasora tão habilidosa, acho que eu jamais teria conseguido ver. A vida se faz tantas vezes pelo acaso. Aquele mosquito: ela deu a vida por mim; eu a matei com um tapa. O Pacífico Sul ressoava baixinho pela janela aberta, e o homem que dormia ao meu lado fazia um ruído semelhante.

Alvorada. Tínhamos chegado ao hotel à noite, mas, aos poucos, a luz do sol começou a mostrar que o quarto tinha janelas de três lados. Entendi que a casa ficava no próprio oceano, como um desses palcos que avançam em direção à plateia, e que a vista de todas as janelas era mar e céu. Fiquei observando-os assumir os tons de íris e mirto, safira e jade, até reconhecer à minha volta, tanto no mar quanto no céu, um tom específico de azul. E compreendi que jamais voltaria a ver Arthur Less.

Não como eu estava acostumado a vê-lo; não na casualidade de todos aqueles anos. Era como se eu tivesse recebido a notícia da sua morte. Tantas vezes eu havia saído da casa dele, e agora era como se, por descuido, tivesse trancado a porta. Casado — me pareceu imediatamente tão idiota. À minha volta, por toda parte, aquele tom do azul lessiano. Ainda nos esbarraríamos, é claro, na rua ou na festa de alguém, e talvez até saíssemos para beber, mas seria beber com um fantasma. Arthur Less. Jamais poderia ser outra pessoa. De algum lugar muito acima do planeta, comecei a despencar. Não havia ar para respirar. O mundo se aproximava para preencher o vazio deixado por Arthur Less. Eu não sabia que havia deduzido que ele esperaria para sempre naquela cama branca, perto da janela. Não sabia que precisava que ele ficasse lá. Como um marco, uma pedra em forma de pirâmide ou um desses ciprestes que jamais imaginamos sair do lugar. Para nos ajudar a encontrar o caminho de casa. Aí, inevitavelmente, um dia — eles desaparecem. E nos damos conta de que achávamos que éramos a única coisa que muda, a única variável no mundo; que os objetos e as pessoas da nossa vida estão ali para nosso prazer, como as peças de um jogo, e não se deslocam por conta própria; que permanecem pela nossa necessidade delas, pelo nosso amor. Que estupidez! Arthur Less, que deveria permanecer para sempre naquela cama, agora numa viagem ao redor do mundo — e quem sabe onde ele estará? Longe do meu alcance. Comecei a tremer. Parecia muito distante o dia em que o vi naquela festa, parecendo um homem perdido na Grand Central Station, aquele príncipe herdeiro da inocência. Observando-o segundos antes de o meu pai nos apresentar:

— Arthur, você se lembra do meu filho, Freddy.

Passei muito tempo sentado na cama, tremendo, embora fizesse calor no Taiti. Tremendo, tremendo; imagino que fosse o que se chamaria de ataque de alguma coisa. Atrás de mim, ouvi o lençol farfalhando, seguido de silêncio.

Então ouvi a voz dele, meu marido, Tom, que me amava e, por isso, entendeu tudo:

— Eu realmente gostaria que você não estivesse chorando agora.

E ele está se levantando no cômodo de papel, nosso corajoso protagonista. Less se detém, punhos cerrados. Quem sabe que atrocidade está passando nessa cabeça excêntrica? Tudo parece ecoar agora, os pássaros, o vento, o chafariz, como se viesse do fim de um longo túnel. Ele desvia os olhos do jardim, que oscila feito água por trás do vidro antigo, e encara a parede de papel. Aqui, imagina, fica a porta. Não do jardim, mas para fora dele. Nada além de gravetos e papel. Qualquer outro homem a quebraria com um murro. Quantos anos tem a parede? Será que ela já viu um floco de neve? De todos os absurdos da viagem, eis o maior — ter medo disso. Estende uma das mãos para tocar o papel áspero. A luz do sol brilha mais forte do outro lado, deixando a sombra do galho de uma árvore mais definida na superfície do papel — a acácia-de-constantinopla que ele escalou na infância? Não há como voltar para lá. Nem para a praia num dia quente de São Francisco. Nem para o quarto dele e um beijo de despedida. Neste cômodo, tudo está se refletindo, mas aqui há apenas o muro branco do futuro, no qual se pode escrever qualquer coisa. Novas humilhações, novos ridículos, sem dúvida. Novas pegadinhas no velho Arthur Less. Por que pensar nisso? E, no entanto, apesar de tudo, além de tudo — quem sabe que maravilhas guarda o futuro? Imagine-o erguendo os punhos acima da cabeça e, agora com inegável prazer, rindo numa espécie de êxtase alucinado, investindo contra a parede com um estrondo...

... e o imagine saindo do táxi na Ord Street, em São Francisco, no pé da Vulcan Steps. O avião deixou Osaka diligentemente e pousou na hora prevista em São Francisco; a viagem foi tranquila, e seu vizinho, que estava lendo o livro mais recente de H. H. H. Mandern, foi até brindado com uma breve história ("Sabe, uma vez eu entrevistei H. H. H. Mandern em Nova York; ele estava com intoxicação alimentar, e eu usei um capacete de cosmonauta...") antes do nosso protagonista desmaiar por causa dos comprimidos. Arthur Less completou sua viagem ao redor do mundo; terminou; está em casa.

O sol há muito penetrou a neblina, de modo que a cidade está banhada de leves pinceladas azuis, como se o aquarelista tivesse mudado de ideia, achando tudo uma porcaria, uma porcaria, uma porcaria. Less não tem nenhuma mala para carregar; aparentemente ela está fazendo sua própria viagem ao redor do mundo. Ele vira os olhos para o vão escuro de casa. Imagine-o: o cabelo loiro ralo, o rosto ligeiramente franzido, a camisa branca amarrotada, a mão esquerda enfaixada, o pé direito enfaixado, a bolsa de couro manchada e o belo terno cinza feito sob medida. Imagine-o: quase reluzindo no escuro. Amanhã ele vai tomar um café com Lewis e descobrir se Clark realmente o deixou e se isso ainda lhe parece um final feliz. Haverá um bilhete de Robert, a ser guardado com tudo que jamais vai fazer parte da Coleção Carlos Pelu: "Para o menino das unhas dos pés pintadas de vermelho, obrigado por tudo." Amanhã, o amor seguramente aprofundará seu mistério. Tudo isso, amanhã. Mas hoje, depois de uma longa viagem: descanso. Então a alça da bolsa prende no corrimão e, por um instante — porque sempre resta um gole na garrafa da afronta —, parece que ele vai seguir andando e a bolsa vai se rasgar...

Less volta os olhos para trás e solta a alça. O destino, frustrado. Agora: a longa subida de casa. Colocando o pé no primeiro degrau com alívio.

Por que a luz da varanda está acesa? Quem é aquele vulto?

Ele ficaria interessado em saber que meu casamento com Tom Dennis durou um dia inteiro: vinte e quatro horas. Conversamos na cama, cercados pelo mar e pelo céu naquele azul-lessiano. Naquela manhã, quando parei de chorar enfim, Tom disse que, como meu marido, tinha a obrigação de ficar comigo, me ajudar a resolver aquilo. Eu fiquei lá sentado assentindo e assentindo. Ele disse que eu tinha ido muito longe para descobrir algo que já deveria saber, algo sobre o que havia meses as pessoas me advertiam, e que ele devia ter entendido quando me tranquei no banheiro na noite anterior ao casamento. Assenti. Nos abraçamos e chegamos à conclusão de que, no fim das contas, ele não podia ser meu marido. Tom fechou a porta, e eu fiquei naquele quarto tomado de lado a lado, de alto a baixo, pelo azul que expressava o grande erro que eu havia cometido. Tentei ligar para Less do telefone do hotel, mas não deixei recado. O que eu ia dizer? Que, quando me disse, muito tempo atrás, quando eu experimentava seu smoking, que eu não deveria me envolver, ele estava alguns anos atrasado? Que aquele beijo de despedida não adiantou? No dia seguinte, na ilha principal, perguntei sobre a casa de Gauguin, mas fui informado por um morador local: "Está fechada." Durante muitos dias, contemplei o mar compondo variações intermináveis sobre seu tema enfadonho. Até que, certa manhã, meu pai mandou uma mensagem:

"Voo 172 de Osaka, Japão, chegando quinta-feira, às 18:30."

Arthur Less, semicerrando os olhos para a casa. E agora a lâmpada de segurança, acionada pela chegada dele, se acende, ofuscando-o por um instante. Quem está ali?

Eu nunca fui ao Japão. Nunca fui à Índia, nem ao Marrocos ou à Alemanha, nem à maioria dos lugares aos quais Arthur Less viajou nos últimos meses. Nunca subi uma pirâmide antiga. Nunca beijei um homem num terraço de Paris. Nunca andei de camelo. Passei quase uma década ensinando inglês numa escola de ensino médio, corrigindo trabalhos à noite, acordando cedo para planejar as aulas, lendo e relendo Shakespeare, participando de reuniões suficientes para que nem mesmo as pessoas no purgatório me invejem. Nunca vi um vaga-lume. Não tenho, sob nenhum parâmetro, uma vida melhor que nenhuma das pessoas que conheço. Mas o que estou tentando dizer a você (e só tenho um instante), o que estou tentando dizer a você esse tempo todo é que, a meu ver, a história de Arthur Less não é tão ruim assim.

Porque também é a minha. É como acontece com as histórias de amor.

Less, ainda ofuscado pela luz, começa a subir a escada e fica agarrado, como sempre, nos espinhos da roseira do vizinho; com cuidado, tira uma a uma as esporas do reluzente terno cinza. Passa pela buganvília, que, como uma enfadonha senhora tagarela numa festa, por um instante obstrui seu caminho. Ele a afasta, enchendo-se de brácteas roxas secas. Em algum lugar, alguém está estudando piano; não consegue acertar a mão esquerda. Uma janela ondula com o fulgor aquoso da televisão. Vejo o familiar brilho loiro do cabelo dele surgindo entre as flores, a auréola de Arthur Less. Olhe para ele, tropeçando no mesmo degrau quebrado de sempre, detendo-se para investigar o degrau, surpreso. Olhe para ele, se virando para subir o restante da escada, em direção à pessoa que o aguarda. O rosto erguido para casa. Olhe para ele, olhe para ele. Como eu poderia não amá-lo?

Certa vez, meu pai me perguntou por que eu era tão preguiçoso, por que não queria abraçar o mundo. Perguntou o que eu queria, e, embora não tenha respondido na ocasião, porque não sabia, e tenha seguido antigas convenções até mesmo ao altar, agora eu sei. Já está mais do que na hora de responder à pergunta — e vejo você, velho Arthur, velho amor, fitando o vulto na sua varanda — sobre o que eu quero da vida. Depois de escolher o rumo que as pessoas desejavam, o homem que serviria, o caminho mais fácil — seus olhos se arregalam de surpresa ao me ver —, depois de tê-lo nas mãos e recusá-lo, o que eu quero da vida?

E eu digo:

— Less!

Este livro foi composto na tipografia ITC
Souvenir Std, em corpo 10,5/16, e impresso
em papel off-white no Sistema Cameron
da Divisão Gráfica da Distribuidora Record.